Hye Won World Best

Hye Won World Best

Hye Won World Best

Hye Won World Best

Hye Won World Best 76

三國志

삼국지

나관중 지음
이행렬 옮김

惠園出版社

"천지 신명이시여! 이제 유비, 관우, 장비는 비록 성은 다를지라도 한 형제가 되어 위로는 하늘의 뜻을 세우고 아래로는 만백성을 편안케 하려 하나이다. 저희들을 굽어 살피시어 뜻을 이루게 하옵소서!"

차 례

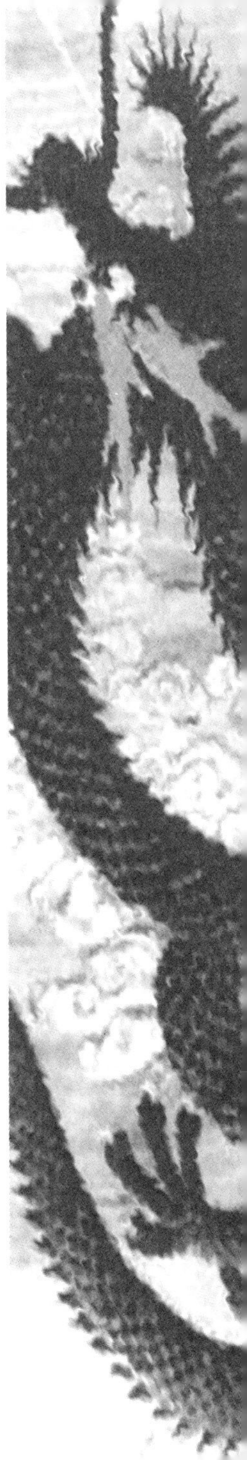

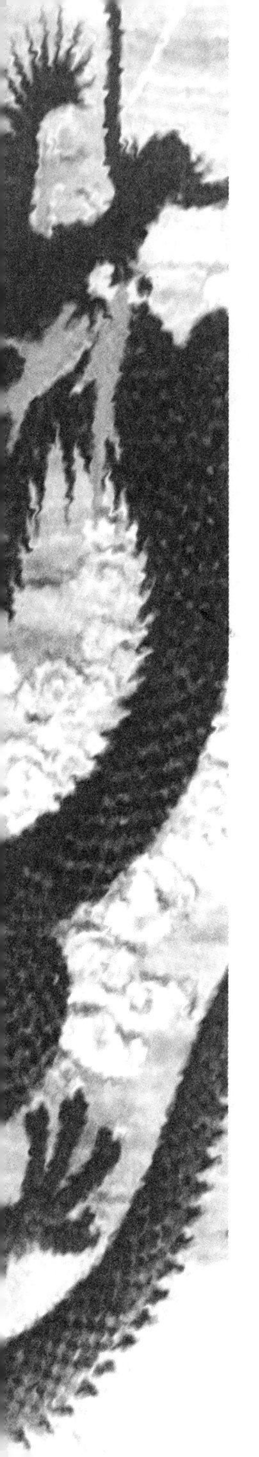

도원 결의(挑園結義)

지금으로부터 약 1800여 년 전인 서기 169년 4월, 중국의 후한(後漢) 시대 건녕 2년에 이르러 나라에 이상한 일이 자꾸 일어났다.

황제의 옥좌에 구렁이가 똬리를 틀고 앉았는가 하면, 수도인 낙양(洛陽)에 지진이 일어났다. 해안 지방에서는 무서운 해일이 일어나 수많은 백성들이 물결에 휩쓸려 죽었다. 그런가 하면 궁녀들이 사는 옥당(玉堂)에 검붉은 무지개가 솟았으며, 나라 안 곳곳에서 암탉이 변하여 수탉이 되었다. 또 어느 고을에서는 산이 무너져 내리는 등 괴이한 일이 끊이지 않았으며, 민심은 흉흉하기 이를 데 없었다.

어느 날 황제는 수심이 가득 찬 얼굴로 신하들에게 그 까닭을 물었다. 그 때 신하 중 한 사람이 이렇게 말했다.

"폐하, 검붉은 무지개가 솟고 암탉이 수탉으로 변하는 등 기이한 일이 일어나는 것은 내시와 궁녀들이 주제넘게 정치에 참견하기 때문이옵니다. 부디 그들을 멀리하시어 정사(政事)를 바로 세우시옵소서!"

황제는 신하의 말을 듣고 탄식을 하였으나 문 밖에서 그 말을 엿들은 내시들은 온갖 중상과 모략으로 바른말을 하는 신하들을 모함하여 관직을 박탈하거나 귀양길에 오르게 하였다.

일부 뜻있는 신하들이 내시들의 우두머리인 장양(張讓), 조충(趙忠) 등을 물리치려 하였으나 그 때마다 번번이 그들은 억울한 누명을 쓰고 죽임을 당하였다.

후한의 영제 때에 이르자 그러한 환관(내시)들의 극성은 더욱 심해져 마침내 십상시(十常侍)라 일컫는 열 명의 환관들이 조석으로 황제의 곁을 에워싸고 있었다. 나라의 정치가 썩어 감은 물론이요, 세상의 인심은 날로 흉흉해져 어디를 가나 도둑 떼들이 날뛰어 백성들은 하루도 편할 날이 없었다.

그럼에도 불구하고 황제인 영제는 환관들의 우두머리인 장양을 아버지라고 높여 불렀을 지경이니 이제는 황제 자신의 힘으로도 이들의 세력을 어찌하지 못할 지경에 이른 것이다.

아침내 후한의 말년인 헌제 때에 이르러 황건적(黃巾賊 ; 머리에 누런 수건을 쓴 도적의 무리)의 난이 일어나 후한은 위(魏) · 오(吳) · 촉(蜀)이라는 세 나라로 갈라지게 되었는데, 이 세 나라의 역사 이야기가 바로 《삼국지》이다.

이 무렵 거록군(鉅鹿郡)이란 곳에 장각(張角), 장보(張寶), 장양(張梁)이란 이름을 가진 삼 형제가 있었다. 이들이 바로 황건적의 난을 일으킨 우두머리들로서 큰형인 장각은 스스로를 태평 도인이라 일컬으며 '창천(蒼天 ; 푸른 하늘)은 이미 죽었고, 이제는 황천(黃天 ; 누런 하늘)이 천하를 뒤덮을 것이다.' 라는 말을 지어 널리 퍼뜨렸다. 이에 사방에서 백성들이 누런 삼베로 머리띠를 두르고 장씨 삼 형제의 휘하로 몰려들었는데 그 수가 무려 40만에서 50만 명에 이르게 되었다.

그들은 나라가 어지러운 틈을 타 천하를 손에 넣을 야심을 품고 난을 일으켜 도처에서 관군을 무찔러 나갔다. 황제는 각지에 조서(詔書 ; 임금의 명령서)를 내려 군사를 모은다는 방을 붙었다. 그 방은 탁현(琢縣)이라는 고을에까지 내걸렸다.

어느 날 한 사나이가 유심히 방을 들여다보고 있었다. 사나이의 키는

7척 5촌(약 2미터 30센티)이요, 두 귀는 자신의 눈에도 보일 정도로 크고 길었으며, 두 볼은 붉게 빛났고, 반듯한 이마에 꽉 다문 입술이 어느 곳 하나 허술함이 없는 귀인의 풍모였다.

그 사나이의 성은 유(劉)이고, 이름은 비(備), 자(字; 본이름 외에 부르는 이름)는 현덕(玄德)으로 한나라 경제(景帝)의 후손이었다. 그의 조상은 황실의 일족으로서 높은 벼슬까지 지냈었지만, 종묘(宗廟 ; 왕가의 제사를 모시는 사당)의 제사 때 헌납한 금의 양이 많지 않다 하여 구설수에 오르자 벼슬을 버리고 평민의 신분이 되어 탁현에 뿌리를 내리고 살아가게 되었는데, 유비는 그 자손이었다.

유산이라고는 별로 남겨진 것이 없는 가난한 선비의 집안에서 태어나 아버지마저 일찍 여윈 유비는 홀어머니에 대한 효성이 지극하였다. 그의 집은 탁현의 누상촌이었다. 집 앞에는 커다란 뽕나무가 한 그루 있었다. 그 뽕나무는 멀리서 보면 마치 기와 지붕을 얹어 놓은 것처럼 보일 정도로 울창했다. 그래서 사람들은 곧잘 '장차 이 집에서 귀인(貴人)이 나올 것이다.'며 그 집의 가상(家相 ; 집의 모양을 보며 운세를 말하는 것)을 말하곤 하였다.

지원병을 모집한다는 방을 유심히 바라보고 있는 유비의 나이는 28세였다.

그 후 어느 날이었다.

유비는 황하(黃河 ; 중국 대륙을 흐르는 강으로, 물에 황토가 섞여 누런 빛을 띠고 있음) 기슭의 풀숲에 서서 멍하니 누런 강물을 내려다보고 있었다. 눈앞의 강물은 유유히 흐르고 산들바람이 제법 서늘하게 느껴지는 초가을의 한낮이었다.

"여보시오, 젊은이! 아까부터 그 곳에서 무얼 그리 유심히 바라다보고 있소? 요즘 황건적들이 사방에서 날뛰고 있으니 관원들에게 들키면 의심받기 십상이오."

강에 떠 있는 고기잡이 배에서 조금 전부터 힐끗힐끗 유비를 쳐다보던 어부 한 사람이 걱정스러운 듯 큰 소리로 말했다.

"일러 주어서 고맙습니다."

유비는 가볍게 미소를 띠며 고맙다는 인사를 하면서도 몸을 움직이려 하지 않았다. 그는 지금 황하를 오가며 장사하는 낙양의 상선(商船 ; 상업상의 목적에 쓰이는 배)을 만나기 위해 천릿길을 달려왔기 때문이었다. 그 상선이 포구에 닿기 전에 홀어머니께서 그토록 소원하는 낙양의 차(茶)를 한 단지만이라도 사다 드리고 싶은 마음에 먼길을 쉬지 않고 달려와 중도에서 기다리고 있었던 것이다.

배를 기다리며 서 있는 동안 유비는 문득 한 움큼의 흙을 집어 들었다. 그리고는 아득히 먼 서북쪽 하늘을 바라다보며 탄식하듯 중얼거렸다.

"아, 나의 조상님들께서도 이 누런 강물과 땅을 밟으며 사셨을 테지. 천지 신명과 조상님들께서는 굽어 살피소서! 이 유비는 반드시 한민족(漢民族)을 위하여 큰일을 해 나가겠습니다. 한민족의 피와 평화를 지키겠습니다."

유비는 하늘을 우러러 맹세하듯 두 주먹을 불끈 쥐었다.

해는 어느덧 서쪽으로 기울어 가고 있었다.

'오, 배가 보인다! 저것은 필시 낙양 상선임이 틀림없을 것이다.'

유비는 천천히 강을 거슬러 오는 배를 향하여 발걸음을 옮겼다. 그리고는 큰 소리로 외쳐 불렀다.

"여보시오! 여보시오!"

유비가 손을 흔들며 큰 소리로 외쳐 부르는 소리를 들었는지 배가 서서히 기슭으로 다가왔다. 두 눈을 부릅뜬 용의 모습이 조각된 뱃머리에 상인인 듯한 사람이 나서며 대꾸했다.

"무슨 일이오?"

"차를 사려고 합니다. 차가 있거든 파십시오."

"차를 팔라고? 아니, 여보슈! 여긴 포구도 아닌데 어떻게 차를 팔란 말이오?"

"포구까지 가면 남는 게 없을 것 같아 이 곳에서 기다리고 있었습니다. 그러니 꼭 좀 부탁드립니다."

유비의 간곡한 애원에 상인은 거만한 표정으로 행색을 살피며 다시 대꾸했다.

"차가 있긴 하지만 보아 하니 댁이 살 수는 없을 것 같은데……. 우리 배에는 고급품만 있소이다."

"돈은 걱정 마십시오. 이렇게 준비했습니다."

유비는 품 속에서 전대(纏帶 ; 허리춤에 차거나 어깨에 멜 수 있게 된 자루로, 돈이나 귀중품을 넣게 되었음)를 꺼내어 은과 사금(砂金)을 보여 주었다. 낙양 상인은 초라한 행색의 젊은이를 무시하다가 그가 꺼내 보이는 은과 사금을 보자 갑자기 두 눈이 빛났다.

"허어! 돈이 있기는 하구먼. 한데 우리 차는 워낙 고급품이라서 그 정도의 돈으로는 얼마 못 주겠는걸?"

"하여간 얼마라도 좋으니 이 돈만큼만 주십시오."

"알았소. 그런데 이 비싼 차를 왜 그렇게 사려 하시오?"

"네, 제 어머니께서 차를 좋아하시는지라 어머니의 기뻐하시는 모습을 보기 위하여 2년 동안이나 돈을 모았습니다."

"뭐 하는 젊은이요?"

"돗자리나 발을 짜서 내다 파는 일을 합니다."

"원, 저런! 그런 일을 한다면 돈을 모으기가 어려웠을 텐데, 듣고 보니 젊은 양반의 효성이 대단하구려."

상인은 훨씬 부드러운 말투로 유비의 효성을 칭찬하더니, 선실 안에서 조그마한 항아리 하나를 가져와 유비에게 건네며 덧붙였다.

"값으로 치자면야 어림없지만 젊은이의 효성이 기특하여 특별히 주는 것이오. 이것은 차 중에서도 최고의 고급품이니 이 차를 마시면 몸과 마음의 온갖 악귀가 다 떨어져 나갈 것이오."

"고맙습니다. 말씀하신 대로 이 차를 드시고 어머니의 온갖 수심이 다 사그러지셨으면 좋겠습니다."

유비는 먼길을 달려와 기다린 보람이 있어 뛸 듯이 기뻤다. 강기슭을 떠나가는 낙양 상선을 향해 두 손을 모아 절하며 어머니의 기뻐하시는 모습을 떠올렸다.

황하는 점점 어두워져 가고 있었다. 서쪽 하늘에는 어느 새 별이 하나 둘 반짝이기 시작했다. 그 곳에서 고향인 탁현 누상촌까지는 천릿길이 넘기 때문에 며칠 동안 부지런히 걸어야 할 거리였다.

유비는 발걸음을 재촉하여 멀리 불빛이 보이는 마을로 갔다. 주막에서 하룻밤을 묵게 되었다. 어느덧 밤이 이슥하게 깊어 가고 있었다.

"불이야!"

여인의 날카로운 외마디 비명 소리에 놀라 유비는 눈을 번쩍 떴다. 뜨거운 기운이 확 느껴졌다.

유비는 재빨리 차 항아리를 안고 자신이 늘 지니고 다니는 칼을 뽑아 들고 밖으로 뛰쳐나왔다.

불길은 마을 어귀에서 하늘 높이 치솟고 있었다.

아낙네와 어린아이들의 울부짖는 소리가 사방에서 들려 왔다.

"어찌 된 일이오?"

울상이 되어 허둥거리는 주막집 주인에게 유비가 다급한 목소리로 물었다.

"도둑 떼요! 오늘 낙양 상선과 거래한 사람들을 노리고 황건적이 습격해 온 것이 분명하오."

"뭐요! 황건적?"

유비의 입이 채 다물어지기도 전에 험악하게 생긴 도둑의 무리들이 주막으로 들이닥쳤다.

"가진 물건들을 모두 내놔라. 어서!"

"우리 같은 사람들이 가진 게 뭐 있겠소."

늙수그레한 남자가 기어들어가는 목소리로 이렇게 말했다.
"뭐라고? 가진 게 없다고? 흥, 순순히 내놓기 싫다, 이 말이렷다!"
순간 금방이라도 내려칠 듯 시퍼런 칼날이 허공을 가르며 치켜올라갔다.
"멈추어라! 천하에 고얀 놈들!"
유비의 쩌렁쩌렁한 호통 소리에 도둑들이 움찔하고 놀라는 듯했다.
"아니, 저건 또 웬 놈이야? 여봐라, 저놈부터 없애 버려라!"
두목인 듯한 자가 유비를 가리키자 도둑 떼들이 삽시간에 유비를 에워쌌다. 유비는 번개같이 몸을 날려 정면에 서 있는 도둑의 가슴을 걷어찼다. 도둑이 가슴을 부여잡고 고꾸라지는가 싶었는데, 사방으로부터 모여든 도둑 떼의 칼끝은 여지없이 유비의 목덜미를 향해 죄어 들어오고 있었다. 유비는 이제 꼼짝할 수가 없었다. 더구나 그는 한쪽 팔에 차 항아리를 감싸안고 있었으므로 움직일 수 없는 상황이었다. 실로 다급한 순간이었다.
유비는 조용히 눈을 감았다. 그리고는 천지 신명께 고하듯 나직이 중얼거렸다.
"하늘이시여! 저 한 목숨 죽는 것은 두렵지 않사오나 이 어지러운 세상에 백성들의 고통을 함께 나누지 못하고 보잘것 없는 도둑 떼의 손에 죽게 되는 것이 한스럽습니다. 저 하나만을 의지하고 평생을 살아 오신 어머니를 보살펴 주옵소서."
그 때였다.
"멈춰라. 당장 칼을 거두지 못하겠느냐!"
마치 천둥이 치는 것 같은 우렁찬 목소리가 온 하늘을 뒤흔들었다. 기세 등등하던 도둑 떼들이 움찔 놀라는 듯했다. 뒤에는 키는 여덟 자(약 2.5미터)쯤이요, 몸집은 바위 같고 험상궂은 얼굴에 팔(八)자 수염을 꼬아 올린 거구의 사나이가 성큼성큼 다가오고 있었다.
"네 놈은 누구냐?"

도둑의 두목이 기가 죽지 않으려는 듯 애써 태연한 목소리로 물었다.

"으하하하! 이 어르신으로 말씀드릴 것 같으면 너희들 같은 악당 놈들을 한꺼번에 없애려고 기회를 보아 오던 장비(張飛)님이시다. 자는 익덕(益德)이시니 잘 기억해 두어라."

"아니? 장비라면 네놈은 바로……?"

"그렇다! 내 일찍이 현성의 소독(少督;벼슬 이름)으로 계시던 무사로서 분하게도 잠깐 자리를 비운 사이에 네놈들의 패거리가 쳐들어와 성을 불태우고 성주님을 살해하였으며, 온갖 노략질을 했으렷다. 내 이 원수를 갚기 위하여 한때나마 네놈들의 우두머리인 장가놈의(장각 형제) 부하가 되었지만, 그것은 순전히 오늘 같은 기회를 엿보기 위함이었느니라! 이 분함을 어찌 말로 다 할 수 있겠느냐? 이제 순순히 물러서는 놈은 목숨만은 살려 줄 것이로되, 그렇지 않으면 단숨에 허리를 분질러 놓을 테다! 아울러 네놈들의 두목인 장각에게도 내 말을 전해라. 언젠가는 반드시 이 장비 어르신께서 본때를 보여 줄 것이라고!"

흥분과 분노로 장비의 목소리는 더욱 쩌렁쩌렁했다. 표범과도 같은 그의 눈빛에 황건적들은 슬금슬금 눈길을 피하면서도 패거리들이 많이 있음을 믿고 호락호락 물러서지 않았다.

"흥, 이제 보니까 네놈이……. 얘들아, 한꺼번에 덤벼라!"

두목의 말이 끝나자마자 도둑 떼들이 우르르 달려들었다.

장비는 서 있는 자리에서 단 한 발자국도 움직이지 않고 칼을 뽑지도 않은 채 달려드는 도둑들을 마치 몸에 붙은 벌레를 집어 내듯 하나하나 내동댕이쳤다. 여기저기 내던져진 도둑들은 마치 바위에 부딪힌 계란꼴이었다.

'저런 호걸이 이 세상에 있었다니!'

유비는 넋이 나간 듯 장비의 솜씨를 바라보고 있었다. 실로 감탄하지 않을 수 없는 비상한 재주였다.

걸음아 날 살려라 하고 도망가는 도둑들을 바라보며 껄껄껄 웃던 장비가 이윽고 먼지를 털 듯 손을 툭툭 털며 유비에게로 다가왔다.

"뉘신지 모르지만 젊은 나그네께서 하마터면 큰 화를 당할 뻔했소."

"목숨을 구해 주신 은혜를 어떻게 갚아야 할지 모르겠습니다. 대인(大人 ; 상대방을 높여서 부르는 말)의 존함(尊啣 ; 상대방의 이름을 높여 부르는 말)은 아까 깊이 새겼사오니 평생토록 잊지 않겠습니다. 이 칼을 선물로 받아 주십시오."

"은혜랄 게 뭐 있겠습니까. 덕분에 오랜만에 운동을 좀 했을 뿐이오만 기왕에 주신 칼이니 잘 쓰겠습니다."

유비는 자신이 오늘 밤 이 곳에 있게 된 경위와 그 동안의 사연을 대충 이야기해 주었다. 그러면서 그는 정중히 장비에게 청했다.

"아까 얼핏 들으니 대인께서도 황건적의 무리에 사연이 있으신 듯한데, 실례가 아니라면 저와 함께 동행하시어 얘기나 좀 나누면 어떨까 하옵니다만……."

"마침 잘 됐습니다. 저도 이제 별로 바쁜 일이 없고 어디론가 떠나야 할 몸이니 같이 동행합시다."

도둑 떼를 쫓아 주어 고맙다는 마을 사람들의 인사를 뒤로 하고, 두 사람은 이른 새벽에 길을 나섰다.

두 사람이 두런두런 정답게 이야기를 나누며 가는 동안 어느덧 날이 밝았다.

그들이 어느 조그마한 성읍(城邑 : 도시)에 들어섰을 때, 사람들이 잔뜩 모여 웅성거리는 모습이 보였다.

"무슨 일이 생긴 모양입니다."

"가까이 가 보십시다."

사람들이 모여 있는 곳에는 커다란 방이 나붙어 있었다.

황건적을 무찌르기 위해 지원병을 널리 모집하노니, 뜻있는 젊은이들은 모두 모이시오. ―노식 장군 유비는 언젠가 자신의 고향 탁현에서 본 방을 떠올렸다. 그리고는 장비를 바라보며 조심스럽게 말을 건넸다.

"노식 장군의 지원병 모집을 대인께서는 어찌 생각하시오?"

"노식 장군은 바로 내 스승이기도 합니다. 나는 지금 당장 토벌군에 지원할 생각이오."

장비는 두 눈을 부릅뜨고 주먹을 불끈 쥐며 힘주어 말했다.

"나도 동감이오. 내 비록 용맹은 대인보다 덜할지 모르겠으나 이 어지러운 세상을 바로잡아야 한다는 대의(大義 : 크고 옳은 뜻)만은 그 누구에게도 뒤지지 않을 것이오. 나도 대인과 함께 나설 작정이오."

"뭐라고요? 그게 정말이오? 내 처음부터 평범한 인물이 아님을 알았소만, 그렇다면……?"

"대인, 우리 어디 조용한 곳으로 가서 얘기합시다."

두 사람은 근처의 한적한 곳으로 갔다. 이윽고 유비가 다시 입을 열었다.

"대인, 사실 나는 한나라의 왕족인 유씨 가문의 후손이오. 다시 말하자면 오늘날 후한의 황실로 인해 패망한 전한 경제 임금의 직계입니다. 내가 경제의 자손임이 세상에 알려졌다면, 나는 살아 남을 수 없었을 것이오. 그런 까닭으로 내 지금까지 대인께마저도 신분과 뜻을 밝히지 못했던 것이니 이해해 주시오. 내 지금은 비록 탁현의 누상촌에서 돗자리나 짜서 연명하고 지내는 처지이오만, 조정에서는 내시들이 정사를 뒤흔들고 있고 온 나라에는 황건적이라는 도둑 떼마저 극성을 부리고 있습니다. 이 어지러운 세상을 어찌 가만히 보고만 있을 수 있겠소? 우연한 기회에 대인을 만나 참으로 감사한 은혜를 입었으나, 내 깊은 뜻을 차마 밝히지 못하였음을 거듭 용서를 빌고 이제부터 우리 힘을 합하여 세상을 바로잡는 일을 해 나갑시다."

유비의 나직하면서도 단호한 결의를 듣고 있던 장비의 몸이 순간 굳어지는 듯했다.

"과연 제 짐작이 틀림없었군요. 이렇게까지 고귀하신 신분인 줄을 몰라보고 버릇없이 행동했던 것을 용서해 주십시오."

장비는 땅바닥에 엎드려 넓죽 큰절을 하였다. 그러자 유비가 당황하여 얼른 그를 일으켜 세우며 다시 말했다.

"대인, 이러지 마시오. 그리고 지금 이 곳에서 헤어져 며칠 후에 다시 만나도록 합시다. 늙으신 어머니를 뵙고 떠날 채비를 하기 위해 집으로 돌아가야겠소. 대인께서는 며칠 후에 저희 집으로 찾아와 주시오."

"유공, 저는 이제야 세상을 살아 온 보람과 희망이 생깁니다. 꼭 찾아뵙고말고요. 그리고 제가 찾아갈 때는 저와 뜻을 같이하는 또 한 사람의 대장부를 모시고 가겠습니다."

장비는 다시 한 번 엄숙하게 무릎을 꿇고 유비에게서 받은 칼을 두 손으로 받들었다.

"삼가 이 칼을 다시 유공께 바칩니다. 이 칼과 함께 하늘의 사명도 받아 주십시오."

"뜻이 그러하시다면 기꺼이 받겠습니다."

유비는 엄숙한 태도로 장비로부터 칼을 받아 허리에 찼다.

"자, 그럼 며칠 후에 봅시다."

유비는 장비에게 자신의 집을 자세히 일러 주고 작별 인사를 하였다.

유비는 집에 돌아오자마자 어머니께 그 동안의 일을 세세하게 말씀드렸다. 유비의 말을 듣고 있던 어머니는 마침내 눈물을 흘리며 유비의 손을 꼭 잡았다.

"장하다, 내 아들아. 늘 일러 두었지만 너는 한시도 황실의 자손임을 잊어서는 아니 된다. 네가 가지고 있는 그 칼이 무슨 칼인 줄 아느냐? 그 칼은 곧 황실의 위엄을 나타내는 보검이니라. 네 신분을 밝혀 주는 표적이니 목숨처럼 소중히 여겨 큰 뜻을 세워라."

유비는 어머니께 큰절을 올리고 자신이 구해 온 차를 끓여 올렸다.

한편 유비와 헤어진 장비는 그 길로 곧장 관우의 집으로 달려갔다.

그로부터 며칠이 지난 어느 날 땅거미가 어스레하게 내려앉을 무렵이었다. 누상촌 유비의 집에 두 사람의 거한(巨漢 ; 몸집이 큰 사람)이 찾아들었다. 한 사나이는 장비임에 틀림없었으나 다른 한 사나이는 전혀 낯선 인물이었다.

유비가 급히 뛰어나가 장비 일행을 반갑게 맞아들였다. 마루 위에 오르자 미처 인사를 나누기도 전에 낯선 사나이가 넓죽 큰절을 올렸다.

"처음 뵙겠습니다. 저는 하동 사람으로 이름은 관우(關羽), 자는 운장(雲長)이라 하는 사람입니다. 고향에서 탐관 오리를 죽인 탓에 그 곳에 머물지 못하고 몇 년 동안 이리저리 떠돌아다녔습니다. 일찍부터 마음 속에 큰 뜻을 품고 있었습니다. 그러던 차에 여기 있는 장비 아우를 만나게 되었고 둘이서 한마음이 되기로 작정을 하였는데, 장비로부터 유공의 말을 듣고 단숨에 달려오는 길입니다. 저는 오랫동안 제가 모실 주인을 찾아 헤맸습니다. 저희를 끝까지 이끌어 주십시오."

관우는 매우 침착하고 예의가 바른 사람이었다. 그도 또한 장비와 견주어 뒤지지 않을 만큼 기골이 장대하였으며, 수염의 길이가 두 자는 되고 눈빛은 마치 호랑이의 눈처럼 광채를 내고 있어 사나이 중의 사나이로 보였다.

관우가 절을 하자 유비도 황급히 무릎을 꿇고 맞절을 하였다.

"보잘것 없는 소인을 그토록 대우해 주니 몸둘 바를 모르겠습니다. 내 오늘 같은 날을 기다리며 촌부의 몸으로 살아 온 보람이 있소이다. 아무튼 잘들 오시었소."

유비와 관우가 서로의 손을 잡으며 반가워하자 곁에 있던 장비가 너털웃음을 웃으며 입을 열었다.

"우리가 이렇게 만났으니 이것은 필시 하늘의 뜻입니다. 그러니 지금부터 우리 셋이나마 군신(君臣 ; 임금과 신하) 관계를 맺어 어지러운 세상을 바로잡읍시다."

"좋은 말이네, 아우. 나도 그렇게 생각하네, 유공을 우리의 군주로 모시세."

장비의 말에 관우가 맞장구를 치자, 유비가 얼른 가로막고 나섰다.

"내 비록 황실의 자손이라고는 하나 군주가 된다는 것은 당치 않은 노릇이오. 그러니 우리 셋이서 형제의 의를 맺도록 합시다."

그 때 세 사람의 곁에서 흐뭇한 표정으로 지켜 보고 서 있던 유비의 어머니가 입을 열었다.

"오늘은 일단 가벼운 마음으로 술이나 한 잔씩 마시고 내일 날이 밝는 대로 내가 천지 신명께 축원을 드리도록 준비를 해 줄 터이니, 형제의 의는 그 때 맺도록 하려무나."

"고맙습니다. 어머님의 말씀대로 그렇게 하는 것이 좋을 듯싶습니다."

세 사람은 조촐한 술상 앞에서 밤이 깊어 가는 줄도 모르고 세상 이야기를 나누었다.

다음 날 새벽이었다.

관우와 장비가 눈을 떴을 때는 이미 유비가 뒤뜰의 복숭아나무 아래에 높다란 제단을 만들고, 온갖 음식들을 다 차려 놓은 뒤였다. 한창 만발한 복숭아꽃은 봄의 향기를 물씬 뿜어 내고 있었다.

세 사람은 정성들여 몸을 씻고 제단 앞에 나란히 섰다. 그리고는 차례로 제단에 향을 피운 후 함께 절을 했다.

이윽고 유비가 천지 신명께 고했다.

"천지 신명이시여! 이제 유비, 관우, 장비는 비록 성은 다를지라도 한 형제가 되어 위로는 하늘의 뜻을 세우고 아래로는 만백성을 편안케 하려 하나이다. 저희들을 굽어 살피시어 뜻을 이루게 하옵소서!"

유비의 기원에 이어 관우가 말을 받았다.

"저희 셋을 같은 날 같은 시각에 죽게 해 주시고, 만일 이 맹세를 어기는 자나 의리를 저버리는 자는 하늘의 이름으로 엄한 심판을 받게 해 주옵소서!"

그러자 이번에는 장비가 한 마디하였다.

"큰형님은 장차 황제가 되실 분, 둘째 형님은 지혜와 용기가 넘치는 호걸, 저는 천하 제일 가는 장사이니 이제 무서울 것이 없습니다. 부디 저희를 잘 돌봐 주십시오."

하늘에 맹세하는 도원 결의(桃園結義 ; 중국 촉나라의 유비·관우·장비가 복숭아나무가 많은 정원에서 결의 형제를 맺는 것에서 유래한 말로, 의형제를 맺는다는 뜻임)가 끝나자 그들은 유쾌하게 술잔을 맞부딪치며 건배를 했다.

승리의 깃발을 세우고

그들의 웅대한 계획을 실행에 옮기기 위해서는 우선 군사를 모으고, 그 다음으로는 그들에게 먹일 양식과 무기가 필요했다. 무조건 밖에 나가 사람을 모으자는 장비의 성급함을 나무라며 관우가 입을 열었다.

"저는 이 지방의 청년들을 많이 알고 있습니다. 제가 비록 피해 다니는 몸이기는 해도 청년들과 자주 어울려 뜻을 모은 적이 있지요. 그러므로 격문(檄文 ; 널리 세상 사람들을 선동하거나 의분을 고취시키려고 쓴 글)을 써서 돌리면 당장 몇백 명쯤은 모일 것입니다."

관우는 말을 마치자 붓을 들어 격문을 써 내려가기 시작했다. 한 마디 한 마디에 뜨거운 충정(忠情 ; 나라를 사랑하는 마음)이 넘쳐 흐르는 명문(名文 ; 뛰어난 글)이었다.

유비의 이름으로 된 격문이 사방으로 퍼져 나가자, 불과 며칠이 되지 않아서 무려 5백여 명의 젊은이들이 모여들었다. 그들의 표정에는 나라를 구하기 위하여 왕손의 휘하에 모인 것을 자랑스러워하는 기색이 역력했다.

훈련을 담당한 장비가 그들을 모아 놓고 제법 그럴 듯하게 연설을 하였다.

"우리의 적은 나라를 어지럽히고 있는 황건적의 무리이다. 또한 백성들을 괴롭히는 자는 모두 우리의 원수이니 적을 무찌름에 있어 추호도 게으름을 피워서는 안 될 것이다. 누구든지 대장의 명령에 절대 복종할 것이며, 군기를 문란케 하거나 백성의 재물을 약탈하는 자들은 그 자리에서 사형에 처할 것이다. 또한 우리 모두는 고생을 각오하고 여기에 모였으므로 당분간은 배고픔도 참고 무엇을 바라서도 아니 된다. 여기에 불만이 있는 자는 지금 즉시 집으로 돌아가라! 이후 여기 남은 자는 모두가 뜻을 같이하는 것으로 알고 엄한 군율을 적용하겠다. 모두 알겠느냐?"

"네!"

그들의 사기는 하늘을 찌를 듯하였다. 누구 하나 발길을 돌리는 사람이 없었으며, 불평하는 사람 또한 없었다.

그 때 마침 뜻하지도 않았던 큰 경사가 겹쳤다. 그것은 유비가 큰 뜻을 품고 군사를 모은다는 소식을 듣고 인근 마을의 큰 부자인 장세평(張世平)과 소쌍(蘇雙)이라는 상인이 5천 냥과 50필의 말, 무쇠 1천 근, 비단 등을 가득 실은 수레를 이끌고 유비의 진영으로 찾아온 것이다. 그들은 유비에게 공손히 절을 하며 이렇게 말했다.

"유공, 소인들의 정성이 적을 무찌르고 백성을 구하는 일에 조금이나마 도움이 된다면 더 바랄 게 없겠습니다. 부디 거두어 주십시오."

유비는 뜨거운 가슴을 억누르며 진심으로 그들에게 감사의 인사를 전했다.

관우와 장비는 즉시 기술자를 찾아 군사들의 갑옷과 창, 칼 등을 만들게 하였다. 그리하여 유비는 쌍칼을, 관우는 82근의 청룡언월도, 장비는 3미터 가량 되는 장팔사모창을 만들어 가졌다. 이로써 이제 그들은 어엿한 군대의 모습을 갖추게 되었다.

"어머니, 소자는 이제 길을 떠날까 하옵니다."

유비가 어머니에게 큰절을 올리며 작별을 고했다. 어머니의 눈가에도 어느 새 이슬이 맺혔다.

"앞으로!"

대장군 유비를 뒤따라 말을 타고 가는 관우, 장비의 모습도 늠름하였다.

유비는 군사를 이끌고 곧바로 유주(柳州)의 태수인 유언(劉焉)에게 갔다. 유언은 그들을 반갑게 맞아 주었다. 유비가 앞으로의 계획을 말하자 유언은 곧 유주를 향해 쳐들어오는 황건적의 무리를 물리쳐 줄 것을 간청했다. 유언이 이끄는 관군들은 그 동안의 싸움으로 이미 많이 지쳐 있었다.

유비는 유언의 청을 받아들여 곧장 황건적이 진을 치고 있는 대흥산으로 갔다. 이에 놀란 황건적들이 벌떼처럼 모여들기 시작했다. 그들의 숫자는 무려 5만에 가까운 대부대였다.

그러나 유비는 침착하게 그들을 향해 외쳤다.

"세상을 어지럽히고 백성들을 괴롭히는 황건적들아! 너희를 심판하러 유비가 여기 왔느니라. 목숨이 아깝거든 순순히 항복해라!"

그러자 황건적의 우두머리 정원지가 가소롭다는 듯이 껄껄 웃으며 앞으로 나섰다.

"으하하! 무슨 헛소리냐? 네놈의 눈엔 우리가 보이지 않느냐?"

그는 자신들의 숫자를 믿고, 어이가 없다는 듯 계속해서 비웃어 댔다.

"전원 공격 준비!"

관우는 병사들에게 명령을 내렸다.

"황건적의 숫자를 겁내지 마라! 우리는 지금부터 병력을 세 패로 나눈다. 한 패는 정면에서 적과 싸우고, 두 패는 각각 좌우의 산기슭에 숨어 있다가 적이 몰려들면 양쪽에서 덮칠 것이다. 기필코 이 싸움을 승리로 장식하자!"

이윽고 정원지를 선두로 황건적의 무리가 물밀듯이 공격해 들어왔다. 그들의 모습은 마치 메뚜기 떼와도 같았다. 그러나 선두에 선 유비는 침착했다. 그들이 가까이 다가오자 유비는 말고삐를 돌려 병사들에게 후퇴를 명했다.

"이놈, 게 섰거라! 큰소리를 떵떵 치더니 싸우지도 않고 줄행랑이냐?"

정원지는 고래고래 고함을 지르며 유비의 뒤를 쫓아갔다. 바로 그 때였다.

"와아!"

떠나갈 듯한 함성 소리와 함께 관우와 장비의 병사들이 산기슭의 좌우에서 그들을 향해 달려왔다.

"아차, 속았구나. 너무 적진 깊이 들어왔다. 빨리빨리 뒤로 빠져라!"

정원지는 그제서야 부랴부랴 사태를 수습하려 했으나 때는 이미 늦은 후였다.

"이놈! 힘은 있으되 지혜가 없는 놈이로구나. 이 관우의 청룡도를 받아라."

관우가 정원지를 향해 청룡언월도를 내려쳤다. 그 순간 정원지의 몸은 허공에 번쩍 들리는가 싶더니 이내 두 동강이 되어 땅바닥에 떨어졌다.

눈 깜짝할 사이에 두목을 잃은 황건적의 무리는 우왕좌왕 어쩔 줄 몰라 하며 뿔뿔이 흩어졌다.

관우는 부하를 지휘하여 달아나는 적들을 추격하였다. 결국 항복을 한 황건적 무리는 사시나무 떨 듯 벌벌 떨며 목숨만 살려 달라고 빌었다.

성미 급한 장비는 금방이라도 와들와들 떨고 있는 그들을 향해 장팔사모창을 휘두를 기세였다. 그러자 유비가 재빨리 그 앞을 막고 나섰다.

"항복하는 자는 죽이지 않는 법이다! 너희가 지난날을 뉘우치고 새 사람이 되겠다면 기꺼이 우리의 부하로 받아들이겠노라. 자, 어찌하겠느냐?"

과연 유비는 생각이 깊고 덕이 높은 대인이었다.

항복을 한 도적의 무리들은 유비의 됨됨이에 반하여 모조리 그의 부하가 될 것을 맹세하였다.

"첫 싸움부터 대승리입니다. 두 형님, 이 정도의 기세라면 전국에 퍼져 있는 황건적 놈들은 반 년도 안 되어 모조리 몰아 낼 수 있겠는데요."

기분이 좋아진 장비가 코를 벌름거리며 으스대자 관우가 점잖게 그를 타일렀다.

"장비야, 싸움이란 언제나 이기라는 법은 없는 것이다. 오늘의 승리를 자만하지 말고 앞날을 잘 대비하도록 하자꾸나."

관우의 생각이 깊고 올바름에 유비는 조용히 머리를 끄덕였다. 장비는 몹시 계면쩍은 듯 콧수염만 만지작거렸다.

첫 싸움에서 큰 승리를 거두었다는 소문은 삽시간에 인근 지방에까지 퍼졌다. 유주의 태수 유언은 술과 음식을 가득 차려 큰 잔치를 베풀어 주었다. 그들이 잠시 휴식을 취하고 있는 사이 유주에 또 다른 급보가 날아들었다. 그것은 유주와 가까이에 있는 청주성이 황건적에게 포위되어 곧 함락될 것 같으니 속히 원군을 보내 달라는 것이었다.

유비 · 관우 · 장비는 청주성으로 출발할 채비를 하였다. 유주의 태수 유언은 이들을 전송하며 자신의 군사 5천 명을 지원해 주었다.

청주성에 이르러 보니 과연 황건적의 기세가 대단했다. 그러나 유비는 더욱 보강된 군사들의 숫자를 믿고 별로 대수롭지 않게 생각했다.

처음의 싸움에서 승리를 거둔 뒤였으므로 사기는 더욱 높았으나 무리하게 정면 공격을 감행한 탓에 이번에는 대참패를 하고 말았다. 그리하여 2천여 명의 군사를 잃고 가까스로 후퇴했다. 숨을 돌린 그들은 머리를 맞대고 묘책을 짜기 시작했다.

군사 회의가 있을 때마다 관우는 언제나 비상한 묘책을 내놓았다. 이번에도 관우의 책략에 따르기로 하고 군사들을 정비했다. 이번 작전은 철저한 위장 전술이었다. 적의 주력 부대를 유인하여 정면으로 끌어들이고 후방을 교란하여 뒤통수를 치는 전법이었다.

피비린내 나는 처참한 살육전이 계속되는 동안 온 들판은 피로 물들었다. 유비의 의병과 유주 태수의 군사들은 황건적의 무리를 모조리 섬멸했다. 이번에도 목숨을 살려 달라고 간청하는 자들에겐 맹세와 함께 사면령(赦免令; 죄를 용서해 주는 명령)이 내려졌다.

"고맙소이다. 그대들이 아니었다면 이 청주성은 황건적의 손아귀에 넘어갔을 것이오."

청주성의 태수 공경은 유비 군을 극진히 환대하며 큰 상을 내렸다.

청주성을 평정한 유비는 또다시 떠날 채비를 하였다. 관군의 장수들을 불러 유주성으로 돌아갈 것을 명하고, 자신들은 광종 지방의 총사령관 격인 중랑장(中郎將) 노식(盧植) 장군을 찾아갈 뜻을 밝혔다.

"노식 장군은 일찍이 제 고향 누상촌에서 심신을 단련하실 때, 저에게 학문과 무예를 가르쳐 주신 분이며 장비의 스승이기도 하십니다. 지금 그분이 황건적의 총대장인 장각 형제와 싸우고 계시니 한시도 지체할 수가 없구려."

유비의 곁을 떠나 유주로 돌아가는 군사들은 이별을 매우 아쉬워했다.

'참으로 큰 뜻을 품으신 어른이셔!'

누구나 마음 속으로 그를 존경하며 서운해했다.

유비는 자신의 의병들만을 거느리고 광종으로 향했다.

노식 장군은 자신을 돕기 위해 먼길을 달려온 유비를 맞이하며 크게 기뻐했다.

"오, 유공! 내 기억 속에는 아직도 총명하기만 한 소년이건만 벌써 이렇게 장성하셨구려! 더군다나 소년 시절의 인연을 잊지 않고 이렇게 도우러 와 주시니 고맙기 그지없소. 부디 큰 공을 세워 주오."

감격해하는 노식 장군 앞에 유비는 큰절로 인사를 올리며 말했다.

"스승님께서 나라의 중책을 맡고 계시니 소생은 기쁘기 그지없사옵니다. 무엇이든지 하명(下命:명령을 내림)만 해 주십시오."

오랜만에 만난 스승과 제자는 밤새 이런저런 이야기를 나누었다.

이윽고 휴식을 마친 유비에게 노식 장군이 미안한 표정으로 부탁을 했다.

"자네의 형제들인 관우와 장비의 용맹을 잘 알고 있네. 또한 자네와 더불어 싸움에 나선 의병들의 활약상도 참으로 자랑스럽네. 이 곳은 당장에는 싸움이 없을 것 같으니 자네는 지금 곧 영천으로 가서 그 곳을 지키는 관군의 장수 황보숭과 주전을 도와 주게. 그 곳엔 황건적의 두목인 장양이 거느린 일당들이 약탈을 하고 있어 그 피해가 아주 심각한 지경이네."

"잘 알겠습니다. 그렇지 않아도 성미 급한 장비가 몸이 근질근질한 모양입니다. 즉시 달려가겠습니다."

유비는 노식 장군이 지원해 준 관군 천여 명을 이끌고 그 날로 영천으로 달려갔다.

유비의 군대를 맞이하는 관군의 장수 주전은 매우 거만하게 굴었다. 유비의 군대가 의병이라는 말을 듣고 얕잡아 본 것이다.

장비는 당장에라도 주전을 혼내 줄 것 같은 기세였지만 유비가 그를 타일렀다.

"참아라. 우리는 주전 때문에 온 것이 아니라 백성들을 구하러 여기에 온 것이니라."

그들은 곧장 적진으로 달려갔다.

유비의 군대는 모든 면에서 형편없는 냉대를 받았으나 그런 것은 개의치 않고 적과의 싸움에는 언제나 최선봉에 섰다.

유비군의 함성은 온 산야에 메아리쳤다. 적들은 제대로 대항도 해 보지 못하고 뿔뿔이 흩어졌다. 특히 관우와 장비는 물고기가 물을 만난 듯, 갇혔던 새가 창공을 날아오르듯 눈부신 활약을 했다.

조조와 동탁

한편 달아나는 적을 향해 맹렬한 추격전을 벌이고 있던 유비 군의 후방에서 한 무리의 군사들이 나타났다. 그들은 붉은 깃발, 붉은 갑옷에 말의 장식까지도 붉은색으로 치장한 당당한 모습이었다.

"멈추어라! 그대들은 누구냐?"

관우와 장비가 그들의 앞을 가로막으며 큰 소리로 외쳐 묻자, 그들의 무리 속에서 대장인 듯한 사내가 달려나오며 소리쳤다.

"우리는 어명을 받들어 파견된 관군이다. 그러는 너희들은 누구냐?"

"그렇다면 실례했소. 우리는 의병이며, 제가 바로 의병대장 유비라는 사람입니다."

"의병이시라니 장하십니다. 어려움이 많겠소이다."

"고맙습니다. 힘은 없지만 열심히 싸우고 있습니다."

유비는 겸손하게 대답하며 상대방 장수의 얼굴을 살폈다. 얼굴빛은 곱고 깨끗했지만 가늘고 긴 눈이 차갑고 날카롭게 빛나고 있었다. 첫눈에도 범상한 인물로는 보이지 않았다.

붉은 군장의 장수는 차분하면서도 또렷한 목소리로 자기를 소개했다.

"저는 초군 출신으로 이름은 조조(曹操), 자는 맹덕(孟德)이라고 합니다. 오늘 이 곳에 이르는 동안에 뜻밖에 귀공에게 쫓기는 적들을 맞아 본의 아니게 귀공의 공을 가로채는 꼴이 되었소이다. 이 점을 용서하시오."

"그게 무슨 겸손의 말씀이오. 적을 무찌름에 공이 무슨 상관이 있단 말이오."

"과연 의병다우신 말씀이외다. 아직 이 땅에 귀공 같으신 인물이 있는 줄 몰랐소이다."

유비와 조조는 어느 새 오랜 친구처럼 많은 대화를 나누었다. 관군의 장수가 일개 의병 대장에게 깍듯이 대하는 것은 당시로서는 상상할 수도 없는 일이었다.

유비는 내심 이 조조라는 인물에 대해 놀라움을 금치 못하며 그의 됨됨이에 반했다. 지금까지 보아온 관군의 장수 중 이처럼 아는 것이 많고 생각이 깊은 자를 보지 못했기 때문이었다.

'약간은 도도하고 거만한 인상이나 장차 때를 만나면 천하를 호령할 인물이로다.'

유비는 그의 인상을 가슴에 새겼다. 한편 유비 군이 적을 완전히 섬멸하고 돌아오자, 관군의 장수인 주전은 그를 환대하기는커녕 유비의 공을 자기의 것으로 가로채고자 오히려 서둘러 그들을 내몰았다.

"이제 이 곳의 적은 이미 소탕된 것이나 마찬가지이니 그대들은 즉시 광종으로 돌아가시오."

그것은 너무나도 몰염치한 행동이었다. 싸움에 지친 군사들을 쉬게 하지도 않고 서둘러 보내니 그의 행위가 심히 야속했지만 유비는 내색하지 않았다.

"아니, 저놈이! 형님, 저놈을 요절내 버립시다."

장비는 유비와 관우의 표정을 살피며 눈을 무섭게 번뜩였다.

"장비야, 우리가 참자. 언젠가는 하늘이 우리를 알아 줄 날이 있을 거다."

관우가 장비를 토닥거렸다.
유비 군은 다시 광종 땅을 향해 밤낮없이 행군을 계속했다.
그러던 어느 날, 그들은 죄수를 호송하는 군사들과 마주쳤다.
유비가 고개를 돌려 수레를 살피니 뜻밖에도 그 곳엔 노식 장군이 갇혀 있었다.
"장군님! 이게 웬일입니까?"
"오, 유비! 나는 지금 죄수가 되어 낙양으로 끌려 가고 있네. 임금의 칙사가 군대를 시찰하러 왔었네. 그들에게 아첨하지 않고, 뇌물을 요구하기에 거절한 대가일세. 내 한 몸 죽는 것은 두렵지 않으나 장차 이 나라는 어찌 될 것인지……."
노식 장군의 눈가에 이슬이 맺혔다.
"나라의 충신이 죄인이 되시다니 도대체 이게 무슨 일입니까?"
"내 후임으로 동탁이라는 사람을 임명했다니 그가 알아서 하겠지."
노식 장군은 긴 한숨을 내쉬었다.
황제의 어명이니 노식 장군을 구할 수도 없었다. 쓸쓸히 발걸음을 돌리는 유비의 가슴은 무너져내릴 것만 같았다.
"아! 우리는 무엇을 위해서 이렇게 싸워야 한단 말인가! 세상의 도적은 황건적만이 아닌 것을……."
유비는 하늘을 우러러보며 탄식을 했다.
"형님, 그만 고향으로 돌아갑시다. 노식 장군도 없는 마당에 광종에 가서 무엇을 하겠소. 고향으로 돌아가서 훗날을 기약합시다."
"저도 찬성입니다."
관우와 장비가 울분을 터뜨리며 청했다. 유비도 그들의 말을 따르기로 했다.
그들이 탁현의 누상촌으로 말머리를 돌릴 무렵, 돌연 광종 방면에서 요란한 군마 소리가 들려 왔다.
장비가 쏜살같이 말을 몰아 그 곳의 상황을 살펴보고 왔다.

“지금 황건적의 무리가 관군을 무참하게 몰아치고 있습니다.”

“허, 애국자를 억울한 누명을 씌워 감옥에 가두더니 급기야는 황건적의 말발굽에 짓밟히는구나!”

유비는 길게 탄식하며 관우의 얼굴을 살폈다.

“어찌하면 좋겠는가? 이대로 내버려 둘 것인가?”

“형님, 아무리 관군이 밉다 한들 그냥 지나칠 수야 없지요. 우리는 본래 백성들을 구하고 이 땅에 평화를 위하여 나선 것이 아닙니까?”

“옳다. 즉시 전투 태세를 갖추어라!”

유비는 그 즉시 군사를 돌려 적의 좌우를 협공해 들어갔다. 실로 눈 깜짝할 사이에 전선의 주객이 뒤바뀌었다. 이제 쫓기는 것은 관군이 아니라 황건적의 무리였다. 뜻밖의 구원군을 만난 관군은 세력을 만회하여 황건적의 무리를 물리칠 수 있었다.

그 때 관군의 총사령관은 벌써 노식 장군의 후임으로 부임한 동탁(董卓)이라는 자였다.

그는 부하 장수들을 모아 놓고 물었다.

“오늘 우리를 구해 준 자들이 누구냐? 물론 관군이겠지만 어느 부대 소속인지 속히 알아보도록 해라.”

“글쎄요, 처음 보는 자들이라서…….”

“어서 가서 그들의 대장을 모셔 오도록 해라.”

잠시 후 유비와 관우, 장비 세 사람이 나란히 동탁 앞에 섰다.

“그대들의 용맹에 감탄했소. 그대들의 관직은 무엇이오?”

“우리는 관군이 아니라 의병이오.”

“의병? 그렇다면 잡졸들이겠군.”

동탁은 의병이라는 말에 가소롭다는 듯한 태도를 취했다.

“수고들 했네. 그만 물러가게.”

동탁은 거만하게 말하고 막사 안으로 들어갔다. 유비 삼 형제는 기가 막히고 어처구니가 없었다.

"배은 망덕한 놈!"

장비는 장팔사모창을 치켜들고 당장에라도 동탁의 처소로 뛰어들어갈 태세였다.

"도적의 무리 앞에서 꼼짝도 못 하던 주제에 관직을 운운해?"

유비는 그런 장비를 다시 한 번 다독거렸다.

"장비야, 참아야 한다. 우리가 화가 난다고 저자를 처치한다면 황제의 어명을 받은 자를 죽이는 꼴이니 영원히 역적의 누명을 쓰게 될 것이다. 우리가 의병을 일으킨 것이 고작 그 따위 누명이나 쓰고자 함이 아니지 않느냐?"

"형님들, 저는 정말 울화통이 터질 지경입니다."

유비와 관우는 장비를 달래고 난 후 정처 없이 길을 떠났다.

명예도 이름도 없는 초라한 모습의 의병들은 차가운 밤이슬을 맞으며 넓은 광야를 조용히 행군해 가고 있었다. 그들은 탁현으로 돌아가는 것이 아니었다.

"대장부 사나이들이 뜻을 세워 길을 나섰으니 이까짓 시련으로 중도에서 돌아선대서야 말이 되는가!"

그들은 다시 한 번 각오를 새롭게 하고 어디론가 향하고 있었다.

그들이 밤을 새워 달려온 곳은 뜻밖에도 영천 땅이었다. 큰 공을 세우고도 내쫓기듯 빠져 나온 그 곳에 다시 돌아온 것은 하늘의 뜻이었다.

그 때 마침 영천에는 유비 군에게 대패한 황건적이 세력을 추스려 다시금 온갖 노략질을 감행하고 있었다. 관군의 대장 주전은 유비 군이 돌아왔다는 소식을 듣고 직접 그들을 찾아왔다.

"먼길 오시느라 수고가 많았소이다."

예전에 내쫓다시피 하던 태도가 싹 변하여 이번에는 비굴할 정도로 공손하게 굴었다. 병사들의 태도도 눈에 띄게 달라져 있었다. 그의 의도는 유비 군을 이용하여 자신들이 공략하기 어려운 황건적의 진지를 공격하고자 함이었다. 싸우다 죽어도 자신들은 피해가 없을 것이고, 공을 세우면 자신들의 것이 될 수 있음을 잘 알기 때문이었다.

"무사란 언제나 싸움을 피하지 않는 법이오. 그러니 유공께서 이번에도 도적의 무리들을 좀 물리쳐 주시오. 제가 낙양에 올라가거든 황제 폐하께 아뢰어 큰 상을 내리도록 해 주겠소이다."

주전의 수작이 얄밉고 괘씸했지만 유비는 그의 청을 거절할 처지가 아니었다. 병사들은 오랜 행군으로 허기와 추위에 지쳐 있었다. 그의 청을 들어 주는 대신 병사들을 배불리 먹여 주도록 요청했다.

원기를 회복한 유비 군은 주전의 병사 3천 명을 지원받아 적진으로 출발하였다. 적의 요새는 사방이 절벽으로 둘러싸인 산꼭대기에 있어 접근이 불가능했다. 과연 듣던 대로 그들은 산의 지형에 익숙했고, 유비 군의 희생은 날로 커져 갔다.

"주전이 우리를 그토록 환대하며 맞이한 까닭을 이제야 알겠구나."

유비는 침통한 얼굴로 관우와 장비를 바라보았다.

"형님들, 지금까지 그 누구도 생각해 내지 못한 기발한 전법이 저에게 있습니다. 그것은 바로 저 절벽을 기어오르는 것입니다."

"아니, 뭐라고? 절벽을 기어올라?"

"네, 그것이 바로 기습입니다. 누구나 쉽게 할 수 있다면 그건 기습이 아니지요. 남이 할 수 없는 일을 하는 것이 용감한 군인 정신입니다."

"오호, 오랜만에 장비가 대견한 말을 하는구나. 맞다, 지레 겁을 먹고 쉽게 단념하는 것은 대장부의 도리가 아니지."

유비의 눈이 빛나고 있었다.

다음 날 새벽, 유비는 남은 병력을 거느리고 10리를 돌아 산채의 절벽 밑으로 숨어 들어갔다.

온갖 고생을 다한 끝에 드디어 절벽을 오르는 데 성공했다. 적들은 그 때까지 그들이 뒤쪽으로 돌아 절벽을 올라오리라고는 상상도 하지 못했기 때문에 앞쪽으로만 병력을 배치하고 있었다. 그 때 갑자기 뒤에서 유비 군이 함성과 함께 물밀듯이 쳐들어왔다.

"와아! 와아!"

관우와 장비가 거느린 공격군은 장보의 본거지인 산채를 송두리째 짓밟아 버렸다.

"저들이 하늘에서 내려왔나? 땅에서 솟았나? 이것이 어찌 된 일이야?"

장보는 정신을 차리지 못하는 부하들 틈에 섞여 두 눈을 멀건히 뜬 채 바라만 보고 있었다.

"모두 산채를 버리고 후퇴하라."

장보가 외쳐 댔지만, 그 때는 이미 유비 군에게 포위되어 버린 상태였다. 관우가 장보를 발견하고 외쳤다.

"아직도 살고 싶으냐?"

관우의 청룡언월도가 반짝 빛을 발하는가 싶더니 장보의 몸이 푹 고꾸라졌다.

이로써 장각의 아우 장보의 부하들과 그의 진지는 완전히 섬멸되었다. 유비 군의 대승리는 곳곳에 있는 황건적의 간담을 서늘하게 하였다. 그로부터 얼마 후 장보의 형 장양도 황보숭과 조조의 관군에 의해 전멸되었다. 이제 남은 것은 광종 땅의 황건적 총두목 장각뿐이었다.

광종의 관군 사령관은 동탁이었다. 그는 번번이 장각의 무리에게 패하기만 했다. 그러면서도 그는 유비 군의 공을 비롯하여 온갖 공로를 자기가 한 것처럼 조작하여 황제에게 편지를 올렸다.

"수고가 많았소. 앞으로도 더욱 나라일에 힘써 주길 바라오."

황제는 동탁에게 더 높은 관직과 군사를 주어 통치하게 했다.

동탁이 이처럼 엉뚱한 장난으로 세력을 키워 가고 있을 무렵, 조정에는 난데없는 불행한 사건이 일어났다. 황제가 갑자기 세상을 뜨고 만 것이다. 그리하여 어린 두 왕자 중에 누구를 새 임금으로 앉히느냐 하는 문제를 두고 중신들간에 싸움이 벌어졌다. 이 때 동탁이 나섰다.

"여러분! 모두 내 말을 들으시오. 지금의 세자는 역량과 덕망이 모자라니 그를 폐하고, 어리지만 총명한 둘째 왕자를 새 황제로 모실까 하오. 반대하는 사람은 나서시오."

당시 동탁의 세력이 하늘을 찌를 듯한지라 누구든 숨도 크게 쉬지 못하고 있던 차였다. 이윽고 충신으로 손꼽히는 정원 장군이 노기 등등한 목소리로 말했다.

"동탁 재상, 그게 무슨 소리요? 어찌 신하된 자가 감히 자기 마음대로 황제를 만들어 내려 하시오. 그건 당치않은 말이오."

"뭐라고? 이 건방진 늙은이!"

흥분한 동탁이 그를 내려치려고 칼을 잡자 이유라는 부하가 재빨리 동탁을 만류했다. 그 이유는 다름 아니라 정원 장군의 옆에서 그를 수호하고 서 있는 젊은 장수를 발견했기 때문이었다. 동탁은 할 수 없이 칼을 놓고 참모들을 모아 계획을 짰다.

"조금 전 그 젊은 놈은 누구냐?'

"천하에 이름 높은 여포라는 장수입니다."

"음, 여포라……. 그놈을 우리 편으로 끌어들일 묘책이 없겠느냐?"

"여포는 힘은 세지만 머리가 단순하지요. 선물과 벼슬을 주고 잘 구슬리면, 아무 문제 없이 꾀어 낼 수 있을 것입니다."

부하의 말에 동탁은 무릎을 탁 쳤다. 궁리끝에 동탁은 여포의 고향 친구인 이숙에게 천 리를 단숨에 달릴 수 있는 적토마 한 필과 보물을 잔뜩 내주며 여포를 꾀어 내도록 지시했다.

이숙은 밤 늦은 시각에 여포를 찾아가 온갖 감언 이설(甘言利說 : 남의 비위에 맞도록 꾸민 달콤한 말과 이로운 조건을 내세워 꾀는 말)로 그를 구슬렀다.

"그렇지만 어찌 배신을 할 수 있겠나?"

"이 사람아, 자네는 한평생 그 늙은이 밑에서 굴러먹을 참인가? 지금 동탁 재상의 세력이 어떠하다는 것을 모르고 있단 말인가?"

"좋소이다. 그럼 내일 동탁 재상을 위해 선물을 준비하겠소."

다음 날 여포는 정원 장군의 목을 들고 동탁을 찾아갔다.
"으하하! 좋았어, 좋아!"
여포를 맞이한 동탁은 천하를 얻은 듯 어깨를 들썩거리며 호탕하게 웃어 댔다.
여포까지 끌어들인 동탁은 이제 눈에 보이는 것이 없었다. 급기야 의논이고 무엇이고 간에 모두 귀찮아져 모든 것을 혼자 결정했다.
"이제 세자를 폐하고 그 아우를 새 황제로 추대하였으니 그리들 아시오."
조정의 신하들은 누구 하나 반대의 소리를 내지 못했다. 그리하여 아홉 살밖에 되지 않은 어린 왕자가 새 황제가 되었다.
쫓겨난 세자는 궁궐의 구석진 방에 갇혀 끼니마저도 제대로 얻어 먹지 못하고 있었다. 그나마 동탁은 음모를 꾸며 기어이 세자를 독살시키고야 말았다.
어느 날 옛 신하 왕윤(王允)의 집에 조정 대신들이 모여 나라를 걱정하고 있었다.
"이제 천하가 동탁의 손아귀에 들어가게 되었으니 이를 어찌하면 좋겠소?"
"이렇게 한탄만 하고 있으면 어떡합니까? 내가 그 역적 동탁을 없애 버릴 터이니 내게 맡겨 주시오."
이렇게 자신 만만한 목소리로 큰소리를 치는 조조에게로 좌중의 시선이 몰렸다. 조조는 젊은 장수로서 꾀와 용기가 뛰어난 사람이었다. 때로는 지나칠 정도로 영악스럽기 때문에 오히려 경계심이 일기도 하였지만, 모두들 그의 지략을 인정하고 있었다.
왕윤의 집을 나선 조조는 서둘러 보검 한 자루를 챙긴 후 동탁의 처소로 갔다.
"오늘은 좀 늦게 오는구나."
조조를 본 동탁은 반가움인지 책망인지 모를 듯한 말을 건넸다.

"말이 너무 늙은 탓에 잘 달리지 못해서 늦었습니다."
"그래? 그렇다면 내가 명마 한 필을 주마."
동탁은 즉시 여포에게 말 한 필을 가져다 조조에게 주라고 이르고 자신은 자리에 드러누웠다. 조조는 이 때다 싶어 칼을 빼들고 조심스럽게 동탁에게로 다가갔다.
"조조, 뭘 하려는 거냐?"
조조가 다가서는 순간 동탁이 몸을 벌떡 일으키며 소리쳤다.
순간 조조는 무척 당황하였으나 그는 역시 뛰어난 지략을 가진 자였다.
"아…… 제가 좋은 칼을 구하였기에 재상님께 바치려 하옵니다."
"음, 그래? 어디 보자. 과연 좋은 칼이로구나."
그 때 여포가 말을 끌고 처소에 당도했다. 그러자 조조는 급히 밖으로 나가 말을 쓰다듬으며 말했다.
"아주 좋은 말 같습니다. 얼른 한 바퀴 돌아보고 오겠습니다."
조조는 말에 올라타더니 이내 멀리 사라져 갔다.
동탁이 칼을 만져 보며 흐뭇해하고 있을 때, 여포가 방으로 들어와서는 나지막한 목소리로 말했다.
"장군님, 아무래도 조조가 장군님을 해치려고 들어온 것 같습니다. 이제 녀석은 돌아오지 않을 게 뻔합니다."
"아니, 뭐라고? 음, 그러고 보니 녀석의 태도가 좀 수상했어. 괘씸한 놈! 어서 가서 조조를 잡아 오너라."
동탁이 흥분하여 부하들을 뒤쫓아 보냈으나 조조는 이미 고향을 향해 말을 달리고 있었다. 그는 이제 동탁과 결별하고 정면으로 싸우는 길밖에 없음을 깨닫고 있었다.
"동탁이 하늘과 땅을 제멋대로 짓밟아 나라가 무너져 가고 있으니 우리 모두 대의를 위해 나섭시다!"
조조는 가는 곳마다 설득력 있게 호소문을 써 붙여 많은 사람들의 마음을 움직였다.

"역적 동탁을 물리치자!"

때가 오기만을 기다리던 천하의 영웅들이 여기저기서 모여들었다.

발해(渤海)의 원소(袁紹), 장사(長沙)의 손견(孫堅), 북평(北平)의 공손찬(公孫瓚) 등 무려 20여 고을의 태수들이 모여 동탁을 물리치기 위해 연합군을 조직했다. 그 숫자는 10만 명에 달했으며, 각자가 기량이 뛰어난 장수들이었으므로 소식을 전해 들은 동탁은 길길이 날뛰면서도 한편으론 걱정이 태산 같았다.

"배은 망덕한 조조 녀석! 어디 두고 보자. 여포, 네가 총사령관이 되어 그 피라미 같은 놈들을 모조리 없애 버려라."

"염려 마십시오. 제가 단칼에 요절을 내고 돌아오겠습니다."

여포와 더불어 화웅(華雄)이라는 장수도 동탁의 편에 서서 연합군에 대항하기 위해 길을 떠났다.

조조는 여포의 군대가 쳐들어온다는 소식을 듣고 흐뭇한 미소를 지었다. 그러나 여포와 함께 군사를 이끌고 온 화웅 또한 지략과 용맹이 뛰어난 인물인지라 쉽사리 조조의 꾐에 빠져들지 않았다.

전투가 시작된 지 여러 날이 지났지만 화웅은 쉽사리 공격해 오지 않았다.

시간이 지날수록 식량은 바닥을 드러내고 있었다. 조조는 일단 군사를 후퇴시키기로 마음먹었다. 이 기미를 알아차린 화웅은 속으로 쾌재를 불렀다.

화웅은 곧 자신의 부하 이숙을 불러 조조 군의 퇴로를 차단하여 공격할 것을 명령했다.

화웅의 명령을 받은 이숙은 지름길로 돌아 밤이 이슥할 무렵 조조 군의 진영으로 성난 파도와도 같이 밀어닥쳤다.

"다들 들어라! 조조의 목을 치는 자에게는 천 냥의 상금을 내리겠다."

화웅의 쩌렁쩌렁한 목소리가 밤 하늘에 가득 울려 퍼졌다.

화웅의 군사들에게 갑자기 기습을 당한 연합군은 싸움 한 번 제대로 해 보지 못하고 도망가기에 바빴다.

"후퇴하라! 전원 후퇴하여라!"

제1군 사령관인 손견은 사태의 위급함을 깨닫고 서둘러 후퇴할 것을 명령했다.

승리를 확신한 화웅은 여세를 몰아 계속해서 밀어붙였다.

제1군에 이어 제2군도 무너졌다는 소식이 조조에게 전해졌다. 순간 조조의 얼굴이 창백해졌다. 그는 급히 휘하의 장수들을 모아 놓고 회의를 열었지만 별로 뾰족한 수가 없었다.

그 동안에도 화웅의 군사들은 화살을 퍼부으며 끊임없이 밀려왔다.

"적이 바로 본부 앞에까지 도달했습니다."

다급하게 막사 안으로 뛰어들어온 전령(傳令; 소식을 전하는 병사)의 얼굴이 새하얗게 질려 있었다.

조조는 크게 심호흡을 한 다음 목청을 가다듬어 장수들을 격려했다.

"모두들 두려워 마라! 내가 직접 나가 화웅의 목을 벨 것이다. 두렵지 않은 자는 내 뒤를 따르라!"

조조가 몸을 일으켜 막사 밖으로 나가자 여러 장수들이 기운을 얻어 조조의 뒤를 따랐다.

조조가 적진을 향해 힘껏 내달리고 있을 때였다. 갑자기 어디서 나타났는지 수백 명의 기마병들이 함성을 지르며 화웅의 진지로 파고드는 모습이 보였다.

"동탁의 하수인 화웅은 내 칼을 받아라!"

기마병들의 선두에 선 세 사람의 장수 중 수염이 유난히도 긴 장수 하나가 자신의 키보다도 큰 청룡언월도를 꽉 움켜쥐고 날렵하게 움직이고 있었다.

또 한 사람은 바윗장 같은 가슴을 떡 벌리고 두 눈을 부릅뜬 모습이 마치 성난 호랑이와도 같았다. 그리고 두 용사의 뒤편에는 귀공자처럼 생긴 장수가 의젓한 모습으로 병사들을 지휘하고 있었다.
뜻밖에 나타난 이 기마병들의 돌격에 화웅의 군사들뿐만 아니라 조조의 연합군마저도 어찌 된 일인지 몰라 두 눈이 휘둥그레졌다.
조조가 잠시 멈칫거리는 사이 화웅이 달려나오는 모습이 보였다. 그때였다.
세 장수 중 수염이 긴 사나이가 그를 뒤쫓아 말을 달렸다.
"네 이놈, 화웅! 이제 네놈의 세상은 끝났다."
이렇게 외치는 소리와 거의 동시에 화웅의 목이 땅에 떨어졌다.
조조를 비롯한 모든 병사들의 입에서 함성과 함께 만세 소리가 터져 나왔다. 조조는 떨리는 가슴을 진정시키며 세 장수 앞으로 나아갔다.
그런데 뜻밖에도 그들은 언젠가 잠깐 인사를 나눈 적이 있는 유비 삼형제였던 것이다.
"유비 장군, 연합군의 이름으로 감사드립니다. 이 몇 해 동안 황건적이 소란을 일으킬 때마다 용맹을 떨치시더니 오늘 보니 과연 소문대로 대단하시구려!"
"우연히 도움을 드렸기로서니 과찬의 말씀이십니다."
유비는 겸손하게 조조에게 대답했다.
한편 화웅이 죽었다는 소식을 들은 동탁은 어쩔 줄 몰라 하며 몹시 불안해하였다.
그러자 여포가 머리를 조아리며 그에게 말했다.
"아직 이 여포가 있으니 너무 실망하지 마십시오."
"그래, 너만 믿는다. 당장 조조를 없애고 오너라!"
여포는 낙양에 남은 군졸들을 모조리 모아 조조 군을 치러 나섰다. 그 숫자는 무려 15만에 달했으니 군사들의 행렬은 끝이 없었다. 여포는 천리를 달려도 끄떡 없다는 적토마 위에 늠름히 앉아 군사들을 지휘했다. 마침내 그들은 조조의 연합군과 맞부딪혔다.
"이 여포와 겨룰 놈이 누구냐? 어서 나서라!"

여포의 칼끝에는 살기가 서려 있었다.
"네 이놈, 여포! 내가 상대해 주마."
여포의 말을 가로막고 불쑥 앞으로 나선 자는 다름 아닌 장비였다.
"이 하룻강아지 같은 놈, 네 이름이 무엇이냐?"
"버르장머리 없는 놈 같으니라고! 죽기 전에 내 이름을 잘 외워라. 나는 유비 현덕의 아우 장비 어른이시다!"
장비의 대답에 이어 바람이 갈라지는 소리가 들려 왔다.
"쨍!"
창과 칼이 맞부딪치면서 요란한 굉음과 함께 불꽃이 튀었다.
한 번, 두 번, 열 번…….
춤을 추듯, 흐느적거리듯, 폭풍우가 몰아치듯 붙었다 떨어졌다 하며 싸우는 두 사람의 모습을 모두가 넋을 잃고 바라보았다. 결투는 좀처럼 끝나지 않았다.
"오늘은 이쯤 해 두고 다시 만나자!"
여포는 힘이 부치는지 급히 말머리를 돌려 달아나 버렸다.
"저놈을 쫓아라!"
이번에는 관우가 나서서 여포의 뒤를 쫓아갔다.
헐레벌떡 쫓겨온 여포를 보고 동탁은 고래고래 소리를 질렀다.
"이놈! 큰소리만 떵떵 치더니 겨우 그 꼴이냐?"
"재상님, 오늘은 작전상 후퇴한 것입니다."
여포는 숨을 몰아 쉬며 지금은 싸울 때가 아니라고 설명했다. 동탁은 펄펄 뛰면서도 여포가 쫓겨온 마당이니 더 이상 버틸 재간이 없었다.
"못난 놈들, 하는 수 없지."
그는 군사를 돌려 낙양으로 돌아가 이유를 불렀다.
"좋은 계책이 없느냐?"
이유는 가느다란 두 눈을 껌벅거리더니 목소리를 낮추어 말했다.
"한 가지 묘안이 있습니다."

"그게 무엇이냐?"
"수도를 장안(長安)으로 옮기십시오."
"뭐라고? 수도를 옮겨?"
"그렇습니다. 이 곳은 기운이 다하였기 때문에 싸움에 패하는 일이 잦으며 또한 군사들의 사기를 위해서도 새로운 곳이 필요합니다."
"음, 그도 그럴 듯하구나. 여봐라, 당장 대신들을 불러라!"
동탁은 당장 그 자리에서 대신들을 불러모았다.
"이제 수도를 장안으로 옮기고자 하니 모두들 떠날 채비를 서두르도록 하여라!"
동탁의 호령 소리에 모두들 꿀 먹은 벙어리처럼 눈만 껌벅거리고 있었다. 그 때 대신들 사이에서 재상 황완이 불쑥 앞으로 나서며 비장한 목소리로 말했다.
"낙양은 우리 왕조가 12대째나 이어 오며 수도로 번창해 온 곳입니다. 이 곳을 버리면 백성들의 원망이 클 줄로 아옵니다."
"내가 나라를 위해서 큰 일을 하고자 하거늘 백성들을 빙자해서 저놈이 내 앞길을 가로막는구나. 여봐라, 당장 저놈을 끌어 내라."
동탁은 수도를 옮기는 것에 반대하는 자가 있거든 직위를 박탈하고 재물을 압수하라는 지시를 내렸다.
"이게 어찌 된 일이오?"
나이 어린 황제가 근심 어린 표정으로 동탁의 눈치를 살폈다.
"잔소리 말고 떠날 준비나 하시오."
동탁이 두 눈을 부릅뜨며 쏘아보자 어린 황제는 얼굴이 새파랗게 질려 아무 소리도 하지 못했다.
동탁은 빼앗은 재물을 수백 대나 되는 수레에 가득 싣고 성문을 나섰다. 그리고는 낙양에 불을 지르게 하였다.
수도가 불바다가 되었다는 소식은 곧 연합군의 진영에 전해졌다.
"수도를 구하자!"

유비 삼 형제를 필두로 연합군은 낙양으로 말을 달렸다.

"불 속을 헤치고 들어가 백성들을 구하라. 재물에 손을 대는 자는 사형에 처한다."

유비는 뜨거운 불바다 속을 거침없이 헤집고 다니며 군사들을 지휘했다. 가까스로 불길을 잡은 후에 조조는 각 고을의 태수들을 모아 의논했다.

"동탁의 뒤를 쫓아 역적의 무리를 칩시다."

그러나 태수들은 낙양을 차지한 기쁨에 들떠 쉽게 움직이려 하지 않았다. 그들이 이 핑계 저 핑계를 대며 꾸물거리자 화가 난 조조는 혼자서 동탁의 뒤를 쫓을 결심을 했다.

"모두 그만두시오. 나 혼자서 동탁을 없앨 것이오."

조조는 자신을 따르는 1만 명의 군사를 데리고 동탁이 떠난 장안 쪽으로 말을 몰았다.

한편 동탁과 함께 길을 가던 이유가 문득 동탁을 보며 말했다.

"재상님, 누군가 우리 뒤를 따라올 것이 분명한데 꾀를 써서 적을 유인해야 하지 않겠습니까?"

"과연 너의 머리는 비상하구나. 어서 군사들을 좌우로 갈라 진영을 갖추어라."

동탁은 이유와 여포에게 각각 3만의 군사를 주어 계곡의 양 옆에 진을 치게 했다. 그런 줄도 모르고 무턱대고 뒤를 쫓던 조조의 군사들은 꼼짝없이 독 안에 든 쥐 꼴이 되었다.

"조조가 함정에 들어왔다. 어서 나가 한 놈도 남김없이 모두 쳐라!"

여포의 명령이 떨어지기가 무섭게 골짜기가 무너질 듯한 함성 소리와 함께 돌과 화살이 비 오듯 쏟아졌다.

'아차!'

조조가 자신의 판단이 성급했음을 깨달았을 때는 이미 적의 군사들에게 포위당한 뒤였다.

가까스로 정신을 차려 계곡을 빠져 나왔을 때 조조의 곁에는 불과 몇 명의 부하들만이 지친 모습으로 조조를 바라보고 있었다. 조조는 너무나도 처참한 패배에 할 말을 잊고 멍하니 앉아 있었다.

"돌아가자. 반드시 후일에 이 원수를 갚을 날이 있을 것이다."

조조는 너무도 분하여 몸을 부르르 떨며 이를 악물었다.

움직이기조차 힘들 정도로 지친 몸을 이끌고 조조와 그의 부하들은 터벅터벅 길을 걸었다.

동탁의 최후

한편 자신의 뜻대로 수도를 장안으로 옮긴 동탁은 이제 아무것도 거리낄 것이 없었다. 나이 어린 황제는 있으나마나 한 존재였고, 조정의 대신들은 동탁 앞에서는 감히 머리조차 들지 못할 정도였다.

장안으로 온 뒤 동탁은 이유에게 많은 신임을 두고 있는 듯했다. 여포는 지난번에 연합군과의 전투에서 별로 힘을 쓰지 못했기 때문에 동탁의 신임이 멀어지는 것을 알고 크게 낙담하고 있었다.

그러던 어느 날 조정의 늙은 대신 왕윤이 여포를 딱하다는 표정으로 바라보며 넌지시 말을 건넸다.

"여포 장군, 여 장군의 모습을 보니 동탁 재상의 처사가 야속하구려. 천하에 이름난 적토마를 여포 장군에게서 빼앗아 가신다니……."

"아니, 그게 무슨 말이오?"

여포는 깜짝 놀라며 다그쳐 물었다.

"대감, 무슨 말인지 분명히 해 주시오. 나는 성미가 몹시 급한 사람이오. 내 적토마를 어찌한다고?"

"장군, 그럼 내 들은 대로 얘기해 줄 테니 혼자만 알고 계셔야 하오."

"염려 마시오."

왕윤은 힐끔 주위를 살피고 나서 나직이 말했다.

"장군, 요즘 동탁 재상이 이유 장군에게 마음을 빼앗기고 있음을 장군도 잘 알 것이오. 그런데 장군의 적토마를 다시 거두어 이유 장군에게 주겠다고 하는 것을 제가 엿들었지요."

"뭐라고요? 동탁 재상께서 그럴 리가?"

여포는 눈이 뒤집히는 것 같았다.

"대감이 잘못 들었을 것이오."

여포는 화가 잔뜩 치민 표정으로 휑하니 밖으로 나가 버렸다.

그로부터 얼마 후, 왕윤은 어느 사이엔가 이유의 집에 나타나 이유와 술상을 마주하고 앉았다. 잠시 이런저런 얘기를 나누다가 왕윤이 문득 생각이 난 듯 이유에게 말했다.

"참, 여포 장군이 장군께 여러 가지로 부탁하는 의미에서 적토마를 드리겠다던데 받으셨나요?"

"허, 그것 참 듣던 중 반가운 소식입니다. 당장 가서 타고 와야겠는데요?"

이유는 어린아이처럼 좋아했다. 그렇지 않아도 천하에 둘도 없는 적토마를 늘 부러워하던 차였다. 왕윤은 잠시 뜸을 들인 후 심각한 얼굴로 다시 말했다.

"하오나…… 여포 장군이 워낙 변덕이 심한 분이라서…… 이렇게 하시면 어떨까요?"

"어떻게요?"

"여포 장군이 준다고는 했지만 동탁 재상을 찾아 뵙고 받아도 좋으냐고 여쭈어 보신 후에, 그렇게 하라고 하시면 문서를 한 장 써 달라고 하십시오. 그래야 여포 장군도 딴소리를 안 할 것이고, 동탁 재상께서도 군이 반대할 까닭이 없지 않겠습니까?"

"그것 참 기가 막힌 방법이로군요. 역시 대감의 지혜는 빼어나십니다."

이윽고 얼마 후, 여포의 집으로 이유가 보낸 하인이 찾아와 적토마를 내어 주십사고 말했다.

"뭐라고? 적토마를? 어느 놈이 감히 내 적토마를 욕심낸단 말이냐?"

여포는 화가 머리끝까지 나서 곧장 이유의 집으로 달려갔다.

"이유! 나는 누가 뭐라 해도 적토마를 내주지 않을 테니 감히 탐내지 마시오."

'아니, 탐을 내다니? 이 변덕쟁이가 벌써 마음이 변했구나.'

그렇게 생각한 이유는 얼른 동탁이 써 준 글을 여포에게 보여 주었다.

"음……."

여포는 분함을 이기지 못해 씩씩거리며 문을 박차고 나섰다.

"과연 왕윤 대감의 말이 옳구나. 내 당장 동탁을 만나 단단히 따지리라!"

여포가 급한 성미를 참지 못하고 동탁에게로 달려가는 것을 본 왕윤은 재빨리 여포의 뒤를 쫓아갔다.

"여보시오, 여포 장군!"

여포가 뒤를 돌아보니 왕윤이 급히 뒤쫓아오고 있었다.

"웬일이오?"

"잠시 나 좀 봅시다."

왕윤은 여포의 소매를 잡아 끌어 한적한 곳으로 가서는 무엇인가 심각하게 얘기했다.

왕윤의 얘기를 듣는 여포는 연신 고개를 끄덕이며 히죽히죽 웃기까지 하였다.

여포에게 무엇인가 계책을 일러 준 왕윤은 곧장 집으로 돌아와 곧 이숙을 불러들였다. 귓속말을 주고받는 두 사람의 표정이 무척 심각했다.

다음 날 이숙은 화려하게 꾸민 마차를 이끌고 10여 명의 병사들과 함께 동탁의 집에 이르렀다.

"황제 폐하의 심부름으로 제가 왔습니다."

동탁은 황제의 전갈이라는 소리에 거드름을 피우며 무슨 일이냐고 물었다.

"황제께서는 나이도 어리시고 몸도 쇠잔하시어 더 이상 보위(寶位 ; 임금의 자리)에 계시기가 힘드시다며, 재상께 황제의 자리를 물려주시기로 결심하셨답니다. 재상께서는 속히 마차에 오르십시오."

동탁은 짐짓 놀라는 표정이었으나 이내 태연한 척했다.

"음, 그래? 뜻밖의 분부이기는 하나 듣고 보니 그렇기도 한 일이다. 조정 대신들 의견은 어떠하냐?"

"조정의 대신들은 늘 동탁 재상님을 우러러보고 있던 터라 모두들 재상께서 오시기를 기다리고 있습니다."

"허, 기특한지고."

동탁은 벌써부터 자신이 황제가 된 듯 한없이 거드름을 피웠다.

"어서 가자!"

동탁이 화려하게 단장이 된 마차에 올라타자, 그 앞과 뒤에는 수백 명의 군사들이 그를 호위하며 궁궐로 향했다. 형형 색색(形形色色 ; 온갖 무늬와 색깔)의 깃발로 치장한 행렬은 참으로 장관이었다.

동탁의 일행이 궁궐 앞에 이르자, 앞장 섰던 이숙이 병사들을 향해 소리쳤다.

"이 곳은 황제 폐하가 계신 궁궐이므로 궁궐을 지키는 병사 외에는 출입이 금지되어 있다. 그러니 호위병들은 이 곳에서 대기하도록 하라."

동탁은 무엇인가 좀 이상하기도 했지만 대수롭지 않게 생각하고 거만하게 앉아 있었다.

동탁이 드디어 궁궐 문을 들어섰다.

왕윤을 비롯한 조정 대신들이 좌우로 늘어서서 자신을 맞이하는 것처럼 보였다. 그러나 곧 동탁은 놀라 몸을 흠칫했다. 대신들이 일제히 손에 칼을 들고 서 있는 모습이 보였기 때문이다.

"여봐라, 저들이 왜 칼을 들고 서 있느냐?"

동탁이 다급하게 이숙을 돌아보며 묻자, 이숙은 소리 높여 껄껄 웃었다.

"모두들 동탁 재상께 극락 세계를 구경시켜 드리기 위해 기다리고 있는 것입니다."

"뭐, 뭐라고? 극락 세계?"

동탁은 마차에서 후다닥 뛰어내리며 사방을 두리번거렸다. 그제서야 모든 상황을 파악한 것이다.

"교활한 것들, 이숙을 시켜 나를 속이다니!"

동탁이 왕윤을 노려보며 소리쳤다.

"역적 동탁아! 하늘을 대신하여 이 왕윤이 너를 처단하마. 자, 목을 내밀어라."

왕윤의 소리가 끝나자마자 어디에서인가 백여 명의 무사들이 한꺼번에 뛰어나와 동탁을 에워쌌다.

동탁은 얼굴이 하얗게 질려 소리쳤다.

"여포야! 여포는 어디 있느냐?"

"여포는 여기 있다."

여포가 당당하게 걸어 나오며 외쳤다.

"그래, 여포야! 저, 저 왕윤 놈을 당장 죽여라."

"이놈, 내가 네놈의 부하인 줄 알았더냐?"

그 순간 여포가 창을 번쩍 들어 동탁의 가슴을 찔렀다. 동탁의 피둥피둥한 몸집이 몇 번 비틀거리는가 싶더니 이내 폭 고꾸라졌다.

"만세!"

"역적 동탁이 죽었다!"

별안간 궁궐 안팎은 엄청난 함성과 함께 만세 소리로 뒤덮였다. 그런 중에 여포는 곧장 어디론가 달려가고 있었다.

잠시 후, 여포가 다시 돌아왔을 때는 그의 손에 무엇인가가 들려 있었다.

"여기 있다."

여포가 내던진 것은 이유의 머리였다.

왕윤은 여포의 손을 잡고 그의 공로를 치하한 뒤 다시 일렀다.

"나머지 무리 중에서 제멋대로 횡포를 부린 자들을 샅샅이 찾아 내어 모조리 소탕하도록 하시오."

여포는 그 길로 곧장 지방에 있는 동탁의 하수인들을 소탕하기 위해 장안을 떠났다.

한편 동탁이 죽었다는 소식을 전해 들은 동탁의 심복들은 서양주를 지키는 이각을 필두로 하여 곽사, 장제 등과 함께 이마를 맞대고 의논을 했다.

그들은 여포가 장안을 떠났다는 소식을 듣고 장안을 기습 점령할 것을 결의했다.

"앉아서 죽느니 우리가 먼저 장안을 칩시다."

"자, 어서 가서 왕윤 일당을 물리치고 부귀 영화를 누립시다."

이각이 앞장 서서 달리며 병사들을 호령했다. 그들은 5만여 병력을 이끌고 장안으로 밀어닥쳤다.

장안에서는 동탁의 죽음에 들떠 있었다.

왕윤은 급히 군사를 모아 지방으로 간 군사들이 돌아올 때까지 성문을 굳게 닫고 황제를 잘 지킬 것을 명령했다.

그러나 왕윤이 통솔하는 군대는 원래 동탁의 군대였기 때문에, 그의 심복들이 많아 그들 중 몇몇은 다른 마음을 품고 있었다. 그 중에서도 이몽(李蒙)이라는 자는 이각과 내통하여 이각의 군사들이 성문으로 들어올 수 있도록 몰래 빗장을 열어 주었다. 물밀듯이 밀고 들어 온 이각 일당은 닥치는 대로 죽이고 부수며 궁궐을 쑥대밭으로 만들었다.

어린 황제는 왕윤의 소매를 잡고 벌벌 떨며 어쩔 줄 몰라 했다.

"폐하, 부디 옥체를 보존하시옵소서!"

왕윤이 침착하게 황제를 달랜 다음 문 앞으로 나가 큰소리로 외쳤다.

"역적 이각은 들으라! 너희 놈들은 어찌하여 무엄하게도 황제 전하의 어전을 어지럽히려 드느냐? 이제 동탁의 시대는 끝났다. 모두들 개과천선(改過遷善 ; 마음을 고쳐먹고 선한 사람이 됨)하여 나라에 충성토록 하라!"

왕윤의 눈에서는 뜨거운 눈물이 흐르고 있었다.

그 때 어디선가 화살이 날아와 왕윤의 가슴에 꽂혔다. 그와 동시에 이각이 뛰어들어와 쓰러진 왕윤의 몸을 마구 짓밟았다.

이각은 그 후로도 미친 사람처럼 궁 안의 구석구석을 뒤져 충신들을 모두 죽였다.

"이제 모두가 그대들 손에 죽었는데 왜 물러가지 않는 것이오?"

어린 황제가 얼굴이 새파랗게 질려 말했다.

"역적들을 물리치긴 했사오나 저희들에게는 아직 벼슬이 없어 군사를 물리지 못하고 있사옵니다."

"무슨 벼슬을 원하오?"

이리하여 이각 일당은 자신들의 벼슬 이름을 적은 종이를 황제에게 올려 스스로 그 자리에 올랐다.

산 너머 산

동탁이 물러간 자리에 이각 일당이 주저앉은 판이니 나라의 꼴은 갈수록 태산이었다. 곳곳에서 도둑 떼들이 다시 일어났고, 세상은 온통 주먹과 힘만이 통하는 무법 천지(無法天地 ; 제도와 질서가 문란하여 법이 없는 것과 같은 세상)가 되어 가고 있었다. 그럼에도 불구하고 이각 일당은 밤낮으로 향락에만 빠져 있었다.

한편 동탁이 살아 있을 당시 그에게 쫓기어 지방에 숨어 있던 조조는 그 소식을 듣고 회심의 미소를 지었다.

"천하의 일은 반드시 때가 있는 법! 이제 드디어 때가 왔다."

그는 각 지방을 돌며 도둑의 무리를 닥치는 대로 섬멸하여, 백성들의 인심을 얻음과 동시에 젊은이들을 모아 힘을 길러 나갔다. 그의 가슴은 언젠가는 천하를 자기 것으로 만들고자 하는 야심으로 불타고 있었다.

그러던 어느 날, 서주(徐州)에 머무르고 있던 조조의 아버지가 황건적 일당에게 무참히 살해되었다는 소식이 전해져 왔다. 조조는 그 소식을 듣고 땅을 치며 통곡했다. 그리고는 부하들을 불러 서주 태수를 당장에 없애 버릴 것을 명령했다.

"내 아버지가 돌아가신 것은 그 고을을 잘 지키지 못한 태수의 잘못이다. 그러니 서주 태수를 당장 없애 버려라."
그 때 잠자코 조조의 말을 듣고 있던 순욱이라는 자가 입을 열었다.
"지금 서주 태수를 치기에는 때가 좋지 않습니다. 그에게 도둑을 잡아 달라면 몰라도 태수를 직접 치는 것은 경솔한 행동이 될 것입니다."
순욱의 말에 조조는 발끈했다. 사실 조조는 아버지의 원수를 핑계삼아 이번 기회에 서주를 점령할 속셈이었던 것이다.
"잔말 말고 나를 따르시오. 서주로 들어가거든 방비를 굳게 하여 서주를 우리의 터가 되게 해야 하오."
이렇듯 조조의 결의가 대단한지라 더 이상 말릴 수가 없었다. 그리하여 조조의 군사들은 깃발을 휘날리며 서주를 공격하기 위해 나섰다.
조조가 쳐들어온다는 소식을 들은 서주 태수 도겸은 가슴이 철렁 내려앉았다. 예전 같았으면 조조를 겁낼 도겸이 아니었지만, 지금은 남은 병력도 별로 없고 자신마저도 병으로 시름시름 앓고 있는 형편이었기 때문이다. 며칠을 궁리한 끝에 평원에 있는 유비에게 구원을 청하기로 하여 사람을 보냈다.
도겸의 전갈을 받은 유비는 잠시 생각에 잠겼다. 언젠가 본 적이 있는 조조, 그의 인물됨과 야심에 찬 눈빛이 떠올랐다.
그러나 자신의 원수를 갚는다는 사사로운 이유로 나라의 관청을 친다는 것은 대의(大義 : 마땅히 행해야 할 중대한 의리)에 어긋나는 행동이었다.
유비는 깊은 생각에 잠겼다. 그러다가 마침내 도겸을 도와 군사를 일으킬 것을 결심했다. 무릇 사나이 대장부는 개인의 사사로운 이익보다는 대의를 따르는 것이 도리일 것 같았기 때문이다.
유비 삼 형제를 맞은 도겸은 너무나도 기뻐 큰 잔치를 베풀어 그들을 환영했다. 모두들 흥에 겨워 있을 무렵 도겸이 좌중을 둘러보며 심각한 표정으로 입을 열었다.
"여러분! 오늘 이 자리에서 여러분에게 한 가지 알려드릴 일이 있소."

사람들이 일제히 의아한 표정으로 도겸을 바라보았다.

"나는 이미 늙고 병들어 언제 세상을 떠날지 모르는 몸이오. 나는 늘 그 점을 염려하고 있었소. 하지만 오늘 이 자리에 마침 이 나라 황실의 후손이시며, 덕망과 지혜가 뛰어난 어른이 계시니, 그분께 내 뒤를 이어 서주 고을을 맡아 줄 것을 제안하고자 하오. 그분은 바로 유비 현덕이시니, 오늘 이 시간부터 여러분들은 유 장군을 잘 받들도록 하시오."

너무나도 갑작스런 도겸의 말에 모든 사람들이 놀라 술렁거렸다. 그 중에서도 유비 자신의 놀라움은 누구보다도 컸다.

"아니, 태수님! 지금 무슨 말씀이십니까?"

"부디 내 청을 거두어 주시오."

"안 됩니다. 저는 아직 그러한 재목이 되지 못하니 제발 거두어 주십시오."

"유공, 제발 부탁이오."

유비를 바라보며 간곡히 부탁하던 도겸의 안색이 갑자기 창백해졌다.

"으윽!"

힘없이 자리에 쓰러진 도겸은 그 길로 영영 세상을 떠나고 말았다.

"유비가 서주의 태수가 되었다!"

이 소식은 삽시간에 방방 곡곡에 퍼져 나갔다.

한편 서주를 향해 말을 몰아 오다 이 소식을 접한 조조는 가슴에서 불덩어리가 치밀어 오르는 듯했다.

"네놈들이 꾸물거리는 바람에 굴러 들어온 태수 자리를 놓쳤어!"

그는 부하들을 심하게 닦달했다. 조조는 이제 더 이상 서주를 향해 진격할 수가 없었다. 그는 유비 삼 형제의 용맹을 너무나도 잘 알고 있었기 때문이다. 조조가 이를 갈며 분해하고 있을 때, 마침 여포가 자신의 연주성을 공격하러 온다는 전갈이 날아들었다.

"여포가 나를 공격해? 좋다! 그렇다면 우린 여포의 등허리를 들이치자! 그가 연주로 떠났다면 거꾸로 여포의 본거지인 복양이 비어 있을 것이다. 이 틈에 복양을 점령하자!"

조조는 과연 비상한 머리를 가졌다. 그는 즉시 군사를 두 패로 나누어 한 패는 연주로, 또 한 패는 복양으로 진격하게 하고 자신은 복양을 향해 앞장 섰다.

그런데 연주로 떠났다던 여포는 두 눈을 시퍼렇게 뜨고 복양을 지키고 있었다. 여포는 조조가 꾀는 많아도 귀가 얇아 뜬소문을 곧이듣는 점을 이용해 계략을 꾸몄던 것이다. 그런 줄도 모르고 무턱대고 복양을 들이친 조조의 군사들은 거의 초죽음이 되었다. 그리하여 조조는 또 한 번의 대실패를 맛보았다.

여포의 적토마에 쫓겨 죽은 체하고 땅바닥에 엎드렸다가 간신히 목숨을 건진 조조는 겨우 몇 명의 부하 장수들을 데리고 그 곳을 빠져 나왔다.

"이제 어찌하면 좋단 말이냐?"

"장군님, 참으십시오. 진정한 용기는 참는 데에 있고 최후의 승리자가 천하를 얻을 수 있습니다."

순욱의 말에는 과연 조조의 명참모다운 면이 있었다. 조조는 분하여 눈물을 뚝뚝 흘리면서 순욱의 말에 따르기로 하였다.

조조 일행이 겨우 목숨을 건진 부하 병사들을 이끌고 연주로 향해 가고 있을 때였다. 갑자기 웬 건장한 사나이가 말을 타고 나타나 조조의 앞을 가로막으며 떡 버티고 섰다.

"네 이놈! 누구인데 감히 길을 막느냐? 옳지, 여포의 부하가 아니면 황건적의 일당이렷다!"

조조가 큰 소리로 호통치자 젊은 사나이는 어깨를 들썩이며 호탕하게 웃었다.

"하하하! 사람을 잘못 보셨소. 나는 지금 황건적들을 잔뜩 붙잡아 산속에 묶어 놓고 내려오는 길이오."

"뭐라고? 그렇다면 그 도둑들을 모아 놓은 곳이 어디냐?"

"그냥 가르쳐 드릴 수야 없지요. 누구든지 나와 힘겨루기를 해서 이기는 자가 있으면 가르쳐 드리리다."

'야, 이놈 봐라?'

조조는 젊은 사나이를 가소롭다는 듯이 위아래로 훑어 보고 나서 부하들을 돌아보며 외쳤다.

"저놈을 혼내 줄 자 없느냐?"

"네! 제가 하겠습니다."

그는 조조의 부하 중에 가장 힘이 센 전위라는 장수였다. 전위는 곧장 앞으로 달려나가 젊은 사나이와 맞붙었다.

"전위 이겨라! 전위 이겨라!"

조조의 부하들은 목청껏 전위를 응원했다. 그러나 일순간 그들은 벌린 입을 다물지 못했다. 어느 틈엔가 젊은 사나이는 전위를 머리 위로 들어 올려 땅바닥에 냅다 내리꽂을 기세였기 때문이다.

"어, 어?"

사람들이 일제히 멈칫거리는 사이에 전위의 몸통이 하늘을 날았다.

저 멀리 허공으로 전위의 몸이 나는가 싶더니 이윽고 '쿵!' 하고 떨어지는 소리가 들렸다.

"저자는 필시 사람이 아니다! 호랑이가 둔갑을 한 것이 틀림없으니 저자를 곱게 돌려 보내라!"

조조는 가늘게 실눈을 뜨고 한참이나 궁리를 했다.

'그렇지, 저놈을 우리 편으로 끌어들이기 위해서는 머리를 써야 한다.'

조조는 부하들과 함께 계책을 짰다.

"좋은 수가 있다. 들판에 함정을 파 놓고 내일 다시 싸움을 걸자. 아무리 힘이 센 놈이라도 함정을 피해 가지는 못할 것이다. 그 녀석이 빠지면 그 때 우리 편으로 꾀어 내도록 하자!"

"과연 훌륭한 계책이십니다."

의논을 마친 조조는 젊은이를 향해 외쳤다.

"오늘은 내 부하들이 지쳐 있으니 내일 날이 밝는 대로 이 곳에서 다시 만나 한 번 더 겨뤄 보는 것이 어떻겠는가?"

"좋소이다."

다음 날 그들은 또 마주 섰다. 그런데 이번에는 조조의 부하가 싸우는 체하더니 자꾸만 뒷걸음질을 치고 있었다. 화가 난 젊은이가 씩씩거리며 외쳤다.

"이놈아, 싸울 생각은 않고 왜 뒷걸음질만 치느냐? 에이, 비겁한 놈!"

젊은이가 냅다 달려드는 순간, 함정을 덮어 놓은 거적이 풀썩 꺼져들었다.

"쿵!"

육중한 몸집이 바닥으로 떨어지는 소리와 함께 호랑이가 울부짖는 듯한 소리가 울려 나왔다.

"야, 이 비겁한 놈들아! 빨리 밧줄을 내려라! 으으으."

그러나 아무도 들은 체하지 않았으므로 함정 속의 젊은이는 고래고래 악을 써 댔다. 얼마 동안 그렇게 날뛰던 젊은이가 지쳤는지 어느덧 잠잠해졌다.

이윽고 조조가 함정에까지 들리도록 큰 소리로 부하들을 꾸짖었다.

"이놈들아, 정정 당당하게 싸워야지 이게 무슨 짓들이냐! 보아하니 천하에 둘도 없는 장사이거늘 어서 빨리 그를 정중히 뫼시어라!"

함정에서 조조가 하는 말을 들은 젊은이는 기분이 좋아졌다. 밧줄을 잡고 밖으로 나온 그는 코를 벌름거리며 조금 전 떨어질 때 생긴 이마의 혹을 만지작거리고 있었다.

그 때 조조가 다가서며 다정스럽게 말했다.

"젊은이, 내 부하들의 잘못을 용서하게나. 그대는 대체 누구며, 또 왜 이 곳에 이렇게 나타났는고?"

"저는 허저(許褚)라는 사람입니다. 도둑들이 날뛰기에 그들을 잡아 놓고 장안으로 가는 길이었습니다."

"허! 힘만 센 줄 알았더니 그렇게 옳은 일까지 하다니……. 이렇게 만난 것도 하늘의 인연일 테니 우리 한평생 같이 지내면 어떻겠나? 나는 조조라고 하네."

"그렇지 않아도 장군님의 명성은 익히 듣고 있었습니다. 주인으로 섬기며 온 힘을 다하겠습니다."

허저가 조조에게 큰절을 올렸다.

한편 각 지방에서 이렇듯 크고 작은 세력이 끊임없이 팽팽한 줄다리기를 하고 있는 동안, 조정에서는 이각과 곽범 일당이 이루 말할 수 없을 정도로 황제와 백성들을 들볶고 있었다.

어느 날 어린 황제 헌제가 주전을 은밀히 불러 당부했다.

"나는 죽어도 좋으니 무슨 수를 써서라도 저 무도한 놈들을 물리쳐 주시오."

주전은 황제의 당부를 들으며 하염없이 눈물을 흘렸다.

집으로 돌아온 주전은 그 날부터 며칠간 꼼짝도 하지 않고 골똘히 생각에 잠겼다. 그러다가 마침내 주전은 하인을 시켜 이각의 시녀인 초선을 은밀히 불러들였다. 초선은 이각의 시녀이기는 하나, 동탁에게 억울한 죽임을 당한 대신의 딸로서 마음이 곧고 절개가 있는 여인이었다.

"초선아, 나이는 어리지만 나라와 폐하를 위하여 큰일을 해야 한다."

"소녀 비록 하녀이긴 하오나 무슨 일이든 맡겨 주시면 이 한 몸 돌보지 않겠나이다."

"고맙다. 어린 네가 가상하구나."

주전은 초선이 갸륵하여 눈물을 흘렸고, 초선은 아직도 주전과 같은 충신이 있음에 눈물을 흘렸다.

며칠 후, 이각의 집에는 곽범의 집에서 보내 왔다는 음식이 전달되었다. 곽범의 집에 잔치가 있다 하여 보내 온 음식이었다.

초선은 음식상을 들고 이각의 앞에 나아갔다. 그리고 잠시 망설이는 듯하더니 상에서 떡 한 개를 집어 마당에 있는 개에게 던져 주었다. 의아한 표정으로 초선의 행동을 바라보던 이각의 얼굴이 이내 굳어졌다.

"컹, 컹!"

개가 갑자기 하늘을 향해 고갯짓을 하며 눈이 하얗게 뒤집어지더니 고꾸라졌다.

"아니, 이게 어찌 된 일이냐?"

"네, 혹시나 해서 음식을 개에게 먼저 먹여 보았사온데 하마터면 큰일날 뻔하였사옵니다."

"음, 곽범 이놈이 나를 독살하려 하다니……. 천하에 고얀 놈! 감히 내 자리를 넘봐?"

"어르신, 반역의 음모가 아닐는지요? 지금 이 나라에는 어르신이 아니 계시면 곽범 대감이 일인자가 될 것이온즉, 정녕……."

"알았다. 내 이놈을 결코 용서치 않으리라!"

이각은 분함을 참지 못하여 부르르 떨면서도 침착하게 대처했다.

며칠 뒤 이각은 부하들을 데리고 울적한 마음을 돌릴 겸하여 사냥을 나섰다. 한 열흘쯤 바람을 쐬러 나선 것이다.

주전은 그 때를 놓칠세라 재빨리 잔치 준비를 서둘렀다. 그리고는 곽범을 비롯한 몇몇 대신 집에 하인을 보내 자신의 생일이라며 그들을 초청했다.

주전의 초청을 받은 곽범이 거드름을 피우며 나타나자 주전은 깜짝 놀라는 시늉을 하며 그를 맞았다.

"아니, 곽범 장군! 사냥을 떠나신 줄 알았는데……."

"사냥이라니요?"

"나는 늘 장군께서 이각 재상과 함께 행동하시기에 이번 사냥길에도 같이 떠나신 줄 알았는데……."

"사냥 같은 걸 함께 다닐 필요야 있겠소?"

곽범은 대수롭지 않게 대꾸하며 자리에 앉았다. 술잔이 몇 번인가 돈

다음 주전이 곽범의 귀에 대고 넌지시 말했다.

"장군, 요즘 아무래도 재상께서 좀 이상하지 않습니까? 지난번에는 난데없이 장군께서 독약을 보냈다는 소문을 내시더니 요즘엔 누구와도 통 어울리지 않으려 하시니 무슨 까닭이 있는 건 아닐는지요?"

"내 말이 바로 그 말이오. 내가 무슨 독약을 보냈다는 것이며 재상의 자리를 탐낸다는 것인지……. 부하를 그렇게 못 믿어서야 어찌 큰 인물이라 할 수 있단 말이오?"

"그야 곽 장군의 역량과 덕망이 뛰어나시기 때문에 곽 장군을 경계하시어……."

"에잇, 옹졸한 늙은이 같으니라고! 내 기회가 생기면 재상께 한번 단단히 따져 볼까 하오."

곽범은 부아가 치밀어 술만 거푸 들이켰다.

한편 이각 일행이 사냥에서 돌아왔다는 소식을 들은 대신들은 서둘러 이각의 집에 인사를 갔다.

주전도 아침 일찍 이각의 집을 찾았다. 이런저런 얘기끝에 주전이 심각한 표정으로 이각에게 말했다.

"곽범 장군은 다녀가셨는지요?"

"그자가 요즘 무슨 생각을 하고 있는지 내 짐작 못 하는 바는 아니오만, 그런데 그걸 왜 묻소?"

"네, 그러니까…… 재상께 이런 말씀을 드려야 할지 말아야 할지……."

"무슨 말인데 그러오? 어서 말해 보시오."

"그게 좀 곤란한……."

"내 성미를 뻔히 알 텐데 왜 그리 꾸물거리오?"

"실은 지난번 제 생일에 곽범 장군이 오셨는데, 그분께서 취중에 재상의 욕을 어찌나 하는지 민망하기 이를 데 없었습니다."

"뭐라고? 아니, 곽범 그놈이 살려 두었더니 아직도 정신을 못 차리고……. 내 이놈을 당장……."
"재상님, 진정하십시오. 너무 서두르시다가는 오히려 역습을 당할 우려가 있는 법입니다. 차츰 때를 보아서 처리하심이 좋을 듯하옵니다."
"좋소. 그럼 며칠 더 두고 보리라!"
이각은 이를 부득부득 갈면서도 주전의 말을 따르기로 했다.
잠시 후 이각의 집을 나선 주전은 곧장 곽범의 집으로 갔다.
"곽 장군, 재상께서 필시 장군을 죽일 생각인 모양이오. 지금 재상께 다녀오는 길인데 곧 자객을 보낼 기미였소."
"고맙소, 장군. 장군이 아니었더라면 내 앉아서 죽을 뻔했구려."
"두 분이 어떻게 화해를 하는 방법은 없을까요?"
"화해라니요? 그자의 성미를 몰라서 하는 소리요?"
곽범은 두 눈을 가늘게 뜨며 차가운 미소를 머금었다. 그리고는 곧 부하들을 불렀다.
곽범이 이각을 죽이려 한다는 소식이 이각의 집에 날아들었다. 이각은 불같이 화를 냈다.
"여봐라! 그 놈을 당장에 없애라! 내가 그렇게 돌보아 주었거늘……."
이각의 명을 받은 군사들이 곽범의 집으로 들이닥쳤다.
곽범도 이미 군사들을 소집해 두고 있던 터였다.
장안은 또 한바탕 아수라장이 되었다. 고래 싸움에 새우 등 터지는 꼴이었다. 불길이 치솟고 사람들의 아우성 소리가 집집마다 요란했다.
"에이, 더러운 세상!"
백성들이 하나둘씩 보따리를 싸들고 피난길에 나섰다. 조정에서도 못 본 체하고 있을 수만은 없었다. 황제가 어찌하면 좋겠냐고 묻자 주전이 말했다.
"전하, 이 기회에 낙양으로 다시 옮겨 가시면 어떠하올는지요?"
"낙양으로?"

"그러하옵니다. 낙양이야말로 본래 우리 황실의 본거지가 아니옵니까?"

"그럼 속히 채비를 차리도록 하오."

그리하여 황제와 문무 대신들이 낙양으로 되돌아가기 위해 길을 나섰다. 가도 가도 끝이 없는 길이었다. 멀고도 험한 길을 두 번씩이나 옮겨가는 황제의 신세가 처량하기 그지없었다.

그들이 잠시 행렬을 멈추고 쉬고 있을 때, 한 무리의 군사들이 뽀얀 먼지를 일으키며 달려오는 것이 보였다. 황제를 호위하던 주전이 앞으로 나섰다.

"앗! 저것은 이각의 군대가 아니냐?"

주전의 외마디 소리와 함께 이각 일당의 모습이 점점 가까워지고 있었다.

"아, 아!"

황제는 비명에 가까운 탄식을 하고 있었다. 이쪽의 호위 군사는 고작해야 백여 명에 불과한데 이각의 군대는 천여 명이 넘어 보였다.

"어찌하면 좋단 말이오?"

황제는 울상이 되어 대신들을 바라보았다. 그러나 뾰족한 수가 없었다. 그 때 주전이 다급한 목소리로 명령했다.

"지금부터 죽음을 각오하고 폐하의 마차를 보호하되, 나머지 마차에 실려 있는 금은 보화를 모조리 길 옆에 뿌려라! 될 수 있는 한 한 곳에 뿌리지 말고 여기저기 흩어 뿌려야 한다."

대신들과 궁녀들, 그리고 호위 군사들이 서둘러 주전의 명령대로 금은 보화를 부리기 시작했다. 그러면서 그들은 서둘러 길을 빠져 나갔다. 뒤쫓아오던 이각의 부하들은 여기저기 널려 있는 보물에 눈이 뒤집혀 버렸다.

"이게 웬 보물이냐?"

"와! 보물이다, 보물!"

"저기, 저쪽에 더 많이 있다!"

병졸들은 고깃덩어리를 만난 늑대처럼 여기저기 흩어져 있는 보물들을 주워 담기에 혈안이 되었다. 그들을 인솔하던 장수들이 고래고래 고함을 쳤다.

"이놈들아, 어서 되돌아오지 못하겠느냐? 보물을 주운 놈들은 모조리 이리 가져오너라!"

"뭐라고? 보물을 가져오라고? 저런 나쁜 놈!"

눈에 핏발이 선 병사 하나가 앞으로 나서서 장수 한 사람을 칼로 찔러 죽였다.

"이놈아, 이건 내거다."

"무슨 소리냐? 내가 먼저 발견했다."

병졸들은 서로 뒤엉켜 싸우다가 마침내 자기들끼리 처참한 살육전을 벌이고 있었다.

그러는 사이에 황제 일행은 언덕을 넘고 벌판을 가로질러 나아갔다.

앞서 달리던 주전의 눈에 문득 황하의 도도한 물결이 보였다.

'황하! 천 년을 흐르면서도 변하지 않는 저 강을 어찌 건넌단 말인가!'

주전은 다시 눈앞이 캄캄해졌다. 무심코 달려올 때에는 미처 생각지 못했었는데, 만약 강 어귀에서 붙잡히는 날에는 꼼짝없이 물귀신이 될 형편이었다.

주전은 잠시 마음을 가다듬고 다시 황제 앞으로 나아갔다.

"……전하, 황송하오나 마차에서 내리시어 말로 바꾸어 타시옵소서! 옷도 평민복으로 갈아 입으시옵소서!"

황제는 두말 없이 주전이 시키는 대로 했다. 누가 보아도 황제와 주전은 평민으로밖에 보이지 않았다. 병이 들어 치료차 길을 나선 것이라고 둘러대는 하인들의 말에 뱃전을 지키던 이각의 파수병들은 고개를 갸우뚱하면서도 그들을 태웠다.

배가 어느덧 강 중간쯤에 이르렀다.

"저들을 잡아라!"

어느 새 뒤쫓아온 이각 일당이 강기슭에서 고래고래 소리를 지르며 마구 화살을 쏘아 댔다. 그러나 힘없이 날아온 화살은 모조리 뱃전에 가득 쌓였다.

"귀한 화살을 보내 주어 고맙다. 이 다음에 때가 되면 꼭 갚아 주마!"

주전의 외침 소리를 듣고 있는 황제의 입가에 실로 오랜만에 엷은 미소가 떠올랐다.

강을 무사히 건넌 황제 일행은 안심하고 길을 갔다. 그러나 길은 여전히 험했고 쏟아지는 소나기에도 황제를 덮어 줄 보자기 하나 없었다.

주전과 대신들은 가슴 속으로 뜨거운 눈물을 흘렸다. 먹을 것마저 떨어져 굶기도 하였다. 가까스로 얻어 온 음식이래야 보잘것 없는 거친 음식이었지만, 어린 황제는 불평 한 마디 하지 않았다. 오히려 늙은 대신들을 돌아보며 위로의 말을 잊지 않았다.

"나 때문에 공연히 대신들의 고생이 이만저만이 아니구려."

"황공하옵니다, 전하!"

그들은 서로 소리 없이 눈물을 흘렸다. 그렇게 며칠 밤이 찾아오고 또 며칠 밤이 지나갔다.

"오, 낙양……!"

드디어 일행의 시야에 낙양의 성루(城樓 ; 성문 위에 세운 누각)가 아스라이 보였다.

성으로 가까이 다가갈수록 그들의 눈에서는 뜨거운 눈물이 흘렀다. 기쁨에서가 아니라 낙양이 너무나도 황폐한 모습으로 변해 있었기 때문이었다. 그 화려했던 궁궐은 타다 남은 주춧돌만 우두커니 남아 있어 옛 영화를 말해 주는 듯했다.

"황제 폐하가 돌아오셨다!"

"황제 폐하 만세!"

입에서 입으로 전해진 황제의 환궁(還宮 ; 궁궐로 다시 돌아옴) 소식에 백성들은 앞다투어 먹을 것과 입을 것을 가지고 몰려들었다. 궁궐을 새로 지을 목수들이 곧 선발되어 작으나마 아담한 새 궁궐이 지어졌다.

황제는 백성들의 충성에 눈물을 흘렸다.

"이제 어떻게 해서든지 역적의 무리들을 물리쳐야 할 텐데, 경들의 생각은 어떠하시오?"

황제의 걱정에 주전이 대답했다.

"지금 산동(山東) 지방에 조조가 10만의 군사를 거느리고 있습니다."

"조조가?"

"네, 그러하옵니다. 조조에게 연락을 취하여 속히 낙양으로 올라와 황실을 돕고 나라를 구하라고 이르심이 어떠하올는지요?"

"그럼 주전 장군의 뜻대로 하시오."

대신들 모두 찬성하였으므로 황제는 곧장 붓을 들어 조조에게 칙서(勅書 ; 임금이 어느 특정인에게 뜻이나 알릴 일을 적은 글)를 보냈다.

조조의 야심

조조는 혼자서 성루에 올라 총총히 떠 있는 밤 하늘의 별들을 바라보고 있었다. 강물처럼 흐르다가 이내 거대한 불덩어리가 된 듯, 한 곳에 멈춰 서기를 반복하는 은하수였다. 조조는 두 주먹을 불끈 쥐고 자신에게 다짐했다.

"하늘은 반드시 내게 때를 주실 것이다. 아! 어서 그 때가 와야 할 텐데……."

그 때 참모장 순욱의 목소리가 들려 왔다.

"장군님, 어디 계십니까?"

"무슨 일이오?"

순욱이 숨을 가쁘게 몰아 쉬며 달려왔다.

"장군님, 지금 막 낙양에서 황제의 사신이 왔습니다."

"뭐라고? 황제의 사신이? 음, 알았소. 이제 정말 때가 왔나 보오."

"네?"

"어서 가서 사신을 극진히 모시도록 하오."

조조는 무엇인가 미리 짐작한 바라도 있었던 듯 성큼성큼 앞장 서서 별당 쪽으로 향했다.

이윽고 조정의 사신과 조조가 마주 앉았다.
"황제 폐하의 사신을 이런 누추한 곳에 모시게 되어 송구스럽습니다만, 변방(邊方;변두리 지방)의 형편이 워낙 넉넉치 못해서……. 널리 양해하시기 바랍니다. 그런데 어인 일로 이렇게 먼길을 오셨는지요?"
조조의 정중한 인사에 사신은 대답 대신 미소를 머금으며 품 속에서 한 통의 서신을 꺼냈다. 그리고는 엄숙한 목소리로 그것을 읽어 나갔다.
"산동에 있는 조조 장군은 들으시오. 나라가 더없이 어지럽고 백성들의 고통이 날로 더해 가니 짐의 마음이 무겁기 한량없소. 조조 장군은 속히 낙양으로 들어와 종묘 사직(宗廟社稷;왕실과 나라를 아울러 이르는 말)을 바로잡아 나라의 위신을 세워 주기 바라오. 조조 장군을 군 총사령관 및 재상으로 임명하는 바이오."
황제의 교서를 읽어 내려가는 동안 조조의 가슴은 뛰었고 눈은 광채를 발했다.
'이제야말로 천하가 내 손에 들어오는구나. 과연 기다린 보람이 있도다!'
조조는 너무 좋아서 하마터면 환성을 지를 뻔하였으나, 겉으로 드러난 그의 모습은 침착하기 이를 데 없었다. 그는 자리에서 벌떡 일어나 황제가 계신 낙양 쪽을 향해 여러 번 큰절을 하였다.
"이 몸과 마음을 바쳐 황제 폐하의 분부를 거행하겠습니다. 여기 있는 젊은 병사들은 목숨을 아끼지 않는 충성스런 부하들이오니 지금 즉시 낙양으로 떠나겠습니다. 사신께서도 곧 떠날 채비를 서두르시지요."
조조의 말이 끝나자 둘러서 있던 부하들의 입에서는 일제히 만세 소리가 터졌다.
"만세! 조조 장군 만세!"
이튿날 새벽, 조조는 10만의 군사를 거느리고 마치 개선 장군이라도 된 듯 낙양을 향해 들어서고 있었다.
조조 군이 낙양에 거의 다다랐을 무렵, 한 떼의 군마가 요란한 말발굽 소리를 내며 낙양을 향해 달려오는 것이 보였다.

"저건 뭐냐?"

조조가 참모들을 뒤돌아보며 물었다. 그러자 순욱이 말을 몰아 정세를 살피고 돌아왔다.

"저것은 이각의 일당이옵니다. 저놈이 정녕 새 재상님의 부임길에 재를 뿌리고자 하는 것 같은데 과히 염려마십시오. 마침 황제 폐하께 마땅히 드릴 선물도 없던 차에 잘 됐습니다."

"그것 참 좋은 생각이다. 즉시 가서 이각의 일당을 섬멸토록 하라!"

조조의 명령이 떨어지자 병사들은 우렁찬 함성과 함께 이각의 일당을 향해 돌진해 나아갔다. 이제 그들은 어제의 병졸들이 아니었다. 자신의 수장(首長 ; 우두머리)인 조조가 재상이 되어 황제의 곁으로 가는 판이니 그들의 사기는 그야말로 하늘을 찌를 듯하였다. 그런 그들 앞에는 대적할 자가 없었다. 더욱이 새로 조조의 부하가 된 허저의 활약은 눈부셨다. 그의 팔이 한 번씩 내쳐질 때마다 많은 이각의 부하들이 땅바닥에 나뒹굴었다.

그러던 중 마침내 이각과 허저가 마주하였다. 이각의 칼이 허공을 맴도는가 싶었는데, 허저는 어느 새 이각의 목덜미를 한 손에 거머쥐고 있었다. 허저의 팔에 매달린 이각의 꼴이란 마치 감나무에 내걸린 호박 같았다.

"윽!"

짧은 외마디 비명과 함께 이각의 목이 힘없이 늘어졌다. 그 모습을 본 이각의 부하들은 더 이상 싸울 엄두를 내지 못하였다.

사로잡힌 이각의 부하들은 마치 굴비 엮듯이 묶여 조조 앞으로 끌려갔다.

"너희는 주인을 잘못 만난 죄밖에 없느니라. 내 너희를 관대히 용서할 것인즉 여기 남아서 나를 따르든지 아니면 각자의 고향으로 돌아가 농사꾼이 되든지 너희 자신의 의사에 따르도록 하라!"

과연 조조의 머리는 비상했다. 그는 힘없는 병졸들의 목을 치기보다는 그들에게 아량을 베풀어 마음을 사로잡는 데 성공한 것이다. 모두가 조조에게 넓죽 절을 하며 그의 부하가 될 것을 맹세하니 조조의 군사는 더욱 막강해졌다.

조조 일행이 성문 앞에 이르자, 황제가 몸소 마중을 나왔다. 조조는 머리를 조아려 절을 하고 순욱을 시켜 이각의 머리를 선물로 바쳤다.

"과연 듣던 대로 조 장군은 천하 영웅이시오. 이제부터 재상으로서 정사(政事)를 바로잡아 주오."

"황공하옵니다."

조조는 과연 천하의 재사(才士 ; 재주가 뛰어난 인물)답게 모든 일을 바로잡아 나갔다. 조정의 대신들과 사소한 일까지 상의하여 그들의 마음을 사로잡았다. 조조의 가슴은 늘 천하를 휘어잡을 야심으로 불타고 있었다.

어느 날 조조가 참모장 순욱과 마주 앉아 한가로이 술잔을 기울이고 있을 때였다. 순욱이 가까이 다가와 나직이 속삭였다.

"재상님께서는 언제까지 이렇게 한가롭게만 계실 작정이십니까?"

"그게 무슨 말이오?"

"이제 조정은 조용해졌으니 지방을 평정해야 하지 않겠습니까?"

"차차 때를 보아 가며 처리합시다."

"재상님, 때는 언제나 오는 것이 아닙니다. 지금이야말로 절호의 때가 아니겠습니까? 특히 유비나 여포는 세월이 갈수록 위험한 인물이 될 것입니다."

"그런 줄은 알지만 유비는 어엿한 고을의 태수인데다가 백성들의 인심 또한 사로잡고 있으니 어쩌겠소? 또한 여포 놈은 워낙 견고한 요새에 틀어박혀 꼼짝도 하지 않으니……."

조조는 길게 한숨을 내쉬었다.

순욱이 그러한 조조의 심중을 꿰뚫어보는 듯 다시 말했다.

"재상님, 제게 한 가지 계책이 있습니다."

"어떤 계책이오?"

"먼저 유비에게 얼마의 병력을 주어 여포를 공격하게 하십시오. 분명 둘 중에 누구 하나는 죽게 될 터이니 힘 안 들이고 하나를 없애는 결과가 될 것입니다. 그리고 누구든지 이긴 놈은 싸움에 지쳐 있을 터이니, 그 때 가서 그놈만 없애 버리면 천하가 고스란히 손 안에 들어오게 될 것이 아니겠습니까?"

"오호, 과연 기발한 계책이오. 그대가 알아서 처리하도록 하시오."

조조는 무릎을 치며 감탄했다. 그리고 그 길로 서주에 밀사를 보냈다.

조조의 밀사가 전해 준 편지를 읽은 관우가 몹시 흥분한 듯 큰 소리로 말했다.

"형님, 저 간사한 조조가 무슨 흉계를 꾸밀지 모르니 가지 마십시오. 조조가 예삿놈이 아니라는 건 형님이 더 잘 아시지 않습니까?"

그러나 유비는 빙그레 웃으며 대답했다.

"설령 그러하기로 태수의 자리에 앉아 있는 몸이 재상의 뜻을 명분 없이 거절할 수야 없는 노릇 아닌가? 어쨌든 가 보세!"

그리하여 유비는 조조를 만나러 갔다.

"유비 장군, 얼마나 고생이 많소? 이번에 귀공을 반란군 토벌 사령관으로 임명할까 하는데, 공의 뜻은 어떠시오?"

"그야 황제 폐하의 뜻이라면 소신은 거역할 수 없는 노릇 아닙니까? 다만 수주에는 군사의 수가 부족하니 그것이 걱정입니다."

유비는 아무것도 모르는 척 겸손하게 대답했다.

"그 점은 걱정 마시오. 내 지금 당장 1만의 군사를 줄 터이니 당장 여포 놈을 토벌해 주시오."

유비는 고마워하며 조조 앞을 물러나왔다. 그리고는 관우와 장비를 불러 그 사실을 알려 주었다. 장비는 앞뒤 가릴 것도 없이 두 눈을 부릅뜨고 큰소리를 쳤다.

"여포, 이제 너는 내 손에 죽었다! 이번에야말로 그 생쥐 같은 놈을 반드시 제 손으로 처단하겠습니다."

장비의 허풍에 관우는 딱하다는 듯 그를 바라보며 말했다.

"장비야, 너는 어찌 그리 신중치 못하느냐? 이것은 필시 조조가 우리를 죽게 하려는 계략일 것이다. 여포의 군사가 10만이 넘음을 잘 알면서 불과 1만의 병졸을 주어 그와 싸우게 하는 것은 그를 이기라는 것이 아니라 우리더러 죽어 달라는 것임을 왜 모른단 말이냐?"

"네?"

"관우의 말이 옳다. 그러나 너무 걱정은 마라. 내 일찍부터 오늘을 대비하여 준비해 둔 것이 있느니라! 그러니 어서들 싸울 준비나 하도록 해라."

유비의 침착한 말에 장비는 주먹을 불끈 쥐어 책상을 내려치며 말했다.

"형님, 저 간악한 조조부터 우선 쳐 버립시다."

"장비야, 말을 함부로 해선 안 된다. 어쨌든 그는 나라의 재상이니 그를 친다는 것은 아무런 명분이 없다. 역시 여포를 치러 가야 할 것이다."

유비가 장비를 살살 달랬다.

유비가 여포를 공격하러 나섰다는 소식은 곧 여포의 진영에 날아들었다.

"버릇없는 놈들! 이번에야말로 본때를 보여 주마."

흥분한 여포는 새 참모장 진규를 불러 의논을 했다. 진규는 눈을 지그시 감고 잠시 생각에 잠겼다가 입을 열었다.

"그들은 틀림없이 가까운 길을 통해 기습 작전을 펼 것입니다. 그러니 장군께서는 이 곳에 계시고 쳐들어오는 길목인 소관성은 진궁에게 지키게 하는 것이 어떨는지요?"

"그렇게 합시다."

여포는 즉시 부하들을 불러 작전 지시를 내렸다.

여포의 앞을 물러나온 진규는 하늘을 우러러보며 하마터면 눈물을 흘릴 뻔하였다. 그는 천신 만고(千辛萬苦 ; 온갖 고생을 다함)끝에 여포의 신임을 얻어 그의 참모장이 되는 데 성공했지만, 세자의 억울한 독살 현장을 지켜 본 신하로서 단 한시도 그 날을 잊어 본 적이 없는 왕실의 충신이었던 것이다.

진규는 이제야말로 억울하게 죽은 세자의 원수를 갚을 절호의 기회라고 생각했다. 모든 작전이 자신의 뜻대로 진행되었으므로 이제 여포는 독 안에 든 쥐나 다름없었다. 진규는 즉시 사람을 보내어 유비에게 여포의 작전을 모두 일러 준 다음 유비의 지시를 받아 오게 하였다. 유비 군은 그 날부터 일체의 행동을 중지하고 숨을 죽인 채 그들의 진영 안에서만 분주히 움직였다.

한편 진규의 정체를 알 까닭이 없는 여포는 유비 군이 도무지 공격해 들어올 기미가 보이지 않자 점점 안달이 나기 시작했다.

어느 날 여포는 진규를 불렀다.

"유비 놈이 당장 쳐들어온다더니 어째서 여지껏 잠잠하오? 이놈이 겁을 먹고 내뺀 것이 아니오?"

"그럴 리가 없습니다. 무슨 까닭인지 제가 소관성으로 가서 자세히 살펴보고 오겠습니다."

"그렇게 하시오."

진규는 곧 말을 몰아 소관성으로 달려갔다. 소관성에 도착하여 진궁과 만난 진규는 시치미를 뚝 떼고 물었다.

"진궁 장군, 유비가 곧 들이닥칠 텐데 이 곳은 지금의 군사로 충분합니까?"

"지형으로 봐서 여기가 소패보다 더 위험한데 병력이 조금밖에 없으니 그 점이 문제입니다."

진궁의 말에 진규는 목소리를 낮추어 그의 귀에 대고 속삭이듯 말했다.

"그렇지 않아도 그 점 때문에 내가 여러 차례 병력을 더 보내자고 간청을 드렸는데도, 여포 장군님이 도무지 들어 주시지 않는구려. 혹시 장군께 뭐 잘못 보인 일이라도 있는 게요?"

"그런 일은 없는데요?"

"하여간 장군님은 이 곳을 그리 중요하게 여기지 않으시는 것 같으니 장군이 좀 힘들겠구려. 어쨌든 최선을 다해 보시오."

"에이, 장군님도 너무 하시지. 나를 이렇게 처박아 두다니……."

진규는 일부러 진궁의 부아를 치밀게 하는 데 성공했으므로, 속으로는 쾌재를 부르며 다시 돌아왔다. 그를 기다리고 있던 여포가 궁금한 듯 물었다.

"그래, 어떻게 된 거요?"

"장군님, 소관성에 가 보니 유비 문제보다 더 큰일이 있었습니다."

"더 큰일? 아니, 그게 무슨 말이오?"

"다름이 아니오라 진궁이 싸울 생각은 하지 않고 장군님에 대한 비난만 잔뜩 늘어놓고 있었습니다. 아마 자기를 최전방에 나가게 한 것이 불만인 모양입니다."

"아니, 장수가 싸움을 겁낸단 말이오? 이제 보니 진궁 이놈이 형편없는 졸장부였군."

"하여간 좀더 두고 볼 일입니다만 제 생각으로는 뭔가 석연찮은 게 한둘이 아니었습니다."

"도대체 무슨 일인지 자세히 좀 말해 보시오."

여포는 몹시 궁금하다는 듯 진규를 다그쳤다.

"그러니까 그게……, 아직 확실하지는 않지만 진궁이 필시 유비와 내통하고 있는 게 분명합니다. 그러니 그들이 서로 짜고 때를 기다리느라 여태 가만히 있는 게 틀림없는 듯합니다."

"에잇, 진궁 이놈! 그러고 보니 몹시 수상쩍었소. 이놈을 당장……."

"장군님, 너무 흥분하시면 일을 그르치게 됩니다. 후에 그놈들을 한

묶음으로 처단해야 할 것이니 차근차근 대책을 세워야지요."
"그럼 어찌하면 좋겠소?"
"제가 지금 이 길로 다시 소관성으로 가서 은밀히 성문을 열어 놓고 기다릴 터이니, 장군께서는 속히 군사를 이끌고 오시어 진궁을 처단토록 하십시오. 그 다음에 그와 내통하는 유비를 잡아들인다면 그야말로 일석 이조(一石二鳥 ; 한 가지 일로 두 가지 이득을 봄)가 아니겠습니까?"
"과연 그대는 명참모장이오. 속히 떠나시오."
여포는 흐뭇한 미소를 지으며 진규를 칭찬했다. 진규는 서둘러 소관성으로 달려갔다.
"아니, 어쩐 일이시오?"
진궁이 놀라 물었다.
"큰일났소이다. 유비의 대군이 별안간 소패에 나타났소. 속히 군사를 이끌고 소패로 돌아오라는 장군님의 분부시오."
"비겁한 유비 놈이 나를 피해서 소패로 직접 들어갔군요. 걱정 마십시오."
진궁은 병사들을 모아 소패로 돌진해 갔다.
"와!"
진궁의 병사들의 함성이 어두운 밤 하늘을 뒤흔들고 있었다. 진궁의 병사들이 떠난 소관성은 텅 빈 대궐처럼 을씨년스럽기까지 하였다.
앞장 서는 듯하다가 살짝 빠져 나온 진규는 성루로 올라가 캄캄한 밤 하늘에 불화살을 쏘아 올렸다. 얼마 후, 앞쪽의 산 속에서도 똑같은 불화살이 올랐다. 그것은 진규의 신호에 대한 유비 군의 응답이었다.
삽시간에 성벽에는 한 떼의 군사들이 소리도 없이 밀려 올라오고 있었다.
한편, 진규의 뒤를 따라 소관성으로 향하던 여포의 눈에 어둠 속에서 한 무리의 군사가 달려오는 것이 보였다.

"아니, 저것은 진궁 놈이 아니냐? 저놈이 필시 반란을 일으키려 드는구나. 에잇!"

여포는 진궁이 군사를 이끌고 소패를 향해 달려오는 것을 보고 더 이상 다른 생각을 할 겨를이 없었다.

"저놈들을 한 놈도 남기지 말고 모조리 없애 버려라."

여포의 성난 목소리와 함께 병사들의 함성 소리가 천지를 뒤흔들었다.

달려오던 진궁도 그들을 보았다. 소패를 도우러 오라더니 자신을 없애려 달려드는 것을 것을 보고, 순간적으로 진궁의 눈에서도 불꽃이 튀었다.

때아닌 싸움이 밤 공기를 갈랐다. 진규의 계략에 말려든 두 사람은 서로 배신감에 치를 떨며 맹렬하게 싸웠다. 양쪽의 병사들은 허수아비처럼 쓰러져 갔다. 마침내 여포와 진궁이 맞붙었다.

"이놈, 진궁아! 네놈이 감히 나를 배신해?"

"장군, 누가 배신을 했단 말이오? 나를 최전방에 보내놓고 그것도 모자라 공격해 온 자가 누구요?"

"뭐, 공격? 이놈아, 누가 누굴 공격했다는 말이냐?"

"유비 군이 소패에 쳐들어왔으니 속히 와서 도우라 한 건 말짱 거짓이 아니고 뭐요? 나를 죽이려는 함정임이 분명한데 대체 무엇 때문에 나를 죽이려는 것이오?"

"대체 무슨 말을 지껄이는지 알 수가 없구나. 네놈이야말로 싸울 생각은 안 하고 유비와 내통하고 있다가 나를 죽이려 달려오는 것이 아니더냐?"

"뭐라고요? 아니, 장군님! 그렇다면 이건 필시 진규의 모함이 분명합니다. 나는 결코 그런 일이 없소이다."

"뭐라고? 진규는 어디 있느냐?"

"아까부터 그놈이 보이지 않았소."

"네가 정녕 나를 죽이려 소패를 공격해 오던 것이 아니란 말이냐?"

"나는 장군님을 도우러 가는 길이었소."

"………."

두 사람은 그제야 모든 것을 깨닫게 되었다.

"진궁아!"

"장군님!"

두 사람은 서로 부둥켜안았다.

"싸움을 멈춰라!"

군사들을 향해 싸움을 중지할 것을 명령했지만, 그 때는 이미 양쪽 모두 절반 이상이나 되는 군사를 잃은 뒤였다.

"배은 망덕한 놈! 당장 진규를 잡으러 가자!"

여포는 더 이상 앞뒤 가릴 여유도 없이 단숨에 소관성으로 말을 몰았다.

여포의 몸은 흥분과 배신감으로 떨리고 있었다.

"당장 성문을 열어라! 나는 대장군 여포다!"

성문 앞에 이르러 여포가 목청껏 소리쳤으나 안에서는 쥐죽은 듯 적막함만이 흘렀다.

"하긴 진규 놈이 혼자서 이 곳에 남아 있을 리가 없지. 이놈은 필시 도망을 쳤을 테니 어서 성으로 들어가 병사들을 쉬게 하라!"

여포는 문득 성이 비어 있다는 사실을 깨달은 듯 이렇게 외치며 성문을 열었다.

여포를 선두로 진궁과 휘하의 장수들이 뒤를 따랐다. 그들이 막 성문을 들어서고 있을 때였다.

여포의 적토마가 갑자기 울음소리를 내며 무엇엔가 놀란 듯 앞발을 차며 뛰어오르는 것과 동시에 시커먼 그물이 여포를 덮쳤다.

"히이힝!"

적토마가 버둥거리는 바람에 그물은 여포의 몸을 더욱 옭아매었다. 이어 숨돌릴 겨를도 없이 수많은 화살과 돌멩이가 소나기처럼 퍼부어졌다. 실로 눈 깜짝할 사이에 여포의 군사들은 푹푹 고꾸라졌다. 간신히 포위망을 벗어난 진궁이 걸음아 날 살려라 도망을 가고 있었다.

"네 이놈! 이 장비가 네놈의 마지막 길을 전송하마."

벽력 같은 고함 소리와 함께 장비의 장팔사모창이 달빛에 번쩍였다.

진궁의 몸이 낙엽처럼 굴렀다. 그물에 갇히어 버둥거리는 여포를 향해 관우가 소리쳤다.

"이놈, 여포야! 내 특별히 은총을 베풀어 네놈을 풀어 주겠다. 자, 떳떳이 나와 한판 겨뤄 보자!"

관우의 말과 함께 여포를 덮쳤던 그물이 싹둑 잘렸다. 여포가 그물을 풀어 헤치고 씩씩거리며 걸어 나왔다.

"자, 칼을 잡아라!"

관우가 청룡언월도를 단단히 움켜쥐며 여포에게 칼을 잡을 것을 명했다. 여포는 잠시 호흡을 가다듬고 주위를 살펴보았다. 진궁의 처참한 주검이 눈에 들어왔다.

"아, 아, 진궁!"

여포는 울부짖듯 탄식하더니 이내 무릎을 꿇었다.

"관우야, 내가 졌다. 자, 나를 다시 묶어라!"

마침내 여포는 스스로 우리 안에 갇힌 호랑이가 되었다. 그 때 여포 앞에 진규가 불쑥 나섰다.

"여포! 나는 바로 동탁과 네놈이 극약을 먹여 세자를 돌아가시게 할 때 피눈물로써 그 현장을 지켜 본 산 증인이다. 내 오늘을 위하여 그 동안 온갖 굴욕의 세월을 참고 견뎌 왔느니라. 자, 이제 하늘을 대신하여 네놈을 심판하리라!"

여포는 고개를 숙인 채 모든 것을 단념한 듯 묵묵히 듣고만 있었다.

유비는 여포를 죽이지 말 것을 지시하며 병사들을 쉬게 하였다.

한편 유비가 대승을 거두고 돌아온다는 소식이 조조의 귀에까지 들어왔다. 조조는 그 소식을 듣고 좋아하기는커녕 이맛살을 찌푸렸다.

'유비야말로 누구보다도 큰 적이로다!'

차가운 바람이 그의 얼굴을 스쳤다. 그러나 조조는 조금도 내색을 하지 않았다. 유비 일행을 맞은 조조는 유비의 손을 덥석 잡으며 반가운 체하였다.

"유비 장군, 참으로 장하오. 이렇게 큰 승리를 거두다니! 큰 잔치를 베풀어 주리다."

"모두가 재상님의 덕택입니다. 여기 여포를 사로잡아 왔으니 재상께서 알아서 처리하시지요."

조조는 유비가 생포해 온 여포를 그 날로 당장 목을 베어 버렸다.

조조로부터 소식을 전해 들은 황제는 유비에게 서주 태수뿐 아니라, 인근의 다른 고을까지 함께 다스리도록 하라는 분부를 내리고 그를 궁궐에 들라 하였다.

유비가 머리를 조아려 황제께 절을 하였다.

"장군의 용맹은 익히 들어 알고 있는 바요. 한데 장군은 대체 누구의 자손이오?"

황제의 그윽한 물음에 유비는 언뜻 코끝이 시큰해졌다. 황족의 후예지만 지난날 숱한 우여 곡절을 겪으며 탁현의 누상촌에서 어머니를 모시며 살았던 시절이 가슴을 저리게 했기 때문이다. 돌이켜 생각하니 고향을 떠나온 지 어언 10여 년이 된 것 같았다. 수많은 사연과 고행길을 넘고 넘어 드디어 황제의 앞에 이르렀으니 어찌 그 감회가 눈물겹지 않겠는가?

"누구의 자손이냐고 묻는데 어찌하여 눈물을 흘린단 말이오?"

황제가 의아한 표정으로 다시 물었다.

"네, 소신은 본래 한나라 경제 임금의 후손입니다만, 할아버지 때부터 방랑 생활을 하다가 소신의 대에 이르러서는 시골에서 농사를 짓고 살았사옵니다. 그런데 나라 안 곳곳에 도적의 무리가 기승을 부리는 꼴을 더 이상 보고 있을 수가 없어서 저기 있는 관우, 장비와 더불어 형제의 의를 맺고 의병을 일으켜 오늘에 이르렀사옵니다."
"아니, 그럼 장군이 바로 우리 왕실의 혈족이었단 말이오? 그러고 보니 항렬(行列 : 이름의 중간이나 끝의 글자로 한 집안의 내림 글자)로 따져 내 숙부뻘이 되는구려."
"황공하옵니다."
"여봐라, 유비 장군을 오늘부터 황실의 근위 대장으로 임명하노라!"
황제는 모여 있는 대신들에게 이렇게 이르고는 자리에서 일어나 유비의 손을 잡았다.
"내 오늘부터 장군을 숙부라 부를 것이오. 부디 내 곁에서 이 나라의 왕실을 지켜 주시오."
황제는 간곡히 당부하며 유비의 손을 놓을 줄 몰랐다. 일찍이 황제가 그 누구에게도 이처럼 지극한 애정을 표시한 예가 없었다.
먼 발치에서 그 모습을 지켜 보고 있던 관우와 장비의 눈에도 이슬이 맺혔다. 그러나 조조와 그 참모장 순욱의 표정은 싸늘하게 일그러져 있었다.
황제의 앞을 물러나온 유비는 조조에게 거듭 고맙다는 인사를 했다.
"모든 영광은 재상님의 배려 덕택입니다."
"자, 오늘은 기쁜 날이니 모두 마음껏 마시고 춤을 추도록 합시다."
조조는 진심으로 축하해 주는 척했다.
잔치가 끝나고 조조와 순욱이 마주 앉아 무엇인가 은밀한 의논을 하고 있었다.
"이제 천하가 재상님의 것이 되어 가는 판에 오직 저 유비 놈이 방해가 되고 있습니다."
"그러니 어찌하면 좋겠소? 저놈은 필시 보통 놈들과는 다르오."
조조가 탄식하듯 순욱의 생각을 물었다.
"깊이 생각할 것도 없이 당장 자객을 보내 처단해 버리는 게 어떨까요?"

"그건 안 되오. 지금 유비는 모든 사람들의 존경과 신망을 얻고 있소. 그런 상태에서 놈을 없애는 것은 위험한 일이오. 민심을 등져서는 모든 것이 허사가 될 거란 말이오."

"그렇다고 호랑이 새끼를 더 키울 수야 없지 않겠습니까?"

순욱의 말에 조조는 가늘게 실눈을 뜨고 그를 바라보았다.

"이렇게 하면 어떻겠나?"

"무슨 묘책이라도 있으십니까?"

순욱이 바짝 다가앉았다.

"수도를 다시 허창(許昌)으로 옮기는 걸세. 이 곳 낙양은 온통 인심이 황실 쪽으로 기울어 있으니 새로 수도를 옮기고, 그 과정에서 허창의 인심을 우리 쪽으로 돌리면 모든 것이 수월하지 않을까 하네. 허창은 그 일을 하기에는 안성 맞춤일 뿐 아니라, 이번 일을 계기로 유비 놈의 트집을 잡을 구실도 생길 터이니……."

"거참, 일석 삼조의 묘안이십니다. 과연 재상님의 비상하신 머리는 천하에 으뜸이십니다."

순욱은 입에 침이 마르도록 조조의 계략을 칭찬하고는 곧바로 실행에 옮기기로 했다.

조조의 그 결정은 곧 조정에 통보되었다. 황제와 신하들은 어이가 없다는 표정으로 조조를 바라보았으나 조조는 단호했다.

"천하를 평정하기 위해서는 민심을 새롭게 해야 할 필요가 있습니다. 이 낙양은 이미 그 기운이 쇠하였으니 새로이 허창을 수도로 정함이 옳을 것입니다. 더 이상 지체 말고 어서들 떠날 채비를 서두르시오."

조조의 단호함에 어느 누구도 반대하고 나서지 못했다.

'아차, 내가 조조를 너무 믿었구나.'

황제의 곁에 선 주전 장군은 자신이 조조를 재상으로 추천한 것을 크게 후회했다.

조조의 뜻대로 수도를 옮긴다는 소식은 즉시 유비에게도 알려졌다.

관우가 이맛살을 찌푸리며 말했다.

"형님, 조조의 하는 짓이 너무 지나치지 않습니까? 갑자기 수도를 허창으로 옮기다니요?"

그러나 유비는 묵묵히 듣고만 있었다.

그러자 이번에는 장비가 한 마디 거들었다.

"그놈을 가만두지 마세요. 당장에……."

장비의 성급함을 잘 아는 유비는 서둘러 말문을 열었다.

"아우들의 말에도 일리는 있으나 천하의 일에는 반드시 때가 있는 법이네. 여기서 반대를 하게 되면 조조와 정면 승부를 피할 수 없을 터이니 큰 난리를 겪어야 하네. 그러니 순순히 허창으로 따라가서 후일을 기다리기로 하세."

유비의 침착한 말에 관우와 장비는 더 이상 대꾸하지 않았다. 그들은 유비의 깊은 뜻을 언제나 신뢰하고 있었기 때문이다.

그리하여 수도를 옮기는 작업이 진행되었다.

황제를 태운 마차를 유비의 근위대가 호위하여 앞장을 섰고, 조조와 그 일행이 그 뒤를 따랐다.

산을 넘고 들을 지나 허창에 무사히 도착한 뒤, 조조는 자신의 주변 인물들에게만 중요한 직책과 군부의 요직을 맡겼다. 자연히 그의 주위에는 수많은 전략가와 정치가들이 모여들었다. 조조의 위세는 이제 지난날의 동탁의 세도보다도 더 당당하였다. 이렇게 모든 것을 장악한 조조에게 이제는 아무것도 거칠 게 없었다.

어느 날 순욱이 조조에게 넌지시 말했다.

"재상님, 언제까지 이렇게만 지내야 합니까? 이제 왕실은 썩은 고목이 되었으니 재상님께서 황제의 자리에 오르시어 새 꽃을 피워야 하지 않겠습니까?"

"내게도 다 생각이 있소. 큰일을 하기 위해서는 주변 정리부터 해야 할 텐데, 우선 유비 같은 인물을 없앤 후에 해야 하지 않겠소?"

"옳으신 말씀이십니다. 오늘 안으로 허저를 보내 없애 버리도록 할까요?"

"아직 서두르지 마시오. 먼저 지금 유비가 무엇을 하고 있는지 그것이나 알아보시오."

조조와 순욱이 또 다른 음모를 꾸미고 있을 때, 이런 일들을 아는지 모르는지 유비는 그저 태평이었다. 유비는 매일 집 앞에 있는 텃밭을 손수 일구고 가꾸는 데만 열성이었다. 조정에서 특별한 일이 없으면 일찍 집에 돌아와 땀을 뻘뻘 흘리며 그저 묵묵히 호미질만 하였다. 사람들은 그가 그 유명한 유비 장군이라는 사실을 잊어버릴 지경이었다.

어느 날 관우와 장비가 유비의 그런 모습을 보며 답답하다는 듯 말을 주고받았다.

"아니, 큰형님은 도대체 언제까지 저러고만 계실 작정이신가?"

"그러게 말입니다. 관우 형님이 좀 나서서 말씀해 보시지요."

장비가 볼멘 소리로 관우를 다그치자, 관우가 어쩔 수 없이 유비를 찾아갔다.

"큰형님!"

관우의 부름에 유비는 비로소 땀에 젖은 이마를 옷 소매로 닦으며 굽혔던 허리를 폈다.

"왜 그러느냐?"

"병사들 훈련도 시급하고, 이것 저것 해야 할 일이 많은데 요즘 형님께서 너무 한가롭게만 지내시는 것 같기에……."

"허허허."

관우의 조심스런 말에 유비는 웃으며 말했다.

"몰라서 이러고 있는 게 아닐세. 음, 이제 그들이 움직일 때가 됐는데……."

유비의 뜻밖의 대답을 관우는 알 것도 같고 모를 것도 같았다.

그 때 하인 하나가 황급히 달려와 숨을 헐떡이며 말했다.

"장군님, 지금 막 재상님이 사람을 보내어 장군님을 뵙자는 전갈을 보내셨습니다."

"음, 드디어……."

유비가 묵묵히 생각에 잠기는 듯하더니 이내 두 아우를 돌아보며 말했다.

"관우와 장비야, 내 지금까지 이렇게 한가롭게 밭일에만 매달린 까닭을 이제 알겠느냐?"

"………."

"조조가 내 동태를 살피러 사람을 보낸 것이느니라!"

그제야 관우는 무엇인가를 깨달은 듯 크게 고개를 끄덕이며 두 주먹을 불끈 쥐었다. 장비는 아직도 무슨 말인지를 알아차리지 못하고 왕방울 만한 두 눈만 껌벅거리고 있었다.

조조의 부하를 맞은 유비는 곧장 그를 따라 재상의 관저로 향했다.

유비가 들어서자 조조는 자세를 바로잡아 앉으며 반갑다는 듯 물었다.

"그간 별일 없으셨소, 유비 장군?"

"네, 지난 몇 달 동안 안부 여쭙지 못했습니다. 저는 재상님 덕분에 그저 편안한 나날을 보내고 있습니다."

"정말 듣던 대로 얼굴이 많이 그을렸구려. 그래, 텃밭을 일구는 일이 그렇게 중하단 말이오?"

"중하다기보다 재상님 덕분으로 나라가 편안하다 보니 별로 할 일이 없기에……."

유비가 공손히 허리를 굽혀 다시 한 번 조조의 공을 치하하자, 조조는 믿기지 않는다는 듯 실눈을 뜨고 보더니 이내 엷은 미소를 머금었다.

"음, 듣고 보니 그럴 법도 하구려. 사실은 나도 한가로운 게 적적해서 오늘은 유 장군과 더불어 술이나 한잔 하려고 이렇게 모셨소이다."

조조가 술상을 가져올 것을 명하자 유비는 비로소 안도의 한숨을 내쉬었다.

술상을 마주하고 앉은 두 사람이 서로의 깊은 속마음을 감춘 채 한가롭게 정담을 나누고 있는 사이, 별안간 하늘에서 시꺼먼 먹장구름이 밀려오더니 한 줄기 회오리바람으로 치솟았다.

"와, 용이 올라간다!"

시녀와 하인들의 웅성거림이 크게 들려 왔다.

"유 장군, 이 세상에 정말 용이 있다고 생각하시오?"

조조가 유비의 얼굴을 빤히 바라보며 물었다.

"글쎄요, 사람들은 흔히 용이 있다고들 말하지만 저는 용이란 그저 상상의 동물일 뿐이라고 생각합니다."

유비가 짐짓 태연하게 대꾸하자 조조가 정색을 하며 가로막았다.

"아니오. 용은 틀림없이 실존하는 것이오."

"그럼 재상님께서는 용을 보신 적이 있으십니까?"

"보았고말고요. 그러나 내가 말하는 용은 천하를 호령하는 사람 용을 말하는 것이오."

조조가 심각한 표정으로 유비를 쏘아보며 말했다.

"말씀을 듣고 보니 그럴 수도 있겠군요. 그런데 그런 사람 용이 어디 있을까요?"

유비는 계속하여 시치미를 떼며 물었다.

"유 장군, 이 땅에 사람 용이 있다면 그 사람이 누구이겠소?"

유비를 쏘아보며 말하는 조조의 눈빛이 타오르는 듯했다.

"글쎄요. 한 번도 생각해 본 적이 없는 일이라서……. 그게 과연 누구일까요?"

유비는 도무지 알 수 없다는 표정을 지었다.

"그럼 내가 말해 보리까?"

조조가 다시 술잔을 들어 올렸지만, 눈동자는 여전히 유비의 얼굴을 쏘아보고 있었다.

"어서 그 사람이 누구인지 가르쳐 주십시오."

유비의 멍한 표정을 뚫어지게 보던 조조가 이윽고 눈길을 아래로 떨구며 나직이 말했다.

"그 용이란 다름 아닌 바로 유 장군과 나 조조일 것이오."

"네?"

순간 유비는 정신이 아찔했다. 조조는 이미 유비의 가슴을 꿰뚫어보고 있었던 것이다.

"유 장군, 왜 그리 놀라시오? 내 말이 틀렸소?"

"아, 아닙니다. 재상님이시라면 몰라도 제가 어찌 감히 용이 될 수 있단 말씀이십니까?"

유비가 쩔쩔매며 식은땀을 흘리는 사이 하늘은 다시 유비를 구원해주는 돌발 사태를 일으키고 있었다. 갑자기 천지를 뒤흔드는 것 같은 요란한 굉음과 함께 번갯불이 번쩍이더니 이내 폭포 같은 소낙비가 쏟아져 내렸다. 그러자 유비가 갑자기 두 귀를 틀어막으며 술상 밑으로 기어들어가는 시늉을 했다.

"아이고, 어머니! 저는 저 천둥 소리만 들으면 자다가도 이불 속에……."

유비가 계속하여 엉금엉금 기어다니자 곁에 서 있던 하인들이 까르르 소리를 내며 웃었다. 어이가 없다는 듯 멍하니 유비의 모습을 바라보고 있던 조조의 입가에 야릇한 미소가 번졌다.

'이제 보니 이놈이 형편없는 겁쟁이로구나! 이까짓 천둥 소리에 놀란 토끼처럼 어쩔 줄 몰라 하다니……. 음, 그러고 보니 텃밭이나 일구는 것이 그럴 법도 하렷다!'

조조는 내심 안심이 되었다.

"자, 진정하시오. 어서 술이나 더 마십시다."

조조가 벌컥벌컥 술을 들이켰다. 유비도 간신히 정신을 차린 듯 계면쩍은 표정으로 술잔을 비웠다.

밤이 늦어서야 유비는 조조의 앞을 물러나왔다. 그리고는 다음 날부터 틈만 있으면 조조의 집을 드나들었다. 관우와 장비는 영문을 몰라서 유비의 행동을 말렸다.

"형님, 도대체 무슨 일입니까? 조조의 집을 날마다 출입하다가 혹시 조조의 흉계에 말려들기라도 하시면……."

그러자 유비는 싱긋 웃어 보이며 말했다.

"이제 조조는 나를 경계하지 않는다. 내가 텃밭이나 일구고 천둥 소리에 놀라 자빠지는 모습을 보고 아마 반쯤은 바보로 알 것이다. 그런 틈을 타서 그를 가까이 하지 않으면 다시 의심할 게 아니냐? 그러니 너무 염려 마라."

관우와 장비는 유비의 깊은 생각에 탄복했다.

조조는 유비를 아예 자신의 심복으로 삼을 생각으로 온갖 친절을 베풀며 그를 환대했다.

어느 날 두 사람은 또 술상을 마주하고 앉아 있었다. 그 때 전령(傳令 ; 군대의 명령을 전달하는 병사) 한 사람이 허겁지겁 달려들어왔다. 그는 다름 아닌 조조가 발해 지방을 다스리는 원소를 정탐하기 위해 보냈던 정찰병이었다.

"그래, 원소의 형편이 어떠하더냐?"

"네, 원소는 근처의 세력을 모두 모아 막강한 세력을 이루고 있었습니다."

"그래?"

조조가 이맛살을 찌푸리며 생각에 잠겼다. 원소는 수도에서 멀리 떨어진 곳에 있었기 때문에, 별로 간섭을 받지 않고 자신의 세력을 키워 나가고 있는 북쪽 지방의 영웅이었다.

"미처 손을 쓰지 못한 사이에 북쪽에서 호랑이 한 마리가 크고 있었구나. 그놈을 어찌한다……."

조조가 혼자말처럼 중얼거리자 유비가 짐짓 걱정이 되는 체하며 말을 받았다.

"제가 한번 나서 볼까요?"
"유 장군이?"
"그렇습니다. 저에게 군사를 좀 내주실 수만 있으시다면……."
"그야 어렵지 않소만, 원소는 보통 놈이 아니니 웬만한 병력으로는 쉽게 무너지지 않을 거요."
"제게 군사 3만 명만 주십시오."
"3만 명? 유공이 그 많은 군사를 지휘할 능력이 있겠소? 더군다나 원소의 군사는 20만은 족히 될 거요."
조조는 유비를 완전히 무시하는 투로 시큰둥하게 대답했다.
"많은 군사를 지휘해 본 적은 없지만 무엇인가 하려 들면 길이 열리지 않겠습니까?"
"좋소! 3만 명을 내주리다."
조조는 유비의 제안에 흔쾌히 승낙하며 속으로는 혀를 낼름거렸다.
'이 바보 같은 놈아, 네놈이 싸움에 몇 번 이기더니 겁이 없어졌구나. 3만 명의 군사로 원소를 이기려 들다니……. 아무튼 제 발로 들어가 죽어 주겠다니 내 칼에 피를 묻힐 필요가 없겠구나. 또한 기적이라도 일어나서 이 유비 놈이 이겨 준다면 발해는 저절로 내 손 안에 들어올 테니 그야말로 꿩 먹고 알 먹고 아닌가!'
조조가 재빨리 머리를 굴려 앞날을 계산하는 사이에 유비는 유비대로 회심의 미소를 지었다.
'병력을 더 많이 요구하면 오히려 나를 의심하게 될 것이다. 미친 척하고 3만 명만 얻어 가지고 속히 이 곳을 떠나자. 조조의 곁을 떠날 절호의 기회로다.'
유비는 그 즉시 조조의 집을 나서서 관우와 장비에게 떠날 채비를 하라고 일렀다.
"큰형님, 도대체 웬 난리입니까?"
유비는 두 아우에게 침착하게 말했다.

“내 오늘에야 밝힌다만 지금까지 나는 단 하루도 마음 편한 날이 없었다. 조조의 그물망 안에서 몸을 낮추고 살아야 했던 까닭을 알겠느냐? 이제 마침 하늘이 도우셔서 이런 기회가 생겼으니 더 이상 지체할 이유가 있겠느냐. 더군다나 우리에게는 조조에게서 선물로 받은 3만 명의 군사까지 있지 않느냐?”

유비의 목소리는 여느 때보다도 더 맑고 힘이 넘쳐 흘렀다. 관우와 장비는 유비의 놀라운 인내력에 할 말을 잃었다.

“자, 이제 우리는 비로소 물고기가 물을 만나고, 새가 창공을 날으는 격이 된 것이다.”

관우와 장비는 기쁜 마음에 어깨춤이라도 추고 싶은 심정이었다.

숙명의 대결

유비가 3만의 군사와 함께 허창을 떠난 지 얼마 되지 않아 조조의 관저에 그 동안 휴가를 다녀온 순욱이 찾아왔다. 그는 문안 인사를 마치자마자 조조에게 따지듯 물었다.

"재상님, 소문을 듣자 하니 유비에게 군사를 내주어 원소를 치러 보냈다는데 그게 정말입니까?"

"그렇소. 장군이 없는 틈에 내가 기발한 묘책을 세운 것이오."

"그렇게 생각하십니까?"

순욱이 조조를 쳐다보며 어이없다는 표정을 지었다.

"유비는 이제 곧 죽게 될 것이오."

조조는 의기 양양하게 대답했다. 그러나 순욱의 생각은 달랐다.

"재상님, 큰 실수를 범하셨습니다. 그놈이 그렇게 호락호락한 놈인 줄 아셨습니까? 마치 호랑이에게 날개를 달아 준 꼴이 되었습니다."

"걱정 마오. 그놈이 원소의 20만 대군을 어찌 당해 낸단 말이오?"

"재상께서는 유비가 원소와 싸울 거라고만 생각하시고 그가 원소와 연합할 거라고는 왜 생각하지 않으셨습니까?"

"아니, 뭐, 뭐라고? 원소와 연합해?"

"그렇습니다. 유비가 멍청이처럼 텃밭이나 일구고 천둥 소리에 벌벌 기어다닌 것은 모두 연극이었습니다. 어서 서둘러 대책을 세우셔야 합니다."

"으……."

조조는 이를 부드득 갈며 신음 소리를 내었다.

"게 누구 없느냐?"

"네, 부르셨사옵니까?"

조조의 부름에 허리를 굽히며 들어선 사람은 천하 장사 유대와 왕충이었다.

"너희는 지금 곧 유비의 뒤를 쫓아 반드시 그를 처단하고 돌아와라! 군사 5만을 데리고 떠나거라."

"네!"

유대와 왕충이 그 길로 곧장 군사를 이끌고 유비의 뒤를 쫓아갔다.

서주로 무사히 돌아온 유비는 두 아우와 진규 등을 불러 앞으로의 대책을 논의했다.

"우리는 지금 상태에서 원소와 싸울 이유가 전혀 없소. 더군다나 원소에겐 20만의 대군이 있으니 지금은 때가 아니오. 당장 급한 일은 우리를 뒤쫓아오는 조조 군을 격퇴하는 것이 무엇보다 시급한 일일 것이오."

유비가 이어서 두 아우를 바라보며 지시를 내렸다.

"관우와 장비는 우선 정찰병을 보내 적의 동태를 살핀 다음 성문을 굳게 닫고 충분한 무기를 준비하도록 하라!"

"적이 이 성을 포위하는 작전을 쓰면 어쩌지요?"

관우가 걱정스러운 듯 물었다.

"걱정 마라. 지금 조조는 우리를 얕잡아 보고 있으니 결코 많은 수의 병력은 보내지 않았을 것이다."

유비가 자신 있게 말하자 이번에는 진규가 물었다.

"만약에 이 틈에 원소가 먼저 쳐들어온다면 우리는 양쪽의 적을 상대해야 하지 않을까요? 그러니 원소에게 급히 사람을 보내 우리를 좀 도와 달라고 요청함이 어떨는지요?"

"뭐라고요?"

장비는 당치않다는 듯 두 눈을 크게 치켜뜨는데, 유비는 기쁜 듯 진규의 손을 맞잡으며 말했다.

"과연 그대는 현명한 장군이오."

장비는 그 때까지도 영문을 몰랐다.

"유비 장군, 걱정 마시오. 원소가 우리를 도와 주지 않을 것은 나도 알지만, 도와 달라는 사람을 거꾸로 공격해 오지는 않을 게 아니오."

"과연……! 나는 항상 남보다 머리가 좀 늦게 돌아간단 말씀이야."

그제야 장비가 이유를 알았다는 듯 너털웃음을 웃었다.

진규는 스스로 자원하여 원소가 있는 발해로 떠났다. 진규가 떠난 지 얼마 후, 유비 진영에는 조조의 대군이 몰려온다는 급보가 날아들었다.

"조조가 선두에서 지휘하고 있답니다."

부하로부터 조조가 선두에 서 있다는 보고를 들은 유비는 얼핏 이상하다는 생각을 했다. 그는 결코 가볍게 행동할 사람이 아니란 걸 잘 알고 있었기 때문이다. 망루에 올라 조조 군의 진영을 살피니 과연 재상의 깃발이 나부끼고 있었다. 그러나 자세히 적진을 살피던 유비는 미소를 지었다.

"저 모양을 잘 살펴보아라. 조조 군은 형편없이 흐트러져 있지 않느냐? 조조가 있다면 결코 저 모양이 되지 않을 것인즉, 조조는 필시 오지 않았을 것이다. 관우! 군사 3천 명을 이끌고 나가서 저들을 물리칠 용의가 없느냐?"

"걱정 마십시오."

관우가 즉시 3천의 군사를 이끌고 뽀얀 먼지를 일으키며 적진으로 향했다.

"이놈들! 조조는 어디 있느냐? 이 관우가 네놈들의 꾀에 속을 줄 알았더냐?"

관우의 고함 소리에 조조 군의 진영에서 몸집이 한 아름이나 됨직한 장사가 뛰쳐나왔다.

"나는 토벌군의 장수 왕충이다. 이 무도한 관우 녀석! 재상의 깃발을 보고서도 무엄하게 덤비다니."

"하하하, 재상 좋아하는군. 이놈아, 어서 덤벼라!"

관우와 왕충의 한판 승부가 벌어졌다.

청룡언월도를 높이 치켜들고 맹렬하게 싸우던 관우가 갑자기 말머리를 돌리더니 산기슭을 향해 내빼기 시작했다.

"이런 졸장부 같은 놈! 어딜 도망가느냐?"

왕충이 관우를 놓칠세라 급히 뒤쫓아갔다. 앞서 달리던 관우가 순식간에 말머리를 돌려 왕충의 정면으로 치달았다. 왕충의 말이 놀라 주춤거리는 사이 관우의 손은 어느 새 왕충의 목덜미를 힘껏 움켜쥐고 있었다. 왕충이 숨을 캑캑거리며 버둥거리는 모습이 멀리에서도 보였다. 삽시간에 지휘자를 잃은 조조 군은 사방으로 뿔뿔이 흩어졌다.

버둥거리는 왕충을 단단히 움켜잡고 관우가 의기 양양하게 유비의 앞에 섰다.

왕충은 왕방울 만한 눈알을 굴리며 분해서 어쩔 줄 몰라했다. 그는 사로잡힌 몸이면서도 조금도 겁내거나 두려워하지 않았다.

유비가 그런 왕충의 모습을 물끄러미 바라보다가 입을 열었다.

"왕충! 가서 조조 재상에게 일러라. 나는 조조 재상과 싸울 뜻이 없다고!"

그러자 왕충은 눈을 더욱 크게 뜨고 쏘아보았다.

"어서 왕충의 포박을 풀어 주라!"

유비는 다시 한 번 주위를 둘러보며 명령했다.

"형님, 잠깐만 기다리십시오. 제가 가서 유대마저 잡아올 터이니 그 때 가서 한꺼번에 결정하십시다."

장비가 쩌렁쩌렁한 목청으로 유대를 잡아오겠다고 큰소리를 쳤다.
"유대는 왕충보다 더 호락호락하지 않을 텐데……."
관우가 장비를 약올리듯 말했다.
"걱정 마십시오. 이 장비의 실력을 보여 주리다."
장비는 그 즉시 3천의 군사를 동원하여 적진으로 향했다.
왕충이 허무하게 잡혀간 뒤 이를 부득부득 갈고 있던 유대는 서둘러 진영을 수습했다. 그렇지 않아도 오늘 밤에 기습 공격을 감행할 생각이었는데, 때마침 장비가 선두에서 달려오고 있는 것이 보였다.
"장비야, 내가 왕충의 원수까지 한꺼번에 갚아 주마!"
유대가 힘껏 말을 몰아 달려왔다.
"네놈이 감히 이 장비 어르신을 몰라 보다니."
이번에는 유대와 장비의 한판 승부가 벌어졌다. 싸움은 그야말로 볼만한 구경거리였다. 양쪽 진영의 병사들마저도 싸울 생각은 안 하고 두 사람의 결투를 넋을 놓고 구경하는 형편이었다. 그러는 사이 꽤 시간이 지났다.
그 때까지도 승부가 나지 않던 두 사람의 싸움이 갑자기 장비의 외마디 기합 소리와 함께 결판이 났다.
장비의 장팔사모창이 유대의 칼을 보기 좋게 두 동강을 낸 것이다.
"이놈! 꼼짝하면 단숨에 날려 버릴 테다."
유대가 도막난 칼을 내동댕이치고 장비에게 막무가내로 덤벼들었다. 그러나 그는 이미 장비의 적수가 되지 못했다. 장비는 달려드는 유대를 한 손에 휘어잡아 버렸다.
장비가 유대를 사로잡아 온 것을 본 유비는 기쁨보다 놀라움에 입을 다물지 못했다.
"허, 장비가 덤벙거리기만 하는 줄 알았더니 이제 보니 천하의 둘도 없는 용장이로다."
유비의 칭찬에 장비는 어깨를 으쓱거렸다.

유비는 유대와 왕충의 밧줄을 손수 풀어 주었다.

"두 분 장수는 오늘 운이 나빴소. 여기 포로로 잡은 병사들까지도 다 돌려 드릴 테니 어서 데리고 가시오."

"목숨을 살려 주셔서 정말 감사합니다. 유비 장군은 과연 천하의 덕인(德人)이십니다."

유대와 왕충은 유비의 은덕에 감격하여 거듭 고마움을 표하였다.

유비가 포로들을 돌려 보내는 것을 보고 장비가 못마땅한 듯 투덜거렸다.

"형님, 저놈들을 살려 보내면 어떡합니까?"

"장비야, 우리가 저들을 죽이면 조조는 곧장 대군을 이끌고 우리를 공격할 것이다. 그렇게 되면 지금 이 곳에 있는 병사들도 조조의 군사였으니 금세 그 쪽으로 붙을 게 아니냐? 경우에 따라서는 적을 죽이는 것보다 살려 주는 것이 더 큰 전법이니라."

유비가 이렇게 타이르자 장비는 뭔가 느끼는 바가 있었는지 묵묵히 듣고 있었다. 그러자 유비가 다시 입을 열었다.

"이제 우리가 조조와 맞서려면 앞으로 3년 간은 군사를 훈련시켜야 한다. 이 곳 서주는 군사를 훈련하기에는 지형이 적당하지 않으니 소패로 떠나도록 하자."

유비의 말에 모두가 동감을 표시했다.

유비는 관우를 따로 불렀다.

"관우야, 너는 당분간 이 곳에 남아 서주를 지켜 다오. 그 동안 내 처자가 탁현에서 이 곳으로 올 터이니, 소패로 보내지 말고 이 곳에 당분간 머무르게 하여 잘 보살펴 다오."

유비는 조조의 진영에 가담한 지 얼마 되지 않아 결혼을 했던 것이다. 유비의 부인 미씨는 매우 현숙한 여인으로, 결혼 후 곧장 유비의 고향으로 가 시어머니를 보살펴 드리고 있었다. 그런데 시어머니가 세상을 떠나자 어린 아들을 데리고 유비의 곁으로 오기로 되어 있었다.

유비의 부탁을 받은 관우는 비장한 투로 대답했다.
"염려 푹 놓으십시오. 형님, 제가 목숨을 걸고 이 서주 성과 형님의 가족을 지키겠습니다."
그리하여 유비와 장비, 진규 등은 서둘러 소패로 떠났다.
한편 조조는 그 소식을 듣고 펄쩍펄쩍 뛰며 유대와 왕충을 꾸짖었다. 화가 머리끝까지 난 조조는 곧장 참모장 순욱을 불렀다.
"유비가 소패로 옮겼다고 하는데, 그 녀석의 세력이 더욱 커지기 전에 쓸어 버려야 할 것 같소. 참모장의 생각은 어떠하오?"
"글쎄, 진작 제 말씀을 안 들으시고 유비를 살려 두시니 일이 이렇게 되지 않았습니까? 하여간 더 지체 말고 지금 곧 공격을 하시지요."
조조가 내친 김에 군사를 모으니 그 숫자가 무려 20만이나 되었다.
"지금 당장 유비를 치고, 나아가 북쪽의 원소마저 항복시켜 천하를 평정하려 하노라! 모두들 최후의 일각까지 충성을 다하라!"
조조의 대군이 소패를 향해 기세 등등하게 행군해 나갔다.
조조가 대군을 이끌고 소패로 쳐들어온다는 소식을 들은 유비는 크게 탄식했다.
"조조는 피도 눈물도 없는 자로다! 그토록 싸울 생각이 없음을 알렸건만 끝내 우리를 죽이려 드는구나!"
탄식하는 유비를 장비가 위로했다.
"형님, 대장군답지 않게 왜 한탄만 하십니까? 조조의 무리들은 여기까지 오느라 몹시 지쳤을 테니, 우리가 단칼에 해치워 버립시다."
"그렇지만 조조는 뛰어난 전략가이다. 그의 군사가 20만이나 된다 하니 무슨 수로 당한단 말이냐?"
"그러니까 기습을 하면 될 게 아닙니까? 서주에 있는 관우 형님과 연락해서 놈들이 군사를 정비하기 전에 기습을 하자는 말입니다."
장비는 아무 문제 없다는 듯 자신 있게 말했다. 유비도 장비의 말을 듣고 보니 제법 그럴 듯하게 생각되었다. 그래서 즉시 장비의 말을 따르기로 하고 싸울 채비를 서둘렀다. 그러나 그들이 군사를 채 정비하기도 전에 조조의 20만 대군은 물밀듯이 소패성의 변두리까지 밀고 들어왔다.

많은 숫자의 적을 무찌르기 위해서는 정면 대결보다는 어둠이나 적의 허점을 이용하여 기습을 하는 것이 가장 효과적이다.

유비는 군사를 여러 패로 나누어 각각 정해진 위치에 숨어 있다가, 밤이 되거든 일제히 공격을 감행하도록 지시했다.

장비는 유비가 자신의 의견을 받아들여 공격 작전을 짜나가자 저절로 흥이 났다.

이윽고 밤이 되자 염탐꾼을 보내 적진을 살피게 하였다. 조조 군은 먼 길을 달려오느라 지칠 대로 지쳐 깊은 잠에 곯아떨어졌다는 보고가 들어왔다.

"이 때다! 이제야말로 다시는 일어나지 못하도록 본때를 보여 주자!"

장비가 제1진에게 공격 명령을 내렸다. 그러나 역시 조조는 그렇게 만만한 인물이 아니었다. 조조가 일찍 잠자리에 든 것은 지쳐서가 아니라, 그 나름대로 작전 계획이 있었기 때문이었다. 조조의 진영에서도 유비 군의 소식을 세세히 알고 있었다.

장비는 적의 진영으로 숨어 들어갔지만 아무것도 눈에 띄는 것이 없었다. 온통 깊이 잠이 든 듯 바람 소리 하나 들리지 않았다.

'이상하다. 왠지 너무 고요한데?'

장비가 고개를 갸우뚱거리는 순간이었다. 기다리기라도 했다는 듯 벌떼처럼 적병의 움직임이 시작되었다.

"와!"

"장비가 걸려들었다. 놓치지 마라!"

조조의 목소리가 어둠을 갈랐다.

"겁내지 마라! 조조 군은 숫자만 많았지 허수아비들이다!"

장비가 군사들의 사기를 돋우며 맹렬하게 싸우는 동안 조조 군의 시체가 쌓여 갔다. 그러나 장비가 제아무리 용맹스런 장수라 해도 혼자서 그 많은 대군을 다 물리칠 수는 없는 일이었다. 장비는 저도 모르는 사이에 많은 상처를 입어 온통 피와 땀으로 범벅이 되었다. 그런데도 장비는 지칠 줄 모르는 성난 사자와 같았다. 마치 미친 듯이 보이기도 하였다.

"형님! 유비 형님!"

장비는 그 와중에서도 유비의 안부가 걱정이 되었는지 유비를 애타게 불렀다. 그러나 장비의 목소리는 짙은 어둠 속으로 빨려 들어갈 뿐 유비의 대답은 들리지 않았다. 유비는 유비대로 장비를 찾아 이리저리 헤매고 있었다.

그 때 난데없이 고함 소리가 들렸다.

"유비야, 잘 만났다."

그것은 조조의 부하 허저의 목소리였다.

"앗!"

유비가 미처 손을 쓸 겨를도 없이 허저의 칼이 허공을 갈랐다. 그러나 유비는 재빠르게 몸을 피했다. 단신으로 그들과 맞서기엔 무리라는 것을 깨달은 유비는 얼른 군졸들 틈으로 들어갔다.

유비가 장군의 갑옷을 벗어 던지니 그들은 누가 누구인지 분간할 수가 없었다.

가까스로 허저의 공격을 피해 소패의 성문 앞에 이른 유비는 허탈한 표정으로 성을 바라보고 있었다. 성은 이미 조조 군에게 함락된 뒤였다.

유비는 서둘러 서주 쪽으로 달려갔다. 그러나 서주로 가는 길목과 조조 군의 복병(伏兵 ; 적이 쳐들어오기를 숨어 기다렸다가 갑자기 습격하는 군사)이 도처에 널려 있었다.

"아, 이럴 수가……!"

유비의 입에서 비통한 탄식이 흘러 나왔다. 뒤따르는 군사는 불과 십여 명뿐이었다.

"장비의 말에 따라 너무 서두른 탓이로다."

그러나 이제 후회한들 무슨 소용이 있으랴!

유비 일행은 북쪽을 향하여 정처 없이 말을 달렸다. 아무도 입을 여는 자가 없었다.

얼마쯤 달렸을까? 묵묵히 뒤따르던 늙은 충신 진규가 입을 열었다.

"장군님, 기왕 이렇게 된 바에야 발해의 원소를 찾아가 당분간 신세를 지는 것이 어떨는지요?"

"원소를? 그가 이런 모습의 우리를 반길 까닭이 있겠소?"

유비가 풀이 죽어 대꾸하자 진규가 다시 말했다.

"제가 지난번에 원소를 찾아갔을 때 여러 가지로 잘 부탁해 놓았고, 또한 원소는 우리를 특별히 미워할 까닭이 없을 것입니다."

진규의 말을 듣고 유비는 한참 동안 생각에 잠겼다가 무엇인가 결심한 듯 말했다.

"진규 장군의 뜻대로 합시다. 다시 기회가 올 때까지 원소에게 찾아가 부탁해 보는 수밖에……."

발해로 향하는 유비의 뒷모습이 무척이나 처량해 보였다.

흩어진 삼 형제

조조는 실로 눈 깜짝할 사이에 소패를 점령하고, 그 기세를 몰아 서주를 향해 진격할 것을 명했다.

"이번에는 서주다!"

이윽고 조조의 대군이 서주성 앞에 이르렀다.

"이 서주성은 지형이 수비하기에 좋기 때문에 함부로 쳐들어가기가 어렵습니다. 또한 유비의 처자를 보호하고 있는 관우가 죽기를 각오하고 싸울 것인즉 무엇인가 계책을 세워야 할 것입니다."

참모장 순욱의 말에 조조가 고개를 끄덕였다.

"나는 관우가 몹시 탐나는데 그를 사로잡을 방도가 없겠소?"

조조가 장수들을 둘러보며 말하자 젊은 장수 장요(張療)가 앞으로 나섰다.

"제가 해 보겠습니다."

"자네가?"

"네, 저는 관우와 같은 고향 출신으로, 어렸을 때 그와 함께 글과 무예를 익혔습니다. 그를 설득해서 우리 편으로 끌어들이도록 하겠습니다."

"오, 그래? 그렇다면 자네를 한번 믿어 보지!"

조조는 흐뭇한 미소를 지었다.

장요는 순욱에게 믿을 수 있는 병사 2백 명을 달라고 하였다. 그리고는 그들로 하여금 거짓으로 관우 앞에 나아가 항복할 것을 지시했다.

관우 앞에 선 병사들은 한결같이 조조를 욕하며 관우에게 충성할 것을 맹세했다. 그러면서 그들은 관우에게 이렇게 말하였다.

"소패는 우연히 함락하였으나 그 뒤 조조의 주력 부대는 그 곳에 남고, 지금 이 곳엔 소수의 보잘것 없는 병력만이 와 있습니다."

관우는 그들의 말을 반신 반의(半信半疑 ; 반쯤은 믿고 반쯤은 의심함)하면서 염탐꾼을 보내 확인하게 하였다. 적진을 염탐하고 돌아온 정보원들도 한결같이 조조의 군사가 조금밖에 되지 않는다고 말했다. 그들 역시 조조의 위장 전술에 속은 것이다.

"됐다! 이 기회를 놓칠 수는 없다."

관우는 유비의 원수를 갚아야 한다는 조급한 생각에 더 이상 따질 겨를이 없었다.

관우는 그 즉시 병사들을 향해 명령했다.

"모두들 나를 따르라. 저 앞의 조조 군은 허수아비에 불과하다."

그들은 단숨에 성문을 박차고 앞으로 내달렸다.

그러자 은밀히 숨어 있던 조조 군은 일제히 함성을 지르며 관우를 포위했다.

관우가 숨을 돌릴 겨를도 없이, 그의 앞에 기골이 장대한 거한이 떡 버티고 섰다. 그는 허저였다.

"이 어리석은 관우야! 오늘이 바로 네놈의 제삿날이다. 순순히 항복해라!"

"하룻강아지 범 무서운 줄 모르고! 네놈의 입을 찢어 놓겠다."

관우와 허저는 한 치의 양보도 없이 치열한 싸움을 벌였다. 관우의 청룡언월도를 간신히 피한 허저가 갑자기 달아나기 시작했다. 그것은 관우를 유인하기 위한 작전이었다.

그러나 오직 원수를 갚겠다는 일념에 불타 오르는 관우는 미친 듯이 허저의 뒤를 쫓아 적진 깊숙이 들어서고 있었다.

'아차! 너무 깊이 들어왔구나!'

관우가 급히 말머리를 돌리려 하자, 좌우에서 수많은 조조 군이 그를 에워쌌다.

"관우, 더 이상 움직이지 마라!"

'아, 천하의 관우가 형님과 아우를 못 보고 이렇게 끝장이 나는구나!'

관우는 깊이 탄식하며 두 눈을 부릅뜨고 외쳤다.

"조조는 어디 있느냐? 나는 네놈들과는 상대하고 싶지 않다. 조조를 당장 나오라고 하라!"

싸우다 죽는 것은 무사의 운명인지라 관우는 이미 비장한 각오가 되어 있었다.

그러나 적병들은 더 이상 접근해 오지 않았다. 성난 관우의 고함만이 하늘끝까지 울려 퍼졌다.

그 때 적병 사이에서 누군가 홀로 걸어오는 것이 보였다.

관우는 매서운 눈초리로 노려보았다. 점점 가까이 다가선 그 사내는 다름 아닌 장요였다.

"관우!"

"너는 장요가 아니냐?"

관우는 너무 반가워서 하마터면 싸움터라는 것도 잊을 뻔하였다.

"오랜만이다, 관우!"

"장요, 너를 이런 곳에서 만나다니……. 그나저나 조조가 내 목을 가져오라 하더냐?"

관우는 얼른 정신을 가다듬고 이렇게 물었다.

"관우, 내 말을 잘 들어라! 너와 나는 지금 적과 적으로서 만났지만 우리는 둘도 없는 친구 사이다."

"그게 어쨌다는 말이냐? 나는 이미 죽음을 각오한 사람이다. 네가 나와 함께 죽어 주기라도 하겠다는 것이냐?"

관우의 목소리는 싸늘하기까지 했다.

"관우, 너는 어차피 죽음을 각오했다고 했다. 그러나 네가 여기서 죽으면 너는 세 가지의 죄를 짓는 결과가 된다."

"뭐라고?"

"첫째, 네가 지금 죽으면 유비와 장비와 더불어 한날 한시에 죽겠다고 약속한 너희 의형제의 약속을 저버리는 것이 될 것이다. 둘째, 너는 지금 유비의 처자를 보호하고 있는 몸이다. 그들을 버리는 것은 사나이의 도리를 배반하는 것이다. 셋째, 너는 천하의 장래를 생각할 줄 아는 사람으로서 자신의 명예만을 생각하고 죽음을 택한다면 하늘에 대한 충절을 저버리는 것이 될 것이다. 이 어찌 가벼운 죄이더냐?"

장요의 말은 관우의 마음을 흔들어 놓았다.

"내가 그 죄를 짓지 않기 위해서는 어찌해야 한단 말이냐? 조조에게 항복이라도 하란 말이더냐?"

관우의 눈에 불꽃이 일었다.

"단지 살기 위해서 목숨을 구걸하는 것은 비굴한 짓이며 사나이의 도리가 아니다. 그러나 다만 큰뜻을 위해 한때 항복의 형식을 취하는 것은 장부로서 현명한 처사가 아니겠느냐?"

장요의 그럴 듯한 설득에 관우의 얼굴빛이 점점 어두워졌다.

"음……."

관우는 힘없이 고개를 떨구었다. 그리고는 비장한 표정으로 장요에게 말했다.

"좋다! 사나이로서 맹세하거니와 한때의 방편으로 네 말을 받아들이겠다. 그러나 내가 따로 세 가지의 조건을 말하고자 한다. 들어 주겠느냐?"

"네 당당한 성격으로 보아 틀림없이 후일을 기약하는 조건일 것이다만 모두 들어 주겠다. 어서 말해라!"

"첫째, 나는 이 나라 황실에 충성할 것을 다짐한 몸이다. 그러니 언제든지 황실의 부름이 있을 땐 이 곳을 떠나겠다. 둘째, 나는 유비 형님의 처자를 보호하는 몸이다. 그분들의 안전을 절대 보장해 주어야 한다. 셋째, 나는 내 형제들과 죽음을 같이하기로 했다. 그들의 소식을 알게 되면 천 리고 만 리고 당장 떠날 것이다. 이 세 가지를 들어 주겠느냐? 만약에 그렇지 않다면 나는 이 자리에서 싸우다 죽을지언정 절대 항복하지는 않겠다."

관우의 당당한 요구에 장요는 잠시 당황했다.

"잠시 기다려라. 너의 뜻을 조조 재상님께 전하여 확약(確約 ; 확실하게 약속함)을 받아 오마."

장요가 급히 병졸들 사이로 사라졌다. 얼마 후 장요가 환한 표정으로 돌아왔다.

"재상님께서 너의 조건을 모두 수락하셨다!"

"정말이냐?"

관우는 오히려 믿기지 않는 표정이었지만, 이내 침통한 모습으로 말에서 내려섰다.

장요를 따라 조조 앞으로 가는 관우의 어깨가 축 늘어져 있었다. 그러다가 문득 관우는 무엇엔가 놀란 듯 화들짝 옷매무새를 고쳤다.

"장요, 지금 내 형수님과 조카는 어디 있느냐?"

"서주성 안에 고이 모셔 놓았다. 아무 걱정 마라."

"안 된다! 내 눈으로 직접 그들이 무사한지를 확인해야겠다."

장요가 미처 대답하기도 전에 관우는 훌쩍 말 위에 올라 서주성으로 향했다.

"형수님!"

유비의 부인과 아들 아두를 보자마자 관우는 흐느껴 울었다.

"형수님, 용서해 주십시오. 이 관우의 목숨이 붙어 있는 한 형님의 소식을 알아 낼 터이니, 걱정 마시고 괴로우시더라도 조조를 따라 허창으로 가 계십시오."
관우는 끝내 목이 메어 더 이상 말을 잇지 못했다.
"관우 장군님, 내 걱정일랑 마시고 부디 장군님의 몸을 중히 여기시오."
미 부인도 더 이상 말을 잇지 못했다.
그렇게 미 부인과 아두가 무사한 것을 확인한 후에야 관우는 조조에게로 갔다.
"어서 오시오, 관우 장군! 내 일찍이 관우 장군의 용맹과 충절을 사모하던 차에 이렇게 만나게 되어 기쁘기 한량없소."
조조는 친히 나와 관우를 반갑게 맞이했다.
"장요를 통해 말씀드린 세 가지의 조건을 저버리지 말아 주시오."
"나도 사나이 대장부이거늘 어찌 한 번 한 약속을 어긴단 말이오? 걱정 마시오."
조조는 흔쾌히 다짐한 뒤 부하들에게 일러 술상을 들여 오게 했다.
허창으로 돌아온 뒤에도 조조는 온갖 대접을 하며 관우의 마음을 돌리기 위해 노력했다. 큰 집과 재물을 주고 무슨 행동이든 자유롭게 할 수 있도록 배려해 주었다. 그럼에도 불구하고 관우의 마음이 조금도 움직일 기미가 없자, 하루는 몸소 관우의 집을 찾아갔다.
"내 오늘 그대에게 한 가지 선물을 할까 하오."
"선물은 무슨……. 지금도 과분할 따름이오."
관우가 퉁명스럽게 대답하자 조조는 야릇한 미소를 지어 보였다.
"여봐라! 어서 그 말을 이리 대령하렷다!"
조조의 명령이 떨어지기가 무섭게 마당에서 요란한 말 울음소리가 들렸다.
"아니, 저것은……?"
"저 말을 알아보겠소?"

"저것은 바로 여포가 타던 적토마가 아니오?"

"그렇소. 내 이 말을 그대에게 줄 터이니 새 주인이 되시오."

관우는 지금까지 조조가 여러 차례 재물과 선물을 보내어 그의 환심을 사고자 노력했어도 어느 것 하나 거들떠보지 않았지만, 지금 눈앞에서 있는 적토마를 보는 순간 마음이 흔들렸다. 그것은 큰뜻을 품은 장수로서 당연한 욕구이기도 했던 것이다. 그는 조조가 선물한 적토마만은 기꺼이 받아들였다. 그러면서도 늘 유비에 대한 소식을 몰라 답답하고 지루한 나날을 보냈다.

'아, 유비 형님은 어디에 계실까?'

관우는 자나깨나 유비와 장비에 대한 그리움이 더해 갔다. 그러던 어느 날 적토마를 타고 거리를 돌아다니다가 장요의 집에 이르렀다.

"여보게, 장요! 우리 형님의 소식을 아직도 모른다는 말인가?"

순간 장요의 얼굴에 당황하는 기색이 역력했다. 그 틈을 놓치지 않고 관우가 다시 다그쳐 물었다.

"장요, 자네는 내 친구가 아닌가. 친구로서 나는 자네의 권고를 받아들였는데 자네는 왜 나를 속이려 하는가?"

"이 사람아, 내가 속이다니……."

"그렇다면 내 형님의 소식을 아는 대로 전해 주게."

"들리는 소문에 의하면 유비는 지금 발해의 원소에게 의탁해 있다는군. 그 이상은 나도 모르네."

"발해의 원소에게?"

관우는 유비가 살아 있다는 소식을 듣는 순간 온몸에 전율이 일었다.

"장요, 설마 내 조건을 잊지는 않았겠지? 나는 이제 내 형님의 소식을 알았으니 더 이상 이 곳에 머무를 수 없네. 즉시 떠날 테니 그리 알게."

"그렇지만 재상님의 허락이 있어야 하지 않겠나?"

"조조를 만나면 떠나지 못하게 될지도 모르네. 사나이끼리의 약속이었으니 나를 붙잡지 말게. 이 다음에 우리가 서로 만날 때에는 적과 적이 아닌 그 옛날의 친구로서 다시 만나세. 자, 그럼……."

관우는 그 즉시 말을 몰아 미 부인과 아두에게 달려갔다. 남편이 살아 있다는 소식에 미 부인은 하염없이 눈물을 흘렸다.

"자, 어서 서둘러 떠날 채비를 하라!"

하인들에게 떠날 준비를 시키면서 그는 한 가지 단단히 주의를 주는 것을 잊지 않았다. 그것은 어떠한 경우라도 집 안에 있는 재물과 곡식 등에 손을 대지 말 것과 그것의 목록을 일일이 만들어 조조 재상 앞으로 보내 주라는 것이었다. 또한 관우는 꼭 필요한 사람만 남기고 하인들도 모두 각자의 집으로 돌려 보냈다.

마침내 관우는 유비의 부인과 아들을 태운 마차를 호위하고 길을 나섰다.

성문 앞에 이르자 파수병들이 길을 가로막았다.

"우리 형수님의 손끝 하나만이라도 건드리는 놈이 있다면 당장 그놈의 목을 날려 버릴 것이다!"

관우의 서릿발 같은 으름장에 파수병들은 슬금슬금 뒷걸음질쳤다. 관우 일행은 재빨리 성 밖으로 나갔다.

한편 관우가 떠났다는 소식을 전해 들은 조조는 불같이 화를 내는 대신 몹시 허탈해했다.

"그토록 정성을 다했건만 기어이 떠나고 말았구나!"

탄식과 함께 망연히 먼 산을 바라보았다.

"관우가 떠난 빈 집에는 온갖 물건들이 하나도 빠짐없이 고스란히 쌓여 있었습니다."

부하들의 보고를 듣고도 조조는 조금도 움직이려 하지 않았다.

"당장에 쫓아가서 붙잡아 올까요?"

"아니다. 주인을 잊지 않고 찾아가는 영웅을 본받을지언정 앞길을 막아서야 되겠느냐. 더군다나 우리는 그에게 약속을 했지 않았느냐?"

냉혹한 야심가 조조도 관우에게만은 끝없는 찬사를 보내며 아쉬워했다.
잠시 후 조조는 별안간 자리에서 벌떡 일어섰다.
"장요, 떠나는 관우를 배웅해 주고 싶다. 나와 함께 관우에게로 가자!"
조조와 장요는 황급히 말에 올라 거의 한 시간여를 달려서야 관우 일행을 볼 수 있었다.
"관우, 잠깐 기다려라!"
장요가 목청껏 외쳤다.
'음, 기어이 나를 쫓아왔구나! 내 이제는 싸우다 죽으리라!'
관우는 죽을 것을 각오하고 장요를 향해 말머리를 돌렸다.
"장요, 더 이상 내 갈 길을 막지 마라. 이번에는 결코 뒤돌아서지 않을 테다."
"관우, 흥분하지 말고 잠시 기다려라. 조조 재상께서 너를 만나려고 몸소 와 계시다."
"조조 재상이? 내가 비록 인사는 못 하고 오긴 했다만 그렇다고 나를 뒤쫓아왔단 말이냐?"
그 때 저 멀리서 조조가 관우를 향해 손을 들어 보이더니 말을 재촉해 가까이 다가왔다.
"가까이 오지 마시오!"
관우가 다급히 소리쳤다.
"관우, 기어이 떠나야겠는가?"
조조는 침착하게 관우를 향해 물었다.
"신세를 졌소만 내 이제 유비 형님의 소식을 알게 되었으니 더 머물 이유가 없어졌소. 약속했던 일이니 더 이상 나를 막지 말아 주시오."
"관우, 그대가 정령 떠나겠다면 내 막지 않으리라. 이 조조는 명색이 한나라의 재상이오. 내 입으로 약속한 이상 그대의 가는 길을 배웅해 주고자 이렇게 따라왔소. 잘 가시오."

"아……!"

관우는 냉철한 전략가인 조조에게 그토록 따뜻한 마음이 있었다는 것에 크게 감격했다.

관우가 혼란스러운 마음을 가다듬고 있을 때 장요가 다가왔다.

"관우, 재상님께서 마지막으로 드리는 선물일세. 떠나는 길에 긴요한 노자가 될 것일세."

장요가 건네 주는 상자에는 진귀한 보물이 가득 들어 있었다.

"나를 이대로 떠나게 해 주는 것만도 고맙네. 그런 것은 필요 없으니 거두어 주게."

관우가 정중히 거절하자 조조가 다시 입을 열었다.

"원소가 있는 발해까지는 족히 두 달은 걸릴 것이오. 그대 혼자라면 몰라도 유비의 처자를 모시고 가는 마당에 노자 없이는 곤란할 것이오."

"고맙소이다. 훗날 이 은혜를 갚을 날이 있었으면 좋겠소."

관우는 조조에게 진심으로 고마움을 표했다.

"그대 같은 용장을 알게 되어 얼마나 기뻤는지 모르오. 부디 잘 가시오."

조조는 한참 동안 관우를 지그시 바라본 후에 말을 돌려 왔던 길을 되돌아갔다.

관우는 잠시 우두커니 서서 조조의 뒷모습을 바라보고 있었다. 그러다가 이내 정신을 차린 뒤 서둘러 갈 길을 재촉하였다.

발해로 가는 길은 길고도 험난했다. 요소요소마다 삼엄한 경비를 하고 있었고 동령관, 낙양관, 기수관 등 세 관문을 통과하는 데만도 온갖 우여 곡절을 겪어야 했다. 그도 그럴 것이 각 관문에는 미처 조조의 명령(관우를 통과시켜도 좋다는 명령)이 전해지지 않았기 때문에, 관문을 지키는 파수병들은 관우 일행이 몰래 탈출하는 것으로 오인하여 순순히 길을 열어 주기는커녕 때로는 목숨을 건 공격을 감행하기도 했다.

특히 마지막 관문인 기수관의 수령은 관우 일행을 모조리 사로잡아 공을 세울 욕심으로 머리를 짜내어 계략을 세웠다. 관문 밖에 미리 2백여 명의 군사를 숨겨 두고 관우 일행을 유인하여 한꺼번에 덮칠 궁리를 한 것이다. 기수관의 수령은 관우 일행을 일부러 문 밖까지 나가 극진히 맞아들였다.

"먼길에 고생이 많으십니다. 잠시 쉬었다 가시지요."

뜻밖의 환대에 잠시 어리둥절하면서도 관우는 직감적으로 사방을 살피는 것을 잊지 않았다.

숲 쪽에서 새들이 무엇엔가 놀란 듯 퍼드덕 날아오르는 모습이 보였다. 이어서 나뭇가지 사이로 조심스럽게 숨어드는 군사들의 옷자락도 보였다.

"이놈!"

관우가 벽력 같은 호통을 치며 수령의 목을 향해 청룡언월도를 휘둘렀다.

순식간에 목숨을 잃은 수령을 본 군사들은 겁에 질려 숨어 있는 자리에서 움직일 생각을 하지 않았다.

밤낮을 가리지 않고 말을 달리며 서슬이 퍼런 장졸들을 혼자서 상대하며 싸워 내기란, 아무리 천하에 이름난 관우라 할지라도 벅찬 일이 아닐 수 없었다.

차라리 죽고 싶다는 절망감에 빠져든 적도 한두 번이 아니었지만, 그때마다 유비와 장비와 함께 했던 시절을 떠올리며 이를 악물고 버텨 나갔다.

마지막 관문을 벗어나고 황하를 건넌 후에야 비로소 마음을 놓을 수 있었다. 그러나 길은 아직도 멀고 험난하기만 했다.

해 후

관우 일행은 피로에 지친 몸을 이끌고 부지런히 달렸다. 그러나 달린다는 것은 말이 달릴 뿐이지 실상 그 행색은 피로에 지친 모습이 역력했다.

관우가 어느 고갯마루에 이르러 아득히 펼쳐진 벌판을 바라보며 한숨을 짓고 있을 때 누군가 놀란 목소리로 소리쳤다.

"장군님, 저기 뭔가 보입니다."

부하가 가리키는 쪽을 바라보니 저 멀리 산모퉁이에 황폐한 옛 성터가 눈에 들어왔다. 성 안에서 가느다랗게 연기가 피어 오르는 것으로 보아 사람들이 살고 있음이 틀림없었다.

"저 성이 무슨 성인지 누가 가서 알아보고 오너라. 만약 사람이 살고 있다면 허기라도 좀 면해 볼 수 있을 텐데……."

관우는 자신의 배고픔보다는 낡은 마차에 탄 형수와 조카가 더 걱정이었다.

"제가 얼른 가서 알아보고 오겠습니다."

처음 성을 발견한 부하가 서둘러 길을 나섰다.

잠시 후 그는 근처에 사는 농부 한 사람을 데리고 돌아왔다.

"저게 무슨 성이오?"

"얼마 전까지만 해도 도둑 떼들이 머물던 성이었는데, 달포쯤 전에 장씨 성을 가진 웬 장사 한 분이 도둑들을 몰아 내고 지키고 있습니다. 그 장사는 오자마자 군사를 뽑아 훈련하고 군량을 준비하여 지금은 제법 강한 세력을 가졌다고 소문이 나 있습니다."

"성이 장씨라고……? 그럼 혹시 키가 아홉 척에 눈이 왕방울 만하며 긴 창을 가지고 있지 않던가요?"

"네, 맞아요. 뉘신지 모르지만 귀신같이 아시는군요."

"내 아우 장비다!"

관우는 어린아이처럼 기뻐하며 얼굴 가득 웃음을 지었다. 본의 아니게 소식이 끊긴 장비를 이런 곳에서 만나게 되다니, 하늘의 도움이 아니고 그 무엇이랴!

관우는 먼저 미 부인에게 이 기쁜 소식을 전하고 적토마를 채찍질해 바람처럼 달렸다.

"여봐라!"

관우의 외침 소리가 어찌나 컸던지 성문을 지키던 병졸들이 화들짝 놀라 문을 열었다.

"누구냐?"

"이 성의 주인 장비에게 관우가 왔다고 아뢰어라!"

놀란 파수병이 서둘러 장비에게 그 소식을 전했다.

그러나 몹시 반가워할 줄 알았던 장비는 뜻밖에도 눈을 무섭게 치켜뜨며 성난 목소리로 말했다.

"관우 형님이 왔다고? 그럴 리가 없다. 그는 필시 가짜일 것이다!"

"하지만 장군님께서 늘 말씀하신 대로 수염이 길고 청룡언월도를 들었던데요?"

"음, 그렇다면 진짜 관우다! 그런데 그놈이 무슨 염치로 나를 찾아왔단 말이냐?"

장비가 화를 내며 서둘러 갑옷을 챙겨 입었다.

"이놈! 감히 어딜 쳐들어왔느냐?"

장비는 관우를 보자마자 벼락 같은 호통을 쳤다.

"장비야, 나다. 나, 관우 형이야!"

관우가 반가움에 활짝 웃음을 지으며 다가오자, 장비는 더욱 거친 욕설을 내뱉었다.

"에잇, 더러운 놈! 이 비겁하고 치사한 배신자야. 무슨 낯으로 나를 찾아왔느냐?"

관우는 그제서야 정신이 번쩍 들었다. 관우가 미처 대답을 못하고 머뭇거리자 장비는 더 한층 목소리를 높여 그를 꾸짖었다.

"네놈이 이제 나마저 끌어들이려고 이 곳에 온 줄 내가 모를 줄 아느냐? 너는 우리 삼 형제의 맹세를 저버리고 조조에게 항복하여 고래등 같은 기와집에서 호강하며 살고 있지 않느냐? 내가 유비 큰형님을 대신해서 너를 죽여 줄 테니 어서 싸울 준비나 해라!"

"………"

관우는 그제서야 모든 것을 깨달을 수 있었다.

비록 유비 형님의 가족을 살리기 위해 어쩔 수 없이 택한 길이기는 했지만, 싸우다 죽지 못하고 조조에게 항복했던 것만은 엄연한 사실이었다. 순간 뼈아픈 후회와 함께 씻을 수 없는 부끄러움이 느껴졌다.

'오냐, 아우야. 네 말이 옳다! 내 너의 손에 최후를 맞으리라.'

관우의 머릿속엔 지난날의 일들이 무지개처럼 떠올랐다.

이제 미 부인과 아두를 무사히 이 곳까지 모셔 왔으니 훗날은 장비가 알아서 해 주리라!

"형수님, 부디 건강하시고 꼭 형님을 만나십시오. 저 관우는 이제 떠나가옵니다."

관우가 말에서 내려 미 부인이 탄 마차를 향해 큰절을 올렸다.

"이놈, 관우야! 어서 칼을 들지 못하겠느냐?"

장비의 불 같은 성미엔 관우의 하는 짓이 못마땅하기 이를 데 없었다.
"알았다. 자, 나를 공격해라!"
관우가 자리에서 일어나 청룡언월도를 빼어 들었다. 그러나 스스로 죽음의 길을 택한 관우의 칼은 이미 힘이 없었다.
그 때였다.
"멈추시오!"
날카로운 외마디 소리와 함께 가냘픈 여인이 황급히 달려왔다.
"두 분은 싸움을 멈추시오. 이게 무슨 일입니까?"
"앗! 누구시오?"
장비가 창을 휘두르려다 말고 멈칫했다.
"장비님, 저는 미 부인입니다. 부디 싸움을 멈추세요."
"네? 형수님이……?"
장비의 눈이 휘둥그레졌다. 도대체 무슨 영문인지 알 수 없었다.
"장비 장군님, 관우 형님을 해치면 안 됩니다. 관우 장군님이 아니셨다면 저희 모자는 결코 살아 남을 수가 없었을 것이며, 관우 장군님은 저희 때문에 어쩔 수 없이 그 길을 택하신 것입니다. 그리고 지금은 유비님의 소식을 알게 되어 죽음을 무릅쓰고 조조에게서 탈출해 오는 길입니다."
"아…… 형님!"
장비는 창을 집어던지고 땅바닥에 털썩 주저앉아 눈물을 뚝뚝 흘렸다.
"형님, 그것도 모르고…… 저를 죽여 주십시오."
"아우야!"
관우도 더 이상 말을 잇지 못하고 장비를 바라보며 뜨거운 눈물을 흘렸다.
두 사람의 모습을 지켜 보던 많은 군졸들의 두 눈에도 어느 새 눈물이 그렁그렁했다.
피로에 지친 관우 일행은 장비의 극진한 보살핌 속에서 충분한 휴식을 취했다.

유비의 소식을 알게 된 장비는 이제 한시도 그 곳에 더 머무를 수가 없었다. 그래서 장비는 부하 중에 힘센 자를 골라 성을 지키게 하고 떠날 채비를 하였다. 그들이 가는 길은 이제 외롭지 않았다.

일행이 발해의 원소가 머무는 성 앞에 도착한 것은 계절이 바뀐 어느 날 저녁 무렵이었다.

"유비 장군을 만나러 온 그 가족과 두 아우요. 장군이 어디에 계시는지 속히 알려 주시오."

성문을 지키는 수문장이 힐끗 일행을 쳐다보더니 서둘러 안으로 들어갔다.

"뭐라고? 내 가족과 아우들이?"

수문장으로부터 소식을 전해 들은 유비는 신발도 신지 않은 채 성문으로 달려나갔다.

"너희들이 모두 살아 있었구나! 오, 부인과 내 아들 아두까지도……."

유비는 하염없이 쏟아지는 눈물을 감추려 하지 않았다. 그들은 한참 동안이나 서로의 모습을 바라보며 울고 또 울었다.

"자, 이렇게 다시 모였으니 우선 이 곳의 성주인 원소 장군께 인사를 올리자."

유비는 일행을 이끌고 원소의 처소 앞에 이르렀다.

"이렇게들 한자리에 모이신 것을 보니 기쁘기 한량없소. 내 이를 축하해 주는 뜻으로 성대한 잔치를 마련하리다."

원소는 비록 늙고 병들어 초췌한 모습이었지만, 천하를 뒤흔들던 영웅답게 호쾌한 성격의 소유자였다.

이윽고 한바탕 성대한 잔치가 베풀어졌다.

술과 음식이 가득하고 갖가지 악기의 선율이 울려퍼졌다. 잔치에는 원소의 두 아들 원담과 원상도 참석했다. 둘 다 몸집이 우람하고 잘생긴 젊은이였다. 그러나 그들은 형제끼리 사이가 좋지 못해 늘 서로를 원수처럼 여기며 지내는 처지였다.

원소는 늙고 병들어 언제 세상을 떠날지 알 수 없었다. 그래서 그 후계자 자리를 놓고 형제의 세력 다툼이 끊임없이 이어지고 있었다. 그 날도 잔치가 한창 무르익어 갈 무렵, 형 원담이 돌연 유비에게 나지막이 말했다.

"제 아우가 원래 버릇이 없어 무슨 일이건 저를 앞지르려고 합니다. 장군께서는 저 애를 아예 가까이하지 마십시오."

원담의 말에 유비는 '또 시작인가 보구나.' 하고 여기며 건성으로 듣는 둥 마는 둥 했다. 그러자 이번에는 아우 원상이 유비에게 은근히 접근해 왔다.

"지금 제 형이 혹시 저를 흉보지 않았습니까? 제 형이라는 자는 원래 남을 시기하고 모함하기를 좋아하는 자이니 그 점을 명심하셔야 합니다."

유비는 이번에도 쓴웃음을 지을 수밖에 없었다.

잔치는 계속되었고 관우와 장비, 유비는 흥에 겨워 날이 새는 줄도 몰랐다.

잔치가 끝난 뒤, 유비는 자신의 처소로 돌아와 관우와 장비를 바라보며 씁쓸한 표정으로 말했다.

"이제 이 곳도 우리가 더 머무를 곳이 못 되나보다."

"갑자기 무슨 말씀이신지? 보아하니 이 성에서는 모두들 우리를 반겨주는 것 같은데요."

"그건 그렇다만 이 곳은 머지않아 조조에게 망하게 될 것이다."

"네? 조조에게 망해요? 병력도 충분하고 원소에게는 저렇게 훌륭한 두 아들이 있는데 왜 망합니까?"

영문을 모르겠다는 듯이 장비가 의아한 표정을 지었다.

"바로 그 두 아들 때문에 망한다는 것이다. 지금 원소는 건강이 좋지 않아 앞으로 얼마 살지 못할 것이다. 그런데 그 두 아들은 그런 판국에 누가 아비의 뒤를 이을 것인가를 놓고, 한 치의 양보도 없이 서로 시기하고 모함을 일삼고 있으니 망하지 않고 무슨 수로 버티겠느냐? 그들은 말이 형제이지 이젠 서로 원수나 마찬가지가 되어 버렸다."

"그놈들 겉보기엔 말쑥하게 생겼던데, 알고 보니 형편없는 불효 자식들이군요. 어리석은 놈들!"

관우가 떨떠름한 얼굴로 한 마디 거들었다.

"우리가 이 곳에 더 오래 머무르다가는 저들의 틈에 말려 우리까지 난처한 입장에 빠질 게 뻔하다."

"그렇다면 당장이라도 이 곳을 떠납시다. 에이, 나쁜 놈들! 그나저나 이젠 어디로 가야 합니까?"

장비가 참을 수 없다는 듯 당장에라도 떠나자고 성화를 부렸다.

"이 곳에서 좀 멀기는 하다만 형주의 성주 유표 장군이 바로 내 집안의 친척이다. 언젠가 그분이 언제라도 오고 싶으면 와도 좋다고 말했던 적이 있거니와, 이웃에 낡은 성 하나가 비어 있으니 수리해서 써도 좋다고 약속한 적이 있느니라. 그러니 좀 힘들긴 하겠지만 형주로 가서 유표 장군의 도움을 받아 힘을 기르도록 하자꾸나."

"형님 생각대로 하십시오. 자, 어서 떠납시다."

유비의 제안에 두 아우는 흔쾌히 찬성하였다.

그들은 원소에게 하직 인사를 한 뒤 형주의 신야성으로 찾아들었다. 신야성은 비록 낡고 허물어져 있기는 했지만 땅은 기름지고 사람들은 모두 건실하게 살고 있었다.

유비는 우선 낡은 성을 손질하고 백성들에게는 법과 질서를 교육하는 한편, 뜻이 있는 젊은이들을 모아 열심히 군사 훈련을 시켰다.

그들이 이 곳 신야성에 자리를 잡아 어느 정도 안정을 찾아 가고 있을 무렵, 원소가 죽고 그 아들들이 세력 다툼을 하는 사이 조조 군의 공격을 받아 발해가 망했다는 소식이 날아들었다.

"형님은 과연 선견 지명(先見之明 ; 닥쳐올 일을 미리 아는 슬기로움)이 있으십니다. 정말 우리 형님은 귀신이시라니까!"

장비가 입을 쩍쩍 벌리며 감탄을 연발했다. 그러나 유비는 이 소식을 듣고 골똘히 생각에 잠겼다. 이윽고 유비는 부하를 불러 분부를 내렸다.

"당장 말을 대령하라! 내가 급히 다녀올 곳이 있느니라."

"어딜 가시려는 겁니까? 형님."

관우가 의아한 표정으로 물었다.

"형주의 유표 장군을 만나고 오겠다."

한 마디 말을 남기고 유비는 급히 형주를 향해 말을 몰았다.

형주의 유표는 오래간만에 만난 유비를 반갑게 맞았다.

"형님, 의논드릴 일이 있어 왔습니다. 이것은 때를 놓치면 안 될 중요한 일입니다."

"유비 아우, 무슨 일이 그리 중하오?"

"소문에 듣자 하니 지금 조조가 그의 전 병력을 동원하여 발해를 멸하고, 그 기세를 몰아 인근의 영토를 치고 있는 것 같습니다. 그것이 사실이라면 제가 생각컨대 수도인 허창은 반드시 비어 있을 것입니다. 이 기회에 허창을 점령하여, 외로이 계신 황제 폐하를 받들고 이 나라의 종묘 사직을 바로 세워야 할 것입니다. 의용군을 모아 조조를 배후에서 역습하도록 하십시다."

"배후에서 역습을?"

유비의 제안을 들은 유표는 잠시 생각에 잠겼다.

귀가 번쩍 뜨이는 중요한 얘기였지만, 혼자 결정할 일은 아닌 듯하여 그는 휘하의 참모들을 소집하였다. 그러나 참모들은 모두들 그 계획에 반대했다.

유비의 계획이 옳은 줄을 알면서도 그대로 따르자니 자존심이 상했던 것이다. 그래도 유표는 미련이 남아 계속하여 참모들을 설득했다. 그러나 참모들은 완강히 반대할 뿐이었다.

그들이 반대하는 첫번째 이유는 유비의 의견을 좇아 군사를 일으키자니 왠지 마음이 내키지 않았고, 둘째, 형주는 이대로 안전하고 평화로운데 공연히 먼저 풍파를 일으킬 까닭이 없다는 것이었다.

그럴 듯하게 이유를 내세우며 반대하는 참모들을 유표로서도 어찌할 수가 없었다. 그리하여 유비의 제안은 거절당하고 말았다. 돌아서는 유비의 발걸음은 천근만근 무겁기만 했다.

삼고 초려(三顧草廬)

유비는 산모퉁이 풀숲에 말을 세워 놓고, 하늘을 우러러보며 긴 한숨을 내쉬었다.

'이제 천하는 완전히 조조의 손아귀에 들어가게 되었구나! 양자강 건너편에 손권의 세력이 강하다고는 하나 그도 필경에는 조조를 당해 낼 수 없을 터이니 한나라 왕실은 마침내 조조의 것이 되는구나…….'

유비는 자신도 모르게 주르르 흐르는 눈물을 어찌할 수 없었다.

그 때 마침 저 멀리에서 소 등에 올라앉아, 느릿한 가락으로 피리를 불며 길을 가고 있는 한 노인의 모습이 눈에 띄었다. 백발이 성성하였고 등은 약간 굽었으나 어딘지 모르게 기품이 있어 보이는 노인이었다.

유비는 흐르는 눈물을 닦을 생각도 않고 무심히 그 노인을 바라보고 있었다. 노인이 그런 유비를 힐끗 바라보더니 들릴 듯 말 듯한 목소리로 중얼거렸다.

"신분은 귀하신 분인데 사람을 못 만났구먼……."

유비가 그 말에 노인을 불러 세웠다.

"여보시오, 노인장! 지금 저에게 무슨 말씀을 하셨는지요?"

"귀하신 분인데 사람을 아직 못 만났다고 하였소이다."

"그게 무슨 말씀이신지요?"

"알고 싶거든 나를 따라오시오."

노인은 아무 말 없이 묵묵히 가던 길을 계속 갔다. 유비는 기이한 생각이 들어 조용히 노인의 뒤를 따랐다. 얼마쯤이나 갔을까? 초목으로 엮어진 조그마한 집 앞에 당도하자 노인은 소에서 내려 안으로 들어갔다.

"누추하지만 안으로 들어오시오."

노인은 유비에게 들어오라고 권한 뒤 자신도 자리에 앉았다.

겉보기에는 초라하기 그지없는 초당이었다. 안으로 들어서자 온갖 책들이 가득 차 있어 한눈에 이 집 주인의 기품을 알 수 있었다.

유비가 공손히 방 안으로 들어서자, 노인은 이제까지 무뚝뚝했던 것과는 달리 다정하게 웃으며 말했다.

"유비 장군님, 저기에 앉으십시오."

노인이 가리키는 자리는 방 안의 윗자리였다.

유비는 깜짝 놀랐다.

"아니, 노인장! 내가 유비라는 것을 어찌 아셨습니까?"

"과히 언짢게 생각지 마십시오. 나는 그대가 유비 장군인 줄을 첫눈에 알아보았습니다. 이 집이 비록 누추하오나 아무 사람이나 가까이 모시지는 않습니다."

노인의 말을 들으며 유비는 그가 보통 인물이 아님을 직감할 수 있었다.

"죄송하오나 노인장의 존함이 어떻게 되시는지요?"

"허, 이 근방에서는 모두들 나를 수경(水鏡)이라고 부르지요. 내 이름은 사마휘(司馬徽)라고 합니다."

"아, 수경 선생님!"

유비는 깜짝 놀라 자리에서 벌떡 일어나 큰절을 하였다. 오래 전부터 이 지방에 정치, 지리, 천문, 군사 등 온갖 학문에 통달한 수경이라는 훌륭한 선비가 있다는 소문을 들었었다. 그러나 한 번도 그를 만나 본 적이 없었는데 이렇게 우연히 만나게 된 것이다.

유비의 절을 받으며 수경도 자리에서 일어나 맞절을 하였다.

"내 일찍이 선생님의 존함은 익히 듣고 있었으나 이렇게 뵈올 줄은 몰랐습니다. 조금 전에 제게 사람을 못 만났다고 하셨는데 그게 무슨 말씀이신지요?"

"말씀 그대로입니다. 지금 장군께서는 훌륭한 장수들을 많이 거느리고 계시지만, 정작 뛰어난 전략가를 데리고 있지 못하다는 것입니다."

"그렇다면 그런 사람이 있다는 말씀이십니까?"

"있고말고요. 큰 인물, 마치 엎드려 있는 용과도 같은 한 인물이 아직 남아 있습니다."

"그게 누구입니까? 용이라고 하시니 그가 필시 평범한 인물은 아니겠군요?"

"그렇습니다. 지난날 주나라를 일으켰던 태공망이나 한나라를 세운 장량과 비교할 만큼 뛰어난 인물이오."

"그렇다면 그분이 바로 수경 선생님이 아니신지요?"

유비는 바짝 다가앉으며 수경 선생을 뚫어지게 바라보았다.

"허허, 나는 이미 늙고 병든 몸! 내가 말씀드린 자는 바로 내 제자이기는 하오만, 이제 나는 그 사람 앞에 더 이상 나서기마저 부끄러울 지경이니 이 어찌 숨어 있는 용이 아니오리까?"

"선생님, 대체 어디에 있는 누구입니까? 제게 알려 주실 수 없으신지요?"

유비는 몹시 궁금하여 속이 타는 듯하였다.

수경은 눈을 지그시 감고 한참 동안을 그렇게 앉아 있다가 이윽고 눈을 크게 떴다.

"유비 장군님, 그 젊은이의 이름은 제갈공명(諸葛孔明)이며, 이 곳에서 약 백 리쯤 떨어진 와룡촌이라는 곳에 머무르고 있습니다. 그 사람을 찾아가 보십시오."

"선생님의 제자라니 기왕이면 선생님께서 편지를 한 장 써 주실 수는 없겠습니까?"

"그건 쓸데없는 일입니다. 그는 내가 권한다고 해도 자신의 마음에 없으면 움직이지 않을 사람입니다. 그러니 장군께서 몸소 그를 만나 간곡히 부탁을 해 보도록 하십시오."

"고맙습니다, 선생님!"

유비는 수경 선생에게 공손히 절을 하고 물러나와 날 듯이 가벼운 마음으로 신야성으로 돌아갔다.

신야성에 돌아온 유비는 연신 싱글벙글했다.

"아니, 형님. 유표에게 부탁한 것도 거절당하셨다면서 뭐가 그리 좋으십니까?"

영문을 모르는 장비가 의아한 표정으로 물었다.

"연합군을 형성하려던 것은 실패로 돌아갔다만 이번 길에 그보다 더 훌륭한 인재 한 사람을 얻을 수 있는 행운을 잡았느니라."

"훌륭한 인재요?"

의문이 풀리지 않는 듯 꼬치꼬치 캐묻는 장비와 관우를 데리고 유비는 와룡촌을 찾아 길을 나섰다.

쉬지 않고 부지런히 달린 덕분에 한나절을 좀 넘겨 무사히 와룡촌에 도착했다.

사람들에게 물어물어 제갈공명의 집을 찾으니, 그 집은 동네에서 떨어진 언덕에 자리한 보잘것 없이 초라한 초가집이었다. 그러나 집 주위에는 맑은 시냇물이 흘렀고, 나뭇가지에는 이름 모를 산새들이 지저귀고 있었다.

"주인 어른 계십니까?"

유비가 문 앞에서 공손히 불렀다. 그러자 빠끔히 문이 열리며 열서너 살쯤 되어 보이는 사내아이가 쪼르르 달려나왔다.

"뉘신지요?"

"이 집에 혹시 제갈공명이라는 어른이 살고 계시냐?"

"네, 그런데 오늘은 잘못 찾아오셨는데요?"

"잘못 찾아와?"

"네, 선생님은 며칠 전에 외출하셔서 아직 돌아오지 않으셨거든요."

"그럼 언제쯤 돌아오실 예정이더냐?"

"그건 아무도 몰라요. 선생님은 한 번 나가시면 기약이 없으시거든요."

"허!"

유비는 맥이 탁 풀렸다. 무작정 더 기다려야 할지 망설이고 있는데 장비가 투덜거렸다.

"누구인지 모르지만 언제 돌아올지도 모른다는데 무턱대고 기다릴 수야 없는 노릇 아닙니까?"

관우의 눈치를 살피니 관우 역시 떨떠름한 표정을 짓고 있었다. 유비는 하는 수 없이 아쉽기는 했지만 발길을 돌릴 수밖에 없었다.

며칠이 지난 후, 유비는 사람을 보내어 제갈공명이 돌아왔는지를 알아보게 했다.

"그분이 돌아와 계시다니 어서 가 뵙도록 하자!"

유비는 다시 길을 나섰다. 그 날은 아침부터 날씨가 쌀쌀하더니 길을 나설 무렵에는 살을 에는 듯한 매서운 찬바람이 쌩쌩 불어 왔다.

눈보라가 흩날리는 벌판을 가로지르며 장비가 몹시 못마땅한 듯 투덜거렸다.

"형님, 하필이면 이렇게 궂은 날씨에 대장군이신 형님께서 그 따위 촌뜨기를 만나시러 꼭 가야 합니까? 돌아가 술이나 마시면서 사람을 시켜 들라 이르면 될 게 아닙니까?"

"장비는 말을 삼가렷다! 훌륭한 인재를 맞으려는 판에 이까짓 눈보라가 문제겠느냐?"

유비는 묵묵히 길을 달리고 있었다. 눈은 내리는 대로 쌓여 눈밭을 이루었고, 불어 오는 북풍 때문에 숨쉬기조차 힘들었다.

"형님, 더 이상은 도저히 안 되겠습니다."

평소 웬만한 일에도 투덜거리지 않던 관우마저 얼굴을 찌푸렸다. 그런데도 유비는 아무런 대꾸도 없이 그저 앞으로 앞으로 내딛고만 있었다. 그 모습을 본 관우와 장비도 체념한 듯 묵묵히 유비의 뒤를 따랐다.

그들이 와룡촌 언덕배기에 있는 제갈공명의 집에 당도했을 때는 이미 날이 저물어 있었다.

"계십니까?"

추위와 허기에도 아랑곳하지 않고 유비의 머릿속엔 온통 미지의 인물에 대한 기대감뿐이었다.

"누구세요?"

문을 열고 나온 사람은 이번에도 역시 지난번의 그 소년이었다.

소년이 머뭇거리며 들려 준 대답은, 오늘 아침 일찍 제갈공명이 또다시 집을 나갔다는 것이었다.

유비는 자신도 모르게 한숨을 내쉬었다. 살을 에는 듯한 눈보라 속을 헤치며 돌아갈 일이 걱정되었지만, 무엇보다도 두 아우에게 무척 미안한 생각이 들었다. 그러나 어쩔 수 없는 일이었다.

그들은 온갖 고생을 다 해 가며 겨우겨우 신야성으로 돌아왔다.

어느덧 그 모질던 겨울 추위도 다 가고 산과 들에 파릇파릇 새싹이 돋아나는 계절이 돌아왔다. 겨우내 제갈공명에 대한 목마름으로 애를 태우던 유비는 또다시 두 아우를 불렀다.

"다시 한 번 제갈공명을 찾아갈까 한다."

유비의 말에 이번에는 관우가 불끈 성을 내었다.

"형님, 우리가 온갖 고생을 다 하며 두 번씩이나 찾아갔는데 그 사람은 지난 겨울 동안 단 한 번도 소식이 없었습니다. 그렇게 무성의한 사람을 무엇 때문에 세 번씩이나 찾아간단 말입니까? 그는 필시 아무것도 모르는 무능력한 사람이거나 일부러 우리를 피하고 있는 것이 틀림없습니다."

"너무 섭섭하게 생각지 마라. 옛 왕들 중에도 훌륭한 신하를 얻기 위해서 몸소 찾아가 몇 번이고 간청을 해서 뜻을 이루는 경우가 있지 않았더냐?"

유비가 관우의 화를 달래듯 조용한 어조로 그를 타일렀다.

"형님, 이렇게 하면 어떨까요?"

그 때 장비가 불쑥 끼여들었다.

"어떻게?"

"형님들은 그냥 여기 계십시오. 그러면 제가 달려가서 제갈공명을 당장 오랏줄로 묶어 대령시키겠습니다."

"장비야, 너는 어찌하여 말 버릇이 그 모양이냐? 예전에 주나라의 문왕이 태공망(강태공)을 찾아갔을 때, 뒤도 돌아보지 않고 하루 종일 낚시질을 하고 있는 그를 등 뒤에 서서 기다린 끝에 끝내 그를 얻게 되지 않았더냐. 그리하여 주나라 8백 년의 터전을 닦은 것을 모르느냐? 인재란 발견하기도 어려운 것이지만 그를 찾아 내 곁에 두기란 더욱 어려운 법이다."

유비의 호통에 장비는 입을 삐죽거리면서도 더 이상 대꾸하지 않았다.

세 사람은 다시 길을 떠났다.

이번에도 어김없이 예전의 그 소년이 그들을 맞이했다.

"또 오셨군요."

"오늘도 안 계시냐?"

장비가 퉁명스럽게 물었다.

"오늘은 계십니다. 그런데 지금 막 돌아오셔서 깊이 잠드셨는데요?"

"오, 드디어 뵙게 되었구나. 그러나 주무신다 하니 어쩌면 좋지?"

유비가 반가움에 활짝 웃으며 소년에게 물었다.

"선생님이 주무실 때는 함부로 깨울 수가 없습니다."

"네 말이 옳다. 그대로 주무시도록 기다리자."

유비는 두 아우를 밖에 세워 둔 채 소년을 따라 집 안으로 들어섰다.

넓지 않은 뜰이었지만 잘 정돈된 모습이 무척 단아한 풍경이었다.

소년이 발을 멈추는 곳에 방문을 열어 놓은 채 누군가 잠을 자고 있는 모습이 얼핏 보였다.

'저 젊은 분이 바로 제갈공명이로구나.'

유비는 마음 속으로 제갈공명의 얼굴 모습을 그려 보며 두 손을 마주 잡고 방문 앞에 섰다.

그렇게 기다리는 사이 세 시간이나 흘렀다. 방 앞에 서 있는 유비는 발끝이 저려 오고 허리가 몹시 아파왔다. 그런데도 자고 있는 젊은이는 꿈쩍도 하지 않았다.

밖에 있던 두 아우는 기다리다 못해 점점 안달이 나기 시작했다. 급기야는 장비가 연신 하품을 해 대며 슬그머니 집 안으로 들어왔다.

웬 젊은 녀석 하나가 늘어지게 자고 있는 방 앞에 유비가 두 손을 모으고 마치 죄라도 지은 사람처럼 움츠리고 서 있었다. 그것을 본 장비의 눈에서 불꽃이 튀었다.

"아니, 저놈이 대체 어떤 놈이길래 감히 우리 형님을 이토록 푸대접한단 말이야?"

장비가 고래고래 소리를 지르며 날뛰는 바람에 방 안에서 자고 있던 젊은이가 몸을 뒤척였다. 그러나 그 뿐, 젊은이는 이내 홱 돌아 누워 버렸다.

"네 이놈!"

장비가 또다시 두 눈을 부릅뜨며 소리를 질렀다. 그러자 유비가 황급히 장비의 입을 막으며 무섭게 치켜뜬 눈으로 그를 쏘아보았다.

장비가 주눅이 든 표정으로 슬그머니 꽁무니를 빼려 하는데 갑자기 방문이 덜컹 하고 닫혔다. 그리고 다시 얼마가 지난 후, 조용히 방문이 열리며 깨끗이 단장을 한 젊은이가 얼굴에 가득히 미소를 머금고 마당으로 내려서고 있었다.

"유비 장군님, 먼길에 얼마나 수고가 많으셨습니까? 어서 안으로 드시지요."

뜻밖에도 공손히 절하며 유비에게 안으로 드시라고 청하는 젊은이의 표정은, 언제 자고 있었느냐는 듯 말쑥하기 이를 데 없었다.

그 목소리 또한 위엄이 있어 예사 인물이 아님을 직감케 하였다. 키는 후리후리하고 이마가 반듯하고 넓었으며, 눈매는 맑고 투명하였으며, 얼굴빛은 눈빛처럼 희고 깨끗하였으니, 신선이 있다면 아마 이런 모습일 듯했다.

'과연 빼어난 용모를 갖추었도다!'

유비는 속으로 감탄하며 그가 안내하는 방으로 들어섰다.

"제 잘못을 용서하소서!"

제갈공명은 다시 한 번 공손히 인사하며 눈을 들어 유비를 바라보았다.

그는 진작부터 유비가 찾아온 까닭을 알면서도 일부러 딴청을 부리며 그를 시험해 본 것이었다.

남아로서 한 목숨을 기꺼이 바칠 주인을 찾는 데 결코 소홀함이 있어서는 안 될 것이기 때문이었다.

유비가 먼저 입을 열었다.

"귀가 있으나 듣지 못하고, 눈이 있으나 보지 못하며, 생각이 있으나 사리를 분별하지 못하므로 아직까지 갈 길을 제대로 알지 못하여 이렇게 선생을 찾아왔소이다. 지금 이 나라에는 온갖 간신배들이 서로 날뛰며 세상을 어지럽히고 있으니 내가 가야 할 올바른 길을 일러 주십시오."

유비는 마치 신하가 임금에게 아뢰듯 공손하고도 차분한 어조로 물었다.

유비의 말을 듣고 있던 제갈공명이 공손한 목소리로 대답했다.

"이제 이 나라를 바로 세우고 허기에 지친 백성들에게 새로운 희망을 안겨 드릴 분은 바로 유비 장군이십니다. 우선 제 절을 받으십시오."

제갈공명이 자리에서 일어나 유비에게 큰절을 올렸다. 그것은 사나이로서 자신을 바치겠다는 마음의 표시이기도 했다.

"내가 어찌 감히 그 같은 인물이 되리오."

유비가 손을 내저으며 놀라 말했다.

"지금 조조는 황제를 등에 업고 그 세력을 키워 가고 있으니 이는 마치 떠오르는 태양처럼 강대합니다. 그가 꿈꾸고 있는 야심은 이미 장대하게 펼쳐지고 있으며, 황제를 받드는 것처럼 보이는 것은 자신의 체면을 지키기 위한 수단일 뿐입니다. 그러나 조조에게 맞서 그를 꺾을 방도는 당장에 없습니다."

"그럼 어찌하면 좋단 말이오?"

"하늘의 때를 기다려야지요. 적을 알고 나를 알면 백전 백승(百戰百勝 ;싸울 때마다 모두 이김)이라 했사오니 우선은 참고 기다려야 합니다."

"과연 지당하신 말씀이오."

"또한 지금 양자강 너머에는 손권(孫權)이 광대한 영토를 가지고 오(吳)나라를 세워 천하를 손에 넣을 궁리를 하고 있습니다. 그 세력 또한 조조 못지않으므로 그를 당장 쳐부순다는 것 역시 부질없는 일입니다."

"허!"

"북쪽과 남쪽에 이토록 커다란 세력이 새 나라를 이루어 가고 있는데, 서쪽에는 그에 못지않는 인물과 광활한 대륙이 있으니 그게 바로 이 형주 땅이며, 유비 장군이십니다. 형주는 예부터 지형이 방비에 유리하고 땅이 기름져 장차 천하 통일의 대업을 이룰 지세를 가진 곳이기도 합니다."

제갈공명의 막힘 없는 천하 정세를 들으며 유비는 연신 고개를 끄덕였다.

"그렇다면 선생은 지금의 천하 정세를 세 개의 나라로 나누어 보자는 말씀이신가요?"

"그렇습니다. 바로 '천하 삼분 계획(天下三分計劃 ; 천하를 셋으로 나누어 계획을 세움)' 입니다."

제갈공명이 또렷한 목소리로 대답했다.

유비는 너무나도 명쾌한 제갈공명의 말에 잠시 할 말을 잃었다. 이윽고 유비가 다시 물었다.

"그렇다면 그 일은 나보다는 형주의 성주인 유표 장군이 더 적임자가 아니겠소이까?"

"그건 그렇지 않습니다. 형주의 유표 장군은 비록 성주라고는 하나 그는 인품이 옹졸하고 나라를 더 이상 키울 능력이 없는 인물입니다. 또한 그에게는 훌륭한 부하가 많지 않습니다. 백성들의 인심을 얻지 못한 장수는 천하의 인심을 얻을 수가 없는 법입니다. 이 형주를 바탕으로 새로운 나라를 세울 인물은 이제 유비 대장군밖에 없습니다."

"허!"

유비는 신음에 가까운 탄식을 거듭하였다.

"새 나라를 세우시어 그 이름을 촉(蜀)이라 하시고, 부디 천하 통일의 대업을 이루소서!"

제갈공명은 마치 오랫동안 생각해 온 바를 얘기하듯, 새 나라의 이름까지 지어 주었다.

유비는 잠시 눈을 감고 깊은 생각에 잠겼다.

이제까지 어지러운 나라를 평정하여 한나라의 황실을 바로 세우고자 온갖 풍상을 겪어 왔으나, 단 한번도 그 자신이 천하 통일의 대업을 이루어 황제가 되고자 한 적은 없었다. 그러나 이제 한나라의 왕조는 끝나고 과연 세 개의 나라가 새로 일어서게 될 것이며, 그 중에 하나를 자신이 맡아 천하 통일의 대업을 이루게 될 것인가? 이것이 과연 피할 수 없는 운명이런가?

눈을 감은 채 깊은 생각에 잠긴 유비는 이윽고 한 생각에 이르자 눈을 번쩍 떴다.

'그렇다! 나는 한나라의 왕족으로서 무너져 가는 황실을 부활시켜야 할 책임이 있는 몸이다. 내 한 몸 기꺼이 바쳐 천하 통일의 대업을 이루리라!'

유비는 두 눈을 부릅뜨고 두 주먹을 불끈 쥐었다.

"선생, 바라건대 이 유비를 도와 촉나라의 창업을 이룰 수 있도록 길을 인도해 주십시오."

유비의 눈빛은 비장한 결의로 타오르는 듯했다.

"대장군님, 보잘것 없는 몸이지만 목숨과 지혜를 다바쳐 대장군님을 돕겠습니다."

"고맙소이다."

제갈공명의 손을 덥석 움켜잡은 유비의 눈에 그렁그렁 눈물이 고였다.

와룡(臥龍)!

산자락에 길게 누워 있던 용이 드디어 주인을 만났으니, 중국 5천 년 역사상 가장 뛰어난 전략가이자 전술가인 제갈공명이 이렇게 해서 비로소 세상에 그 이름을 드러내게 된 것이다. 이를 유비가 제갈공명의 초려(=초가)를 세 번이나 찾아가서, 자기의 큰 뜻을 말하고 마침내 그를 군사(軍師)로 삼았다 하여 삼고 초려(三顧草廬)라 한다.

비를 만난 용

그 즈음 조조는 새나라의 국호를 위(魏)라고 칭하고, 자신을 스스로 위왕으로 부르게 했다. 그리고 황제와 똑같은 궁궐을 지어 문무 백관들을 거느리고 있었다. 이는 사실상 한나라를 뒤엎은 것이다.

헌제를 아직 황제로 받들고는 있었으나 그것은 대외적으로 자신의 허물을 감추기 위한 것이었을 뿐, 헌제는 궁궐의 한 초라한 누각에 갇혀 주는 밥이나 얻어먹고 있는 처량한 신세가 되었다.

조조는 수많은 젊은이들을 병사로 끌어들여 자그마치 그 수효가 120만에 이르렀다. 자연히 군사를 지휘하는 장수와 전략가들의 수도 많아졌다.

유비가 신야성에서 보잘것 없이 적은 규모의 병력을 훈련하고 있는 사이, 조조는 50만의 대군을 북쪽의 원소에게 보내어 그를 쳐 없앴다. 그리하여 이제는 양자강 너머의 손권이 세운 오나라와 서쪽의 형주가 남아 있을 뿐이었다.

조조는 여세를 몰아 천하를 다 차지할 궁리를 하고 있었다. 어느 날 휘하의 장수들과 전략가들을 한자리에 모아 군사 회의를 열었다. 그 자리에 모인 인물 하나하나가 모두 내로라 하는 천하의 영웅들이었다.

이윽고 조조가 좌중을 둘러보며 입을 열었다.

"지금 신야성에서는 유비가 제갈공명이라는 젊은이를 맞아들여 병사들을 새로이 훈련시키고 있다는데, 그에 대한 대책을 말해 보시오."

잠시 침묵이 흐른 뒤 참모장 순욱이 대답하였다.

"위왕 전하, 제가 알기로 제갈공명이라는 젊은이는 일찍이 그 누구도 흉내낼 수조차 없는 훌륭한 전략가이자 경세가(經世家 ; 나라를 훌륭하게 다스릴 줄 아는 인물)입니다. 그가 유비 군에게 가담하였다는 사실은 결코 가벼이 볼 일이 아닌 줄 압니다."

"아니, 그렇게 훌륭한 인물이란 말이오?"

"그러하옵니다. 저는 제갈공명이라는 이름을 듣는 순간 정신이 아찔할 정도였습니다."

참모장 순욱이 입에 침이 마르도록 제갈공명을 칭찬하자 옆에 있던 장수들이 이맛살을 찌푸렸다.

"그 따위 젊은 애숭이가 뭐가 그리 대단하단 말씀이십니까?"

누군가가 벌떡 일어나 참을 수 없다는 듯 목청을 높였다.

"그게 아니오. 나도 일찍이 산전 수전(山戰水戰 ; 세상 일에 대하여 겪은 온갖 어려움) 다 겪어 보았소만, 그 제갈공명이라는 자는 함부로 깔볼 인물이 아니오. 아마 우리 위나라에는 눈 씻고 찾아봐도 그만한 인물이 없을 것이오."

순욱의 대답에 더욱 화가 치민 것은 하후돈(夏侯惇)이라는 장수였다. 그는 조조 군의 제1군 사령관으로서 용맹이 으뜸가는 장수였다.

"위왕 전하, 참모장께서는 지금 제갈공명을 마치 천하의 영웅처럼 과찬하고 계시지만, 제 눈에는 한낱 어린아이에 지나지 않습니다. 명령만 내려 주시면 당장이라도 유비와 제갈공명이라는 놈의 목을 매달고 돌아오겠습니다."

하후돈이 홧김에 큰소리를 쳐 대자 잠자코 듣고 있던 조조가 가느다란 미소를 머금었다. 그는 당장 그 제갈공명이라는 자의 재능을 시험해 보고 싶은 마음이 생겼다.

"좋소! 하후돈 장군은 지금 즉시 출발하도록 하시오."

조조가 명령을 내리자 하후돈이 자리에서 벌떡 일어섰다. 그러자 참모장 순욱이 한 마디 거들었다.

"하후돈 장군, 기왕에 출정(出征 ; 군사를 이끌고 전쟁터에 나감)하실 바엔 군사를 50만쯤 데리고 떠나시오. 10만이나 20만으로는 결코 그를 당해 낼 수 없을 것이오."

"무슨 말씀이시오? 참모장이라는 분이 그렇게 겁이 많아서야 어찌 대업을 완수할 수 있겠소? 내 당장 그놈의 목을 들고 오지 못하면 내 목을 바치리다!"

하후돈이 벌컥 화를 내며 10만의 군사로도 충분하다고 말했다. 마침내 하후돈은 조조 군의 군사 10만을 이끌고 신야성을 향해 떠났다.

한편 신야성에 있는 유비에게 그 소식이 즉시 전해졌다. 겨우 1만도 못 되는 보잘것 없는 병력을 훈련하고 있던 유비는 수심에 가득 찬 표정으로 두 아우를 바라보았다. 그러자 장비가 퉁명스럽게 말했다.

"아, 용은 두었다 무엇에 씁니까? 용더러 나가서 싸우라 하시면 될 게 아닙니까?"

"그게 무슨 말이냐?"

"형님은 제갈공명을 데리고 온 뒤로 걸핏하면 잠자고 있는 용을 깨워 왔노라고 말씀하시지 않았습니까?"

"허!"

유비는 갑자기 말문이 막혔다. 관우와 장비 두 아우 중에서도 특히 장비는 늘 제갈공명을 못마땅해하고 있다는 것은 알고 있었지만, 그렇다고 이 중요한 시기에 장비의 그런 불손한 태도를 그냥 넘길 수만은 없는 노릇이었다.

"장비야, 거듭 일러두거니와 제갈공명의 지혜와 너희들의 용맹을 한데 모아 큰 일을 이루자고 늘 말하지 않았느냐? 너희도 또한 그렇게 약속해 놓고 어찌하여 사사건건 소견 좁은 불평을 늘어놓는단 말이냐? 지금은 온 힘을 한데 모아도 이 위기를 극복해 나가기 어려운 지경이거늘, 다시 한 번 그 따위 소리를 한다면 내 두 번 다시 용서하지 않을 것이다!"

일찍이 유비가 이토록 화를 내는 것을 본 적이 없을 정도였다. 단호한 표정으로 불호령을 내리자 장비는 안절부절못하며 두 눈만 껌벅이고 있었다.

유비는 곧장 제갈공명을 불렀다. 제갈공명이 들어서자 장비가 조금은 계면쩍은 표정이었지만, 그를 쳐다보는 눈빛은 아직도 곱지만은 않았다.

유비는 제갈공명에게 심각한 표정으로 물었다.

"하후돈이 10만 병력을 이끌고 쳐들어오고 있으니 이를 어찌하면 좋단 말이오?"

"장군님, 조금도 염려하실 일이 못 됩니다. 그나저나 제 판단대로 군사를 움직여 주셔야 할 텐데, 여기 계신 두 분 장수들이 저를 통 믿으려고 하지 않으시니 그 점이 심히 걱정이 될 뿐입니다."

제갈공명이 거침없이 자신의 생각을 말하자 장비의 눈꼬리가 다시 살짝 치켜올라갔다. 그러자 유비가 이내 입을 열어 단호하게 못박았다.

"공명 선생, 이 칼을 받으시오. 이 칼은 바로 나 자신인 바, 이 시간 이후로 선생의 명령을 어기는 자는 곧 나의 명령을 거역하는 것이 될 테니 추호라도 용서 말고 무거운 벌을 내리시오."

유비는 이어서 다시 한번 두 아우를 향해 애원하듯 말했다.

"아우들아, 선생의 뜻은 곧 나의 뜻이니 부디 선생의 작전 명령에 순종하도록 해라. 어려움에 처한 우리가 단결하지 못하면 만사가 헛된 일이 될 게 아니냐?"

유비의 간곡한 당부에 관우는 몹시 미안한 표정이었고, 장비 또한 누그러지는 기색이 역력했다.

유비로부터 보검을 물려받은 제갈공명은 공손히 절하고 윗자리에 앉아 작전 명령을 내렸다.

"이 신야성의 앞쪽에 보이는 박망파에서 적을 맞이할 생각입니다. 왼쪽에는 야산, 오른쪽에는 숲이 우거져 있으니 우선 관우 장군은 병사 2천 명을 이끌고 왼쪽의 산 속에 숨어 계십시오. 그러다가 적군이 반쯤 통과할 무렵이면 불화살을 퍼부어 그들을 교란시키고, 장비 장군 또한 병사 2천 명을 이끌고 오른쪽 숲에 숨어 계시다가 관우 장군의 불화살을 신호로 일제히 공격을 감행하십시오."

모두들 묵묵히 제갈공명의 공격 계획을 듣고 있었다. 제갈공명의 말이 이어졌다.

"그리고 조운 장군께 이르오. 조운 장군은 적의 정면을 돌파하도록 하십시오. 그러나 적진 깊숙이 들어가지는 마시고 가능한 한 적을 우리 편 쪽으로 끌어들여야 한다는 점을 유념하시오."

젊은 장수 조운은 오래 전 유비가 황건적의 잔당을 치고 있을 때, 유비 군에 가담하여 줄곧 유비를 도와 온 믿음직스럽고 충직한 장수였다. 그는 또한 힘이 장비 못지않았고, 마음씨는 관우에 버금갈 만큼 넓고 따뜻해서 그를 따르는 병사들이 많았다.

제갈공명이 한 사람 한 사람에게 작전 명령을 내리자 장비가 불쑥 나섰다.

"그럼 우리 대장군님과 선생은 어찌하시렵니까?"

"유비 대장군께서는 조운 장군의 뒤를 따라 적군의 정면으로 쳐들어가십시오."

"뭐라고요? 선생은 이 곳에 남고 우리 대장군님은 적의 정면을 공격해요? 으하하! 여러분, 이제 들으셨죠? 이게 도대체 말이나 됩니까?"

장비가 버럭 소리를 지르며 제갈공명을 비웃자, 순간적으로 제갈공명이 자리에서 벌떡 일어섰다. 어느 틈엔가 그의 손엔 시퍼런 칼날이 번쩍이고 있었다.

"장비, 내 명령에 복종하지 않으면 단칼에 목을 칠 것이오. 이것은 엄연한 작전 명령이오. 무조건 따르도록 하시오."

놀랍도록 차갑고 단호한 어투였다. 장비는 순간 저도 모르게 놀라 몸을 흠칫했다.

"자, 시간이 촉박하오. 어서들 서둘러 각자 전투 지역으로 떠나시오."

제갈공명이 다시 한 번 엄숙하게 명령했다.

방 안에 모여 있던 장수들이 하나 둘 자신의 위치로 돌아갔다.

하후돈이 이끄는 조조의 10만 대군이 박망파를 향해 들이닥친 것은 다음 날이었다.

박망파가 신야성을 치기에는 가장 유리한 위치인 것을 알고 있는 하후돈은 도착하자마자 굳건한 진지를 쌓아놓고 유비 군의 움직임을 살피기 시작했다. 그러나 하후돈의 눈에 들어온 것은 겨우 2천 명 남짓한 유비 군의 초라한 움직임뿐이었다.

"으하하! 저놈들 꼬락서니 좀 보아라! 저 따위 오합지졸(烏合之卒 : 갑자기 모여 훈련이 안 된 군사)로 무얼 하겠다는 말이냐?"

하후돈은 더 이상 머뭇거릴 필요가 없다고 생각하여 몇몇의 부하들을 이끌고 유비 군이 빤히 바라다보이는 곳까지 진격해 왔다.

"유비야, 제갈공명인지 뭔지 하는 그 녀석 코빼기 좀 보자! 내 단칼에 요절을 내 주마!"

하후돈이 의기 양양하게 소리쳤다.

그 때 유비 군의 정면에서 조운이 긴 창을 움켜잡고 바람같이 달려나왔다.

"이 돼지 같은 하후돈아! 어서 오너라."

조운과 하후돈의 창과 칼이 허공에서 맞부딪치는 소리가 요란했다.

그러나 두 사람의 싸움은 애당초 쉽게 끝날 일이 아니었다. 둘 다 내로라 하는 당대의 명장들이었기 때문이다. 한참 싸우던 조운이 갑자기 말머리를 돌려 돌아섰다.

"이 생쥐 같은 놈아! 어딜 도망가려느냐?"

하후돈이 조운의 뒤를 바짝 쫓았다. 그 모습을 본 하후돈의 병사들은 일제히 함성을 지르며 뒤를 따랐다. 삽시간에 온 산과 벌판에는 하후돈의 병사들이 개미 떼처럼 깔렸다. 그들이 질러 대는 고함 소리가 천지를 뒤흔들고 있었다.

조운이 있는 힘을 다하여 달아나는 사이, 갑자기 산 옆에서 유비가 인솔한 2천 명의 군사가 뛰쳐나왔다. 그러나 하후돈은 그것을 보며 유쾌하게 웃었다.

"으하하, 그것도 복병이랍시고 끌고 나왔느냐? 그래 이것이 겨우 그 알량한 제갈공명이란 놈의 작전이냐?"

하후돈의 기세는 금세라도 신야성을 덮쳐 버릴 듯이 당당했다.

유비의 2천 병력은 10만의 하후돈 군을 도저히 당해 낼 수 없었다. 그야말로 계란으로 바위 치는 형세였으므로 유비와 조운은 서쪽을 향해 냅다 말을 몰았다.

"저놈들을 한꺼번에 잡아 죽여라!"

하후돈이 고래고래 소리를 지르며 그들의 뒤를 쫓았다. 10만의 군사들도 여전히 그들을 따랐다.

'어? 이상하다!'

있는 힘을 다하여 유비의 뒤를 쫓던 하후돈이 문득 말을 세우고 주변의 지형을 살필 무렵이었다. 산허리의 중간쯤에서 불화살 하나가 하늘로 솟아오르는 것이 보였다. 그와 때를 같이하여 별안간 거센 바람을 타고 수천 개의 불덩어리가 한꺼번에 쏟아져 내렸다. 시뻘겋게 불이 타고 있는 나무 토막이 마치 폭포처럼 굴러 내렸다.

"불덩이를 피하라!"

하후돈의 말이 불덩어리에 놀라 미친 듯이 날뛰었다. 삽시간에 온 산야는 불길에 휩싸였다. 바람마저 거세게 불어 도무지 눈을 뜰 수조차 없었다. 빠져 나갈 구멍은커녕 연기에 질식되어 캑캑거리던 병사들이 하나 둘 힘없이 쓰러져 갔다.

"이놈들아, 뭘 꾸물대느냐? 길이 있건 없건 무조건 앞만 보고 뛰어라!"

하후돈이 미친 듯이 소리를 질러 대며 샛길을 향해 말을 몰았다. 군사들도 좁디 좁은 샛길을 따라 얼키고 설킨 채 들어섰다.

"으악!"

이번에는 하후돈의 눈이 하얗게 뒤집힐 지경이 되었다.

좁디 좁은 샛길에 몸을 움직일 수조차 없이 군사들이 빽빽이 들어섰는데, 앞에서 갑자기 요란한 북 소리와 함께 창과 칼을 번쩍이며 장비의 복병이 나타난 것이다. 그것은 불과 2천의 군사였으나, 연기 때문에 앞을 제대로 보지 못하는 하후돈의 눈에는 마치 수십만이나 되는 거대한 병력으로 보였다.

이제 하후돈의 병사들은 불길에 놀란 소 떼처럼 미쳐 날뛸 뿐이었다.

밟혀 죽고, 채여 죽고, 받혀 죽고, 떨어져 죽고……. 그런 속에서도 불화살과 불붙은 나무 토막은 소나기처럼 쏟아져 내렸다.

언제 합세했는지 유비와 조운도 선두에서 병사들을 지휘하고 있었다.

어둠이 내리고 새벽녘이 되어서야 온 벌판을 뒤흔들던 아우성 소리가 멎었다.

산에서는 아직도 불붙은 나무들의 잔재로 흰 연기가 피어 올랐고, 골짜기에는 10만의 병사들이 흘린 피가 냇물을 이루었다.

하후돈의 10만 군사는 거의 전멸한 것이다.

떠오르는 아침 햇살을 등 뒤로 하고 관우와 장비는 매우 만족스런 표정으로 성을 향해 달렸다.

"형님, 이런 승리는 일찍이 듣지도 보지도 못한 대승리입니다."

장비가 관우에게 자랑스럽게 말했다.

"물론 그렇고말고. 이 작전을 바로 제갈공명이 계획했으니…… 과연 대단한 인물이구나!"

"글쎄요, 그 녀석 큰소리만 치는 줄 알았더니 제법 쓸만한데요."

장비는 거들먹거리며 대답했으나 속으로는 제갈공명의 지혜에 탄복을 하고 있었다.

'내 이제 다시는 그를 깔보지 않으리라!'

관우와 장비가 성에 도착하자 제갈공명이 성문 앞에 마중을 나와 있었다.

"두 분 장군의 무공을 축하드립니다."

제갈공명이 잔잔하게 미소를 띄며 두 사람의 공을 치하하자, 관우가 말에서 펄쩍 뛰어내려 제갈공명 앞에 엎드려 절했다.

"오직 선생의 작전 덕택입니다."

장비도 엉거주춤 말에서 내려 제갈공명에게 넓죽 엎드려 절을 했다.

"저를 용서해 주십시오."

제갈공명이 두 사람의 손을 꼭 맞잡았다.

잠시 후 유비와 조운이 무수한 포로와 말들을 이끌고 성으로 돌아왔다.

이윽고 신야성에서 울려 퍼지는 만세 소리가 천지를 뒤흔드는 듯했다.

"온 백성들과 병사들이 이토록 기뻐하는데 선생의 안색이 왜 그러시오? 어디 편찮은 데라도……."

모두들 좋아서 야단 법석인데 제갈공명은 침울한 표정으로 한켠에 우두커니 서 있었다.

"조조는 지금쯤 극도로 화가 나 있을 것입니다. 우리가 승리의 기쁨에 취해 있을 동안, 조조는 휘하의 전 병력을 동원하여 다시 우리를 칠 궁리를 할 터이니 그 점이 걱정이 되어 그렇습니다."

제갈공명의 깊은 생각에 유비는 새삼스럽게 머리가 숙여졌다.

"나는 선생만 믿겠소. 마땅한 전략이 없을까요?"

"죄송하오나 이번에는 그리 쉽지만은 않을 것입니다."

"그렇다면 아주 방법이 없지는 않다는 말씀이신가요?"

"한 가지 방법이 있긴 합니다. 지금 형주의 성주인 유표 장군은 어차피 오래 살지 못할 것입니다. 그분은 평소에 유비 성주님께 지극히 호감을 가지고 계신 분인즉, 이번 기회에 형주성으로 가시어 그 곳에 있는 10만의 군사를 부하로 삼을 수 있다면 한번 해 볼 만한 싸움이 될 것입니다. 그렇지 않고서는……."

"선생, 유표 형님께는 어엿한 아들이 후계자로 있을 뿐 아니라 그분은 내게 이 신야성을 떼어 준 은인이오. 그런 분의 성을 내 어찌 차지할 수 있다는 말씀이오? 그것만은 차마 할 수 없는 일인 듯하오."

유비는 긴 한숨을 내쉬며 유표와의 인간적인 신의를 떠올렸다.

"유표 장군에게 아드님이 있다고는 하지만 머지않아 형주성을 잃고 말 것이 뻔합니다. 유표 장군께서도 대장군님을 후계자로 삼으시고자 무던히 노력하고 계시지 않습니까? 그러니 이번 기회에 그 소임을 맡으셔도 탓할 사람이 없을 것입니다."

제갈공명은 이미 오래 전부터 유표가 유비를 후계자로 삼고자 노력하고 있음을 잘 알고 있었다.

"그러나 나는 결코 그럴 수가 없소이다. 지금 당장은 나를 욕할 사람이 없을지라도 후세에는 반드시 내가 욕심을 부린 사람이 될 것이오."

거듭되는 제갈공명의 제언을 유비는 완곡하게 거절했다. 차라리 조조의 대군에 쫓기어 목숨을 다할지언정 결코 제 발로 형주를 찾아가 차지하고 들어앉을 생각은 없었다.

제갈공명도 더 이상 할 말이 없었다. 사나이의 의리를 목숨보다 중히 여기는 대인의 뜻을 더 이상 꺾는다는 것이 불가능했기 때문이다.

한편 겨우 목숨을 부지하고 초췌한 모습으로 돌아온 하후돈을 보고, 조조는 벽력같이 고함을 지르며 화를 냈다.

"이 천하에 나쁜 놈아! 네놈의 주둥이로 큰소리 탕탕쳐 놓고 이제 와서 이 꼴이 뭐냐? 이제 보니 입만 살아서 날뛴 놈이로구나! 에이, 바보 같은 놈!"

하후돈은 고개를 들지 못하고 눈물을 뚝뚝 흘렸다. 다른 장수들은 모두 그 모습을 보며 힐끗힐끗 조조의 눈치를 살폈다.

"그 제갈공명이란 애숭이 놈을 누가 당할 자 없느냐?"

조조의 고함에 아무도 대답하지 못했다.

"에이, 바보 같은 놈들! 내 이번에는 80만 대군을 직접 인솔할 터이니 모두들 진격 작전을 짜도록 하시오!"

조조가 짜증섞인 소리로 퉁명스럽게 내뱉었다. 그러자 잠자코 앉아 있던 순욱이 나섰다.

"위왕 전하! 80만 대군이면 지금까지 우리 위나라 작전상 가장 큰 동원입니다. 그렇게 많은 수의 군사들을 먼 곳까지 동원하기 위해서는 온갖 장비와 군량 등이 필요합니다. 그런 준비도 없이 무작정 진군하다가는 위험하기 짝이 없는 일일 것입니다."

순욱의 말은 조목조목 일리가 있었다. 그러나 화가 머리끝까지 치민 조조에게 그 말이 머릿속에 들어올 리 없었다.

"그대는 명색이 참모장이라는 자가 그 제갈공명인가 하는 놈이 무서워 벌벌 떨고만 있으니 대체 어찌 된 노릇이오?"

조조의 호통에 모여 서 있던 장수들이 모두 입을 굳게 다물고 말았다. 그들은 하는 수 없이 조조 앞을 물러나와 서둘러 진군 계획을 짰다.

"이번에는 이 조조가 직접 선두에 설 것이다! 모든 장수들은 내 뒤를 따르라!"

조조는 훌쩍 백마 위에 올라 바람을 가르듯 80만 대군의 선봉에 섰다. 힘차게 울리는 북 소리와 군사들의 발자국 소리, 말 울음소리는 백 리 밖에서도 들릴 정도였다.

조조의 80만 대군 동원 소식은 곧 신야성에 날아들었다. 제갈공명이 침통한 표정으로 입을 열었다.

"이제 우리는 죽기를 각오하고 이 싸움을 맞이해야 할 것입니다. 이번 싸움이야말로 우리가 천하 통일의 대업을 이룰 수 있느냐 없느냐의 시험대가 될 것입니다."

모두가 마른 침을 삼키며 비장한 얼굴빛이 되었다. 제갈공명이 다시 말을 이었다.

"우선 이 신야성을 벗어나 번성으로 본거지를 옮겨야겠습니다. 모두들 그렇게 알고 준비해 주시오."

"성을 옮겨요?"

유비가 의아한 표정으로 물었다.

"그렇습니다. 성주님, 부득이한 조치이오니 속히 서둘러 주십시오."

유비는 더 이상 제갈공명의 설명이 필요치 않았다. 그는 이제 오직 모든 것을 제갈공명의 지혜에 의존할 수밖에 없었다. 서둘러 포고를 내려 백성들로 하여금 성을 떠날 준비를 하도록 일렀다. 백성들은 유비의 포고를 읽고 모두가 피난길에 나섰다. 살던 곳을 떠나기가 싫었지만 유비 성주에 대한 믿음과 신뢰가 가득한 백성들은 지체 없이 지시대로 잘 따라 주었다.

백성들이 모두 떠나자 제갈공명은 다시 장수들을 불렀다.

"조운 장군께 이르오! 장군은 3천의 군사를 거느리고 이 신야성에 이르는 골짜기를 점령하여 그 곳에 통나무와 바윗덩이를 있는 대로 쌓아 놓고 신호를 기다리시오. 설사 적이 가까이 왔을지라도 명령이 없이는 절대로 굴려 내려서는 안 되오. 다만 내가 신호를 하거든 일시에 굴려야 하오! 다음은 장비 장군께 이르오! 장군은 마른풀과 장작을 있는 대로 긁어모아 성문 안 곳곳에 쌓아 놓고 기다리시오. 조조의 군대가 텅 빈 성으로 들어와 잠이 들 터인즉, 그 때 한꺼번에 불을 질러 성을 불바다로 만들어야 하오. 놀라 뛰쳐나오는 적병은 사정없이 목을 베도록 하시오."

"알겠습니다!"

장비의 대답이 명쾌했다.

"다음은 관우 장군! 장군은 군사 5천을 이끌고 저쪽 백하강의 상류에 올라가 흙과 모래 주머니를 만들어 둑을 쌓으시오. 튼튼하게 쌓아 강물의 흐름을 막아야 하며 며칠 후 강 아래쪽에서 말발굽 소리가 나거든 둑을 터트리시오. 일시에 적을 물귀신이 되게 해야 하니 차질이 없도록 만반의 준비를 하시오."

"알겠습니다!"

관우의 대답 또한 명쾌했다.

모든 장수들이 자신의 진지로 병사들을 이끌고 떠났다.

신야성 안에서 무슨 일이 벌어지고 있는지를 까마득히 모르는 조조는 신야성이 가까이 보이는 곳에 이르러 부지런히 지휘소를 세웠다. 그리고는 자신의 사촌동생인 조인을 내보내 우선 10만의 병력으로 1차 공격을 감행하게 했다. 얼마 후, 유비 군을 염탐하러 갔던 정찰병들이 돌아와 자신 있게 말했다.

"저기 성루에 유비 군의 깃발이 나부끼고 있는데, 군사들의 움직임이 없는 것으로 보아 별것 아닌 게 분명합니다."

"그렇지! 그쪽은 다 해 봤자 겨우 1만 명 남짓이다. 어서 가서 우선 저 아래 산봉우리부터 점령하자!"

조인이 신바람이 난 듯 병사들을 재촉했다.

조인은 앞장 서서 산꼭대기를 향해 오르기 시작했다. 길은 좀 험하고 거칠었지만 그런 것쯤은 아무런 장애도 되지 않았다. 조인은 어서 빨리 유비 군을 박살낼 생각만으로 무턱대고 10만의 군사를 고스란히 산 속에 밀어 넣은 꼴이 되었다.

사람의 기척이라고는 전혀 없는 고요한 산중이었다. 들려 오는 것은 오직 조인의 부하들이 내는 발자국 소리와 나뭇가지 부러지는 소리뿐이었다.

문득 눈앞에 제법 높직한 절벽이 펼쳐졌다. 그러나 그것도 조인의 눈엔 하찮게 보였다. 병사들이 삽시간에 개미 떼처럼 새까맣게 절벽에 달라붙었다. 그 순간이었다.

"우르르! 쿵! 쾅!"

머리 위에서 천지가 진동하듯 바윗덩이와 통나무들이 쏟아져 내렸다. 워낙 많은 양이 쏟아져 내려 순식간에 아비 규환(阿鼻叫喚; 참혹한 고통 가운데서 살려 달라고 울부짖는 상태)이 되었다.

"으악!"

놀란 조인의 부하들은 미처 소리를 지를 겨를도 없이 절벽 아래로 뚝뚝 떨어졌다. 바윗덩이와 통나무에 머리가 깨지기도 하고 팔 다리가 부러지기도 했다.

"피해라! 어서 빠져 나가 신야성 안으로 들어가라!"

조인은 목청을 돋우어 성 안으로 피해 들어갈 것을 명령했다. 그러나 살아 남아 성으로 들어온 병사들은 그나마 3분의 2를 넘지 못했다.

삽시간에 4만여 부하를 잃은 조인은 반쯤 넋이 나간 모습이었다. 텅 빈 성에 들어선 그는 우선 병사들을 쉬게 할 요량으로 각자 빈 집에 들어가 쉬게 하였다.

"이놈들, 어느 새 모두 빠져 나갔구나! 오늘 밤을 넘기고 내일 날이 새거든 한 판 겨뤄 보자!"

조인은 이를 부득부득 갈며 잠자리에 들었다.

모두가 코를 골며 단잠에 빠져 들었고, 부상병들의 신음 소리도 어느 정도 잦아들 무렵이었다. 갑자기 온 성이 불을 밝힌 듯 환해졌다.

"불이야!"

어디선가 외마디 비명 소리가 들리는가 싶더니 시뻘건 불기둥이 하늘 높이 솟아올랐다. 나뭇가지와 지붕이 타는 소리가 요란한 가운데 몸에 불이 옮겨 붙은 병사들은 이리저리 뒹굴며 처참하게 죽어 갔다.

때마침 불어 닥친 서북풍은 온 천지를 불길로 휘감아 버리는 듯했다. 조인은 이번에도 펄쩍펄쩍 뛰고만 있었다.

"길을 찾아라!"

병사들의 아우성 소리에 조인의 외침은 모기 소리로 잦아들었다.

"동쪽 문이 비었다! 동쪽으로 피해라!"

누군가가 동쪽 문에 불이 붙지 않았음을 알렸다. 삽시간에 동쪽 문에 6만여 군마가 몰려들었다.

"비켜라! 나부터 나가겠다."

"으악!"

"히이힝!"

서로 밀고 밀치며 좁은 문으로 빠져 나가는 사이 1만 명이 넘는 병사가 짓밟혀 죽었다. 간신히 문 밖으로 나온 병사들도 비 오듯 쏟아지는 화살에 푹푹 고꾸라졌다. 기다리고 있던 조운의 공격을 받은 것이다.

조인은 그 곳에서도 2만이 넘는 병사를 잃었다. 용케도 살아 남은 자들은 정신 없이 달려 백하강 어귀에까지 이르렀다.

그런데 마침 강물이 다 빠지고 바닥이 말라 널찍한 광장처럼 길이 만들어져 있었다.

"천지 신명이 우리를 도우신 거다! 모두 강바닥으로 뛰어 내려라!"

조인은 부하들의 사기를 돋우며 자신도 강바닥으로 뛰어내렸다.

살아 남은 자들이 모두 강바닥이 말라붙어 생겨난 길을 따라 허둥지둥 달려가고 있었다. 그런데 이게 웬일이란 말인가? 어느 새 강둑이 터졌는지 새하얀 물줄기가 거대한 입을 벌리며 거세게 쏟아져 들어왔다.

"으악!"

"어푸푸!"

물은 순식간에 모든 것을 삼켜 버렸다.

백하강에 다시 강물이 찰랑거렸다. 물 위에는 어지럽게 떠다니는 시체만이 가득할 뿐 천지 사방은 죽음보다 더한 적막이 흐르고 있었다.

살아 남은 조인의 군사는 이제 겨우 천여 명 남짓이었다.

"아! 10만의 대군이 다 어디로 갔단 말이냐?"

조인은 머리를 산발한 채 짐승처럼 울부짖었다.

조인의 10만 대군을 맞아 일대 격전을 치른 관우와 장비 그리고 조운 등은 피로에 지친 기색도 없이 의기 양양하게 본부로 돌아왔다.

유비가 그들을 반갑게 맞이하며 공로를 치하하고 있을 때, 제갈공명이 나타났다.

"자, 모두들 어서 이 곳을 떠날 준비를 하십시오. 휴식은 이동한 후에 하도록 하시오."

"아니, 이렇게 큰 승리를 거두었는데 쉬지도 못 하고 또 떠난다는 말씀이오?"

"싸움은 끝난 것이 아니라 이제부터 시작일 뿐이오. 조조에게는 아직도 70만의 대군이 있다는 것을 깊이 명심하시오."

아무도 더 이상 말을 하지 못했다.

그들은 다시 번성을 거쳐 모든 백성들과 병사들을 데리고 강릉(江陵)으로 향했다.

"조조는 이제 뒤에서만 쫓지는 않을 것입니다. 그는 형주를 먼저 친 다음, 이 번성을 앞으로 돌아 넓게 포위해 올 것입니다. 그러니 지금 이 곳을 빠져 나가지 않으면 독 안에 든 쥐 신세가 될 것입니다."

강릉으로 떠나야 하는 이유를 설명하는 제갈공명의 목소리는 확신에 차 있었다. 가도가도 끝이 없는 대륙! 오늘도 내일도 그저 앞만 보고 가야 하는 길이 끝없이 뻗어 있었다.

강릉으로 가는 도중 제갈공명이 문득 관우를 불렀다. 관우는 그 길로 곧장 강하(江夏)로 가서 유기(劉琦)에게 원군을 요청하라는 명령을 받고 강하를 향해 말을 몰았다. 유기는 유표의 아우로서 유비와는 역시 집안의 형제뻘이었다.

한편 조조는 조인의 패전 소식을 듣고 턱수염을 부르르 떨었다.

초췌한 모습에 머리까지 산발한 조인이 초죽음이 되어 돌아와 조조에게 자초 지정을 고했다.

"으, 천만 번을 죽여도 시원찮을 제갈공명이란 놈!"

조조는 조인으로부터 제갈공명의 작전을 전해 듣는 순간 너무도 분해 머리털이 곤두서는 듯했다.

"전 군사는 당장 출동하라!"

조조는 70만 대군에게 불 같은 명령을 내리고 자신이 직접 선두에 섰다. 천지를 뒤흔드는 진군의 북 소리가 삽시간에 백하강을 넘었다.

조조는 문득 순욱을 불렀다.

"참모장, 이 고장은 바로 유표가 다스리는 형주 땅이 아니오?"

"그렇습니다. 유표는 얼마 전에 병들어 죽었고 지금은 그 아들 유종이 새 성주가 되었다 합니다."

"유종이?"

"네, 그런데 그 유종이란 자는 그 아비보다 훨씬 못하다고 합니다."

"음, 그것 참 듣던 중 반가운 말이오. 그럼 이 기회에 우선 형주부터 손에 넣읍시다."

"지금 즉시 형주를 향해 말머리를 돌려라!"

그리하여 조조의 70만 대군은 쉽게 형주를 점령해 버리고 말았다.

영웅은 영웅을 알고

형주의 새 성주가 된 유종은 조조 군이 몰려온다는 소식을 듣고 아예 처음부터 싸울 생각을 하지 않았다.

'싸워 봤자 질 게 뻔하니 항복해서 목숨이나 보존하는 것이 현명하지. 암, 그렇고말고.'

비겁하기 짝이 없는 유종은 부하들을 모아 놓고 말했다.

"내 뜻한 바가 있어 조조 대장군에게 항복을 할 작정이오. 그러니 앞으로 조조 대장군을 잘 받드시오."

그는 서둘러 말을 마치고 멀리 성문 밖까지 조조를 맞으러 나갔다.

"어서 오십시오, 조조 대장군님! 헤헤!"

조조는 말에서 내릴 생각도 않고 잠시 물끄러미 유종을 바라보았다.

"네 아비가 평생을 바쳐 쌓아 놓은 이 큰 성과 땅을 싸워 보지도 않고 고스란히 바치려 하느냐? 이 쓸개 빠진 놈아!"

뜻밖에도 조조는 항복해 온 유종을 크게 꾸짖었다.

유종이 당황하여 멍한 표정으로 그를 바라보다가, 이내 눈웃음을 치며 살살거렸다.

"여봐라! 당장 저놈의 목을 베라!"

조조의 불호령에 살살거리던 유종은 눈 깜짝할 사이에 목숨을 잃었다.

손쉽게 형주를 손에 넣은 조조는 번성을 중심으로 치밀한 포위망을 쌓았다. 번성은 이제 거대한 그물에 둘러싸인 초라한 오두막일 뿐이었다.

"샅샅이 뒤져라! 살아 있는 것은 쥐새끼 한 마리라도 놓쳐서는 안 된다."

조조는 직접 선두에 서서 군사들을 지휘했다.

"와!"

70만 대군의 발에 짓밟힌 번성은 삽시간에 쑥대밭이 되었다. 그러나 언제 빠져 나갔는지 성 안은 텅 비어 있었다.

"약은 녀석들 같으니라고……. 여봐라, 곧장 뒤쫓아라!"

흥분한 조조는 당장에 불호령을 내렸다.

번성을 버리고 강릉을 향해 달리던 유비 군은 추격해 오는 조조 군의 사기를 당해 낼 재간이 없었다.

점점 그들과의 거리가 좁혀져 갔다. 유비가 걱정스런 눈빛으로 공명을 바라보았다.

그는 이제 난처한 경우에 처할 때마다 공명의 얼굴을 바라보는 것이 습관처럼 되어 버렸다.

"이대로 무작정 갈 것이 아니라 병력과 아녀자를 분산시켜야겠다."

공명은 즉시 행렬을 멈추고 일행을 세 갈래로 나누었다.

유비와 장비는 주력 부대를 이끌고 오솔길로 향하게 하고, 조운은 백성들과 아녀자를 거느리고 중간 길을 달리게 하였으며, 공명 자신은 몇 사람을 이끌고 강하의 성주 유기를 찾아가기로 했다. 그들이 합류하기로 한 곳은 강릉에서 그리 멀지 않은 장판파라는 곳이었다.

한꺼번에 우르르 몰려 길을 가는 것보다는 여럿으로 나누어 가는 것이 훨씬 능률적이었다. 유비의 주력 부대와 공명 일행은 곧 조조 군의 추격을 벗어나 수월하게 길을 갈 수 있었다.

그러나 조운의 일행은 다른 일행과는 달리 빠르게 움직일 수가 없었다. 그가 인솔하는 사람들은 대부분이 유비를 따라 나선 백성들이거나 연약한 아녀자들이었기 때문이었다. 길을 인도하랴, 행렬의 앞뒤를 살피랴 정신이 없었다. 그러다 보니 자꾸만 뒤처졌다. 그러는 사이 어느덧 적병의 함성 소리가 귓전에까지 들려 왔다.

조운이 당황하여 일행을 수습하다 보니 아까까지 뒤에 있던 유비의 부인 미씨와 그 아들이 보이지 않았다.

조운은 순간적으로 적병이 가까이 있다는 사실마저 잊고 큰 소리로 외쳐 불렀다.

"대부인님! 도련님!"

조운이 미친 듯이 사람들 사이를 헤집고 다니며 미 부인과 아두를 찾았다.

그 때 문득, 길가의 무성한 풀숲에서 가냘픈 여인의 신음 소리가 들려왔다.

"으, 으……."

조운이 달려가 보니 그 곳에 쓰러져 있는 사람은 다름아닌 미 부인이었다.

"대부인님!"

놀랍게도 미 부인의 등에는 굵직한 화살이 깊이 박혀 있었다.

조운이 황급히 화살을 뽑으려 하자 미 부인이 기어들어 가는 목소리로 더듬더듬 힘겹게 말했다.

"장군님, 저는 이미…… 우리 아, 아두를 부탁……해요……."

미 부인의 몸이 힘없이 늘어졌다.

"대부인님! 대부인님!"

조운이 싸늘하게 식어 가는 미 부인의 시신을 부둥켜안고 울부짖고 있는데, 언뜻 유비의 아들 아두가 눈에 들어 왔다.

"도련님!"

조운이 서둘러 아두를 품에 안고 말에 올라탔을 때는 이미 조조의 군사들이 그를 포위하고 있었다.

"이 나쁜 놈들!"

조운은 한쪽 팔에는 아두를 껴안고 다른 팔로는 창을 단단히 움켜잡고 마구 휘둘러 댔다. 조운은 마치 정신이 나간 사람 같았다.

멀리서 조조가 이 광경을 우두커니 바라보고 있었다. 그는 조운의 모습을 바라보며 마치 신선의 춤이라도 구경하듯 잠시 넋을 놓고 있었다.

"여봐라! 저 장수가 대체 누구이냐?"

"네, 유비의 부하 조운이란 자입니다. 저자가 안고 있는 아이는 유비의 아들 아두가 틀림없습니다."

장요가 옆에서 대답했다.

"장요, 병사들에게 내 명령을 전하라! 저 조운이 우리 포위망을 다 통과할 때까지 털끝 하나 건드리지 말라고 일러라. 그를 무사히 보내 주어라!"

"네에?"

장요의 눈이 휘둥그레졌다.

"내 말을 알아들었느냐?"

"네."

조조의 명령은 곧바로 그의 부하들에게 전달되었다. 영웅은 진정한 용사를 사랑할 줄 알았던 것이다.

조조의 돌연한 아량으로 조운은 무사히 적진을 빠져 나올 수 있었다. 다급하게 말을 몰아 장판파에 이르자 장비가 그를 반가이 맞이했다.

"어서 오시오. 조운 장군!"

"장비 장군, 부끄럽소만 나는 이제 팔다리 하나도 제대로 움직일 수가 없소. 조조의 군사가 바짝 뒤쫓아오고 있으니 장군께서 뒷일을 맡아 주오."

"걱정 마시고 어서 강을 건너시오. 그 곳에 유비 성주님이 기다리실 터이니 어서 서두르시오."

장비는 조운을 떠나 보내고 홀로 강 입구의 다리 위에 떡 버티고 섰다.

'이 다리는 우리의 목숨과도 같은 곳이다. 내 이 곳에서 죽는 한이 있더라도 물러서지 않으리라!'

장비는 비장한 결심을 하였다.

"어? 저기 저놈은 유비의 막내 아우 장비가 아니더냐?"

어느 새 다리 입구에 도착한 조조 군의 선발대는 장비의 모습을 보자, 기가 질린 듯 선불리 공격해 오지 못하고 수군거리고만 있었다.

"저놈은 혼자다! 저놈을 생포하자!"

누군가가 장비를 생포하여 공을 세울 욕심으로 불쑥 앞으로 나아갔다.

"이놈!"

장비의 벽력 같은 고함 소리에 놀라 앞으로 나섰던 자가 그만 기절을 해 버렸다.

"멈춰라!"

조조의 쩌렁쩌렁한 목소리가 장비를 긴장시켰다.

병사들이 좌우로 길게 늘어선 사이로 백마를 탄 조조가 늠름한 모습으로 장비를 향해 오고 있었다. 그는 아무도 거느리지 않고 단신으로 장비의 바로 앞까지 왔다.

"장비, 나는 오늘 너희들의 용기에 탄복했다. 목숨을 아까워하지 않고 혈혈 단신 주군을 위해 충성을 다 바치는 너희 같은 부하를 둔 유비가 부럽도다! 아까 조운에게서도 놀랐다만 너 또한 가상하다. 너희들의 용기를 높이 사는 의미에서 내 오늘은 이만 물러가마. 너희가 군사를 정비하여 싸울 준비를 갖추었을 때 다시 쳐들어 가마. 이 말을 유비에게 분명히 전해라!"

조조는 과연 영웅이었다. 사람들은 그를 일컬어 간교하다느니 어쩌니 말들 하지만, 그 역시 한 시대를 풍미한 영웅임에 틀림없었다.

"야, 이 조조야! 나는 이 곳에서 죽어도 좋다! 나와 맞서 싸울 용기가 없느냐?"

장비가 자신 만만하게 소리쳤지만, 속으로는 매우 놀라고 있었다.

장비는 멀어져 가는 조조의 뒷모습을 물끄러미 바라보다가 이내 말머리를 돌려 다리를 건넜다.

조운과 장비를 만난 유비는 하늘을 우러러보며 흐르는 눈물을 감추려고 애썼다.

자신을 위해 평생을 헌신하다가 이름 모를 전장에서 적병의 화살에 숨져 간 아내가 불쌍했다. 그러나 개인의 사사로운 정 때문에 부하 장수들이 보는 앞에서 드러내 놓고 슬퍼할 수는 없었다.

유비의 그런 심정을 아는 조운과 장비는 주먹 같은 눈물을 뚝뚝 흘렸다. 그러는 사이 문득 요란한 말발굽 소리가 들려 왔다. 그것은 관우의 적토마 소리가 분명했다.

"관우 형님이다!"

장비가 관우를 발견하고 반가워 달려나갔다.

"형님, 얼마나 고생이 많으셨습니까? 유기 성주가 3만의 군사를 보내어 우리를 도와 주기로 했습니다."

"오, 오!"

"제가 처음에 갔을 때는 협상이 잘 안 되었는데, 중간에 공명 선생이 오시어 원조를 얻는 데 성공했습니다."

"수고했다. 그런데 공명 선생은 어찌 같이 오지 않았느냐?"

"선생은 다른 계획이 있다면서 저더러 먼저 가라고 했습니다."

유비는 공명이 또다시 무엇인가를 계획하고 있다는 것을 그제서야 알아차렸다.

한편 관우를 먼저 떠나 보낸 공명은 유기와 더 의논하여 그가 가지고 있는 군선(배)을 모조리 이끌고 강을 따라 내려왔다. 어찌 된 영문인지 모든 뱃머리에는 유비 군의 깃발이 하늘 높이 휘날리고 있었으며, 선두에는 공명이 의젓하게 서 있었다.

"과연!"

유비는 다시 한 번 탄복하며 배에 올라 무사히 강릉까지 올 수 있었다. 강릉에 이르자 강하의 성주인 유기는 온갖 정성을 다하여 그들을 환대했다. 약속대로 3만의 군사를 내주었음은 물론, 성대한 잔치까지 베풀어 군사들을 쉬게 했다.

유비는 그 곳에서 그 동안 쌓인 피로와 병력을 정돈하며 후일을 대비하고 있었다.

천하의 제갈공명

다시 형주로 돌아간 조조는 형주성에서 붙잡은 포로들까지 합하여 백만의 대군을 거느리게 되었다.

그는 매일같이 군사들의 훈련을 거듭하면서도 웬일인지 쉽게 공격에 나서지 않았고, 그렇다고 허창으로 돌아갈 생각도 하지 않았다.

유비는 차츰 불안한 마음이 생겼다. 군사를 정비하였다고는 하지만, 겨우 4만에 불과하니 조조의 백만 대군 앞에서는 그야말로 추풍 낙엽(秋風落葉 ; 가을 바람에 떨어지는 낙엽)의 신세가 될 것이 뻔했기 때문이다. 그가 허창으로 돌아가지 않고 형주에 머물러 있는 이상 유비가 머물고 있는 강릉은 언제 그들의 습격을 받아 무너질지 모르는 처지였다.

어느 날 유비가 은밀히 공명을 불렀다.

"선생, 하루하루가 불안하기 그지없으니 어디로든 다시 옮겨야 하지 않겠소?"

그러나 유비의 심정을 아는지 모르는지 공명은 그저 태평이었다.

"성주님, 아무 걱정 마십시오. 오히려 지금이야말로 성주님께서 촉나라를 세워야 할 때가 아닌가 합니다."

"아니, 바람 앞에 등불처럼 위태로운 때에 나라를 세운단 말입니까?"

"그렇습니다. 지금의 정세가 불안하기는 하지만 우리는 당분간 걱정할 필요가 없을 것입니다."

"그건 대체 무슨 말씀이신지?"

"조조는 지금 겉으로는 이 곳을 치려는 듯이 보이지만 실상은 오나라를 공격할 궁리를 하고 있음이 분명합니다. 생각해 보십시오. 최근에 몇 번의 실패를 거듭한 조조는 이제 무엇인가 신중한 작전을 계획하게 되었을 것이고, 그러자니 자연히 오나라를 먼저 칠 수밖에 없을 것입니다."

"………."

공명의 설명은 더욱 알쏭달쏭하였다. 공명은 계속 말을 이었다.

"조조가 만일 이 곳 강릉까지 진격해 들어오면 직접 위협을 느낄 오나라의 손권(孫權)이 결코 가만히 있지 않을 것입니다. 그럴 경우 조조의 병력은 두 패로 나누어져야 하므로 싸움은 배로 힘들게 될 것입니다. 조조도 바로 그 점을 간파하여 쉽게 움직이지 않는 것입니다. 지금쯤은 아마 오나라를 공격하기 위해 수전(水戰 ; 물 위에서 하는 전투)에 유리한 배를 만들고 있을 것입니다."

"허!"

과연 공명의 통찰력과 정세 판단은 놀라웠으며, 그 논리의 전개 또한 명쾌하기 이를 데 없었다.

유비는 거듭 탄복을 할 수밖에 없었다. 그는 몇 번이나 고개를 끄덕이고 나서 조심스럽게 물었다.

"만약 오나라의 손권이 조조와 싸우려 하지 않고 화평(和平 ; 나라 사이가 화목함)을 내세우게 되면 어쩌지요?"

"물론 지금 오나라에는 뛰어난 전략가들이 많이 있기는 하지만, 힘이 강한 조조와는 쉽게 싸우려 들지는 않을 것입니다. 그러니 우리는 오나라를 부추겨서 조조군과 싸우게 할 필요가 있습니다."

"그게 쉬운 일이 아니지 않겠소?"

"제게 맡겨 두십시오. 다 방법이 있습니다."

"………"

방 안에 모여 있던 모든 사람들은 그저 공명의 말에 아연해할 수밖에 없었다.

천하의 누구보다도 뛰어난 공명이라지만, 대체 무슨 수로 싸우지 않으려는 사람들을 싸우게 할 수 있다는 말인지 어리둥절했던 것이다.

그러나 공명은 사람들의 그러한 의문을 짐짓 모르는 체하며 말을 이었다.

"이제 머지않아 오나라에서 우리에게 사신이 올 것입니다. 그들도 불안하기는 마찬가지일 것이므로 우리와 함께 대책을 강구하려 할 것인즉, 그 때 제가 그 사신과 함께 오나라에 가서 기필코 손권과 조조가 싸우도록 유도해 내겠습니다."

공명의 예측은 정확하였으며, 그 대답 또한 간단 명료(簡單明瞭 ; 간단하고 분명함)하였다.

며칠이 지나자 과연 오나라에서 노숙(魯肅)이라는 사신이 왔다는 전갈이 날아들었다.

"어서 뫼시어라!"

유비는 정중히 사신을 모시도록 지시한 후 공명을 불렀다.

"선생께서 내 옆에 있어 주시오."

공명이 빙그레 미소를 지으며 유비의 옆자리에 앉았다. 이윽고 노나라의 사신 노숙이 들어와 두 사람에게 정중히 인사를 하였다.

"지금 조조의 행동으로 보아 그는 결코 위나라만으로 만족하지 않는 듯하온데, 어떤 대책이라도 가지고 계신지요?"

노숙은 찾아온 용건을 말했다.

"잘 보았소. 우리도 그 점을 염려하고 있었소."

유비도 분명하게 대답했다.

"그렇다면 강릉에서는 어떻게 대처하실 생각이신지요?"

노숙이 거듭 유비측의 대안을 물었다.

유비가 잠시 공명을 바라보자 공명이 대답을 대신했다.

"제가 알기로 조조는 이미 어떤 나라라도 마음만 먹으면 쉽게 공격할 수 있는 백만의 군사를 거느리고 있습니다. 만약에 우리측에서 조조측에 사신을 보내어 그와 화평 조약을 맺고 손을 잡으면 조조는 그 다음엔 어떻게 나오리라고 생각하십니까?"

공명이 오히려 사신에게 되묻자, 노숙의 얼굴빛이 순간적으로 하얗게 변하였다. 그러나 노숙 또한 노련한 외교가였다.

"우리 오나라도 조조의 야심을 진작부터 짐작했었습니다. 사실 중대 결정을 하기 위해 이 곳에 왔습니다만, 그렇다면 유비 대장군께서는 조조와 화평 교섭을 하시겠다는 것입니까?"

"한 가지 더 말씀드리거니와 지금 조조에게 있어서 우리는 그야말로 보잘것 없는 어린아이에 불과할 것입니다. 그의 욕심을 충족시켜 줄 수 있는 곳은 이제 오나라밖엔 없습니다. 그러니 우리가 찾아가서 화평을 맺자 해도 조조는 우리를 거들떠보지도 않을 것입니다. 아니 어쩌면 우리를 이용하여 오나라를 점령할 생각으로 쉽게 받아들일지도 모르지요. 우리는 다만 오나라의 입장과 태도가 어떠한지를 분명히 알아야만 우리의 태도를 밝힐 수 있다는 것을 알아 주시기 바랍니다. 만약에 오나라가 조조에 맞서 싸울 용의가 있다면, 우리도 기꺼이 오나라의 편이 되어 천하 대세를 바로잡는 일에 도움이 되어 드릴 것입니다."

공명의 정연한 논리 앞에 노숙은 더 이상 할 말을 잃었다. 때로는 자신을 어린아이에 비유하기도 하고 때로는 조조에게 협력할 수도 있음을 은근히 내비치며, 그러다가 다시 오나라의 편이 되어 줄 수 있노라고 살며시 접근하는 공명의 화술(話術 ; 말재주)을 노련한 외교가인 노숙으로서도 어찌해 볼 수가 없었다. 협박인지 협조인지 가늠하기가 어려웠다. 잠시 생각에 잠겼던 노숙이 이윽고 입을 열었다.

"그렇다면 우리의 입장을 어떻게 설명드려야……."

"그 점은 걱정하지 마십시오. 제가 직접 오나라에 가서 확인하겠습니다."

"선생께서 우리 오나라에 직접 와 보시겠다는 말입니까?"

"그렇습니다."

"허! 만약에 잘못되면 큰 화를 입으실 텐데 그래도 괜찮으시겠습니까?"

"그런 염려는 마십시오. 저는 오나라의 인물들이 그렇게 졸장부라고는 생각지 않습니다."

공명의 태연한 대꾸에 노숙은 기가 막혔다.

며칠 후, 드디어 공명은 노숙과 함께 오나라를 향해 떠났다. 강릉에서 오나라로 가기 위해서는 황하를 따라 뱃길로 수백 리를 가야 했다. 육로를 따라 말을 달리는 것보다 뱃길 여행은 더 지루하고 힘이 들었지만, 공명의 머릿속엔 온통 손권을 만나 그를 움직여야 한다는 중압감으로 가득 차 있었다. 이윽고 배가 무사히 오나라의 영토에 닿았다.

공명을 맞이하는 오나라의 전략가들 사이에서는 그가 단신으로 이 곳까지 찾아왔다는 사실이 화젯거리가 되기도 했다.

하늘을 찌를 듯이 곳곳에 솟아 있는 오나라의 잘 다듬어진 성들을 구경하듯 바라보며 노숙의 뒤를 따라 궁성으로 들어가는 공명의 머릿속은 온갖 상념들로 가득 차 있었다. 어쩌면 살아서 돌아갈 수 없을지조차 모르는 위험 천만한 모험의 길이도 했지만, 그의 마음만은 호수처럼 잔잔했다.

호화롭게 꾸며진 널찍한 방에 들어서자, 오나라의 젊은 왕 손권이 문무 백관을 좌우에 거느리고 거만한 표정으로 그를 내려다보았다.

공명은 이미 손권이 영웅이기는 하나 성미가 급하여 곧잘 화를 내는 인물이라는 것을 잘 알고 있었다.

'저자를 움직이기 위해서는 그의 격한 감정을 충동질하는 것이 가장 효과적이리라!'

공명은 속으로 다짐하며 손권에게 정중하게 예의를 갖추었다.

서로의 의례적인 인사가 끝나자 손권이 먼저 공명에게 물었다.

"우리가 먼저 사신을 보내어 그대들의 의사를 물었는데, 오히려 당신들이 우리를 찾아온 까닭이 무엇이오?"

예상했던 대로 손권은 첫 질문부터 다분히 시비조의 말투였다.

"제가 찾아온 까닭을 노숙 공으로부터 이미 보고를 받지 않으셨습니까?"

공명의 대답은 만만치 않았다. 공명은 손권의 시비조의 질문에 조금도 주저하거나 당황하는 기색이 없이 당당하게 맞선 것이다.

손권은 미간을 약간 찌푸리며 다시 물었다.

"음, 그렇다면 조조의 병력이 백만이 넘는다는데 왜 손쉬운 그대들의 나라를 먼저 치지 않고 우리 오나라를 공격할 것이라고 보오?"

손권의 말투에 공명은 이미 그가 흥분하고 있다는 것을 간파했다.

"조조가 비록 백만의 대군을 가졌다고는 하나, 그도 무턱대고 병력의 숫자로만 군사 작전을 감행하는 무모한 짓은 하지 않을 것입니다. 조조는 우리 강릉을 치게 될 경우 후방의 경비가 허술해질 것을 우려하여 우선 오나라를 먼저 공격함으로써 군력(軍力)의 힘을 분산시키지 않고, 강릉은 그 후에 손쉽게 점령하려 할 것인즉 오나라를 공격하는 동안 우리에게는 오히려 화평 조약을 맺자고 접근해 올 가능성이 있습니다."

공명의 말은 조목조목 일리가 있었으며, 그의 뛰어난 정세 분석에 손권은 속으로 감탄을 연발하였다. 그러면서도 그는 조조가 오나라를 공격할 것이라는 말에 몹시 당황했다.

"조조가 우리 오나라를 공격해 온다면 우리는 어떻게 해야 좋을 것 같소?"

손권의 태도는 이제 완전히 딴판이 되었다. 그는 자신도 모르게 공명에게 자신들의 앞날을 의논하는 꼴이 된 것이다.

"그 문제라면 감히 제가 나설 일이 아닌 듯합니다."

"물론 그렇지만 기왕이면 귀공의 의견을 좀 말씀해 주시오."

"실례가 될지 모르겠지만 굳이 제 생각을 말씀드리자면, 지금 왕께서는 조조의 세력을 어떻게 해서 물리쳐야 하는가를 생각하고 계시는 게 아니라, 조조가 쳐들어오면 어찌할 것인가를 염려하고 계시는 것 같습니다. 그래서야 어찌 조조에게 대항할 수 있겠습니까? 길이 있다면 오직 한 가지뿐이옵니다."

"그게 무엇이오?"

"조조에게 먼저 항복하는 것입니다."

공명의 대답은 거침이 없었다.

"뭐라고? 항복을 해야 한다고?"

"그렇습니다. 그렇지 않고서야 어찌 조조를 당해 낼 수 있겠습니까? 아마 항복을 하신다면 조조도 인간인지라 약간의 영토는 나누어 줄 것입니다."

공명의 대답은 이제 더욱 노골적으로 손권의 비위를 건드렸다.

그순간 손권의 부하들은 아연 실색(啞然失色 : 몹시 놀라서 얼굴빛이 변함)하여 당장이라도 공명의 목을 베어 버릴 것 같은 기세였다.

손권의 얼굴빛도 붉으락푸르락하였다. 그 누구의 앞에서도 고개라고는 숙여 본 일이 없는 손권인지라, 공명의 말 한 마디 한 마디는 그의 자존심을 건드려 놓기에 충분했던 것이다.

"무엄하도다! 감히 뉘 앞이라고 그 따위 말을 함부로 지껄이는가!"

보다못한 대신 중의 한 사람이 공명을 정면으로 노려보며 반말로 나무랐다. 여차하면 칼을 뽑아들 기색이 역력했다.

"저는 왕께 항복하시라고 권하는 것이 아닙니다. 왕께서 물으시기를 만약에 조조가 쳐들어온다면 어떻게 해야 하느냐고 하시기에 그렇게 된다면 항복하는 길밖에 없노라고 말씀드린 것입니다. 분명히 말씀드리거니와 조조가 먼저 공격을 해 온 뒤에는 모든 일이 늦게 될 것입니다."

"음, 그렇다면?"

순간 손권의 눈빛이 무엇인가를 깨달은 듯 반짝 빛났다.

"길은 오직 하나! 오나라와 우리 유비 대장군께서 힘을 합하여 조조를 먼저 치는 것입니다. 그렇게 된다면 이 미천한 공명도 모든 지혜를 다하여 조조의 백만 대군을 격파하는 데 몸을 바치겠습니다."

손권의 얼굴빛이 변하는 것을 재빨리 간파한 공명이 때를 놓칠세라 조조를 먼저 공격해야 할 것이라고 의견을 말하자, 좌중의 분위기는 일시에 그 쪽으로 기울어져 버렸다.

"그럼 우리가 조조와 싸운다면 그대들이 정녕 우리와 동맹하여 함께 싸우겠다 그 말인가?"

"그렇고말고요. 조조의 욕심으로 인해 우리가 가장 큰 피해를 입고 있는데 어찌 보고만 있겠습니까?"

"좋소! 조조와 싸우겠소. 그대들은 부디 우리를 도와 주시오."

손권이 드디어 조조와 싸울 것을 결정했다. 그는 즉시 모여 있는 신하들에게 군사를 동원하도록 명령했다.

"전쟁이 시작된다. 출전 준비!"

손권의 부하 장수들은 출전 준비에 분주하면서도 한편으로는 불만이 많았다.

"아무런 준비도 없이 갑자기 조조의 백만 대군과 어찌 싸운다는 말이야?"

젊은 장수들 중에서도 특히 장소(張昭)라는 전략가는 손권이 공명의 교묘한 술책에 말려든 것을 못마땅하게 생각했다.

장소는 손권과 더불어 오나라를 이끌어 가는 데 중요한 역할을 해 온 전략가로서, 손권에게 싸움을 하지 말 것을 건의했다.

"대왕 전하! 황송하오나 지금 대왕께서는 공명의 꾀에 속으신 것입니다. 지금 우리 오나라는 싸울 준비가 전혀 되어 있지 않기 때문에 당장에 큰 전쟁을 치르는 것은 불가능합니다."

"내가 공명에게 속았다고? 그게 무슨 말이오? 이번 싸움은 내가 결정한 것이오. 그러니 잔말 말고 어서 전쟁 준비나 철저히 하시오."

손권은 장소의 건의를 그 자리에서 묵살해 버렸다. 왕의 결정이 워낙 완강한 것을 안 장소는 더 이상 고집을 부리지 않았다.

"대왕 전하의 결심이 확고하신 이상 저도 최선을 다하겠습니다. 다만 조조와의 이번 싸움은 물 위에서의 싸움이 대부분일 것인즉, 수군 총사령관인 주유(周瑜) 장군을 부르시어 그의 의견을 들어 봄이 마땅한 줄 아옵니다."

"그럽시다. 수군 사령관을 부르시오."

오나라의 수군 총사령관인 주유는 아직 젊어 실전 경험은 적었지만, 그 지혜와 용맹이 뛰어나서 모든 사람들로부터 존경을 받고 있었다.

그런 그를 공명이 놓칠 리 없었다. 공명은 이미 손권의 앞을 물러나오자마자 그 길로 곧장 주유의 집을 물어 그를 찾아갔던 것이다.

"주유 장군, 이미 장군의 명성을 익히 들어 잘 알고 있습니다. 그런데 비록 장군의 수군이 강하다고는 하나 조조의 대군을 대적할 수 있을까요?"

공명은 주유를 만나자마자 넌지시 그의 자존심을 건드렸다.

"무슨 소리요? 귀공은 남의 나라에 와서 갑자기 싸움에 끼여들게 하더니 이번엔 나를 모독할 셈이오? 조조의 군대가 제아무리 강하다고는 하나 이 주유의 수군에겐 상대가 되지 못할 것이오. 내가 지휘하는 수군은 이 날 이 때까지 단 한 번도 적을 앞에 두고 물러서 본 적이 없소."

주유가 흥분한 듯 얼굴이 붉게 상기되어 못마땅한 투로 말했다.

"제가 실례했다면 용서하십시오. 저는 그저 염려스러운 심정에서 드린 말씀인데, 장군의 심기를 건드린 것 같군요. 죄송합니다."

공명은 정중히 사과하고 두말 없이 주유의 집을 물러나와 숙소로 향했다. 그러던 차에 손권으로부터 궁궐로 들어오라는 급한 전갈이 주유에게 날아들었다.

"주유 장군, 이번 싸움은 주유 장군의 역할이 무엇보다 중요한데 내가 미처 상의하지 못해 미안하오. 이번 조조와의 전쟁을 말리는 신하들이 많은데 장군의 뜻은 어떠시오?"

손권은 주유에게 조심스럽게 물었다.

"전하, 조조를 치는 데 그 누가 반대를 합니까? 우리에게는 지난 10여 년 간 열심히 훈련을 쌓아 온 천하 무적의 수군이 있습니다. 아무 염려 마십시오."

주유의 대답은 간단 명료했다. 그도 그럴 것이 주유 또한 은근히 공명의 놀림에 비위가 상해 있는데다, 이번 기회에 자신의 위치를 더욱 확고히 다지고 싶은 욕망이 있었기 때문이다.

어쨌든 이제 오나라에는 조조와의 전쟁을 반대하는 사람이 있을 수 없게 되었다. 속으로 반대하던 신하들도 수군 총사령관인 주유마저 적극적으로 싸움에 나선다고 선언한 이상, 아무도 싸움에 반대한다는 말을 입밖에 낼 수 없었다.

손권은 신하들을 향해 다시 한 번 못박았다.

"이번 싸움을 반대하는 자는 역적으로 간주하겠소."

오나라 전역은 즉시 전쟁 준비에 몰입했다.

수군 본부로 돌아와 부하들을 격려하던 주유는 문득 생각했다.

'공명은 확실히 보통 인물이 아니다. 무엇인가 당한 기분이 들면서도 그자의 말을 노골적으로 반박할 수가 없지 않던가? 그놈은 필시 장차 큰 화근이 될 터이니 내 적당한 기회에 그놈을 없애리라!'

주유는 이렇게 생각하며 두 주먹을 불끈 쥐었다. 공명을 당장에 죽일 수도 있지만, 그것은 대장부의 도리가 아닌 것 같았다. 남의 나라에 사신으로 와 있는 자를 몰래 죽인다는 건 떳떳하지 못한 행동임을 알기 때문에 무엇인가 적당한 핑곗거리를 찾아야 했다.

주유는 다음 날 아침 일찍부터 강에 질서 정연하게 떠 있는 군선들을 시찰했다. 크고 작은 5백여 척의 배들이 늠름하게 보였다.

주유는 배들을 돌아보다가 갑자기 회심의 미소를 지었다.

'옳거니!'

그는 즉시 참모 회의를 소집했다.

"지금 우리에게는 적과 맞설 화살이 부족하오. 단시간 내에 많은 화살을 만들기에는 역부족이니 내 이번 기회에 공명에게 부족한 화살을 보충해 달라고 요청할 생각인데 참모들의 의견은 어떻소?"

참모들이 의아한 표정으로 주유를 쳐다보자 눈치 빠른 참모 하나가 재빠르게 대답했다.

"장군님, 참으로 기가 막힌 계책입니다. 제가 지금 즉시 공명을 불러오겠습니다."

공명은 노숙 등과 더불어 앞으로의 일을 의논하다가 주유의 부름을 받았다.

공명이 부랴부랴 주유의 사령부에 도착하자 주유가 싸늘한 표정으로 그를 맞았다.

"급히 의논할 일이 있소이다."

"무슨 일이신지요?"

공명이 차분한 목소리로 물었다.

"지금 우리 수군에는 싸움에 동원할 배는 충분하오. 그런데 한 가지, 화살의 숫자가 절대 부족한 실정이오. 사신께서는 이것 저것 아는 것이 많으니, 어떻게 하면 화살을 쉽게 만들 수 있겠는지 말씀해 주시겠소?"

'난데없이 화살을 쉽게 만드는 방법이라니…….'

그러나 공명은 주유의 속셈이 뭔지 금세 알아차렸다.

곧이어 공명이 느긋하게 말했다.

"그런 일이라면 오나라 안에 있는 모든 화살 기술자를 한꺼번에 동원해야지요."

"누가 그걸 몰라서 사신께 묻는 줄 아시오? 온 나라안의 기술자를 다 모은다 해도 며칠 내로 어떻게 수십만 개의 화살을 만든다는 말이오?"

주유는 계속 생트집을 잡았다.

공명은 잠시 눈을 감고 생각에 잠겼다.
"장군께서 필요로 하는 화살의 숫자가 몇 개나 됩니까?"
"열흘 안에 최소한 10만 개는 있어야 되겠소이다. 내 듣자 하니 강릉에는 병력도 그리 많지 않다는데, 열흘안에 10만 개의 화살을 원조해 줄 수 있겠소?"
주유는 공명이 쩔쩔매는 모습을 떠올리며 회심의 미소를 지었다. 그러나 공명은 당황하는 기색이 전혀 없이 천천히 입을 열었다.
"장군, 내가 사흘 안으로 장군이 필요로 하는 화살을 전부 구해 드리리다."
"아니, 뭐라고요?"
"왜 놀라십니까?"
"지금 누구를 놀리시는 거요? 사흘 안으로 10만 개의 화살을 만들겠다니?"
"구하든지 만들든지 장군이 원하는 건 10만 개의 화살이 아니오?"
"그렇소!"
"그 대신 내 부탁이 하나 있소. 우선 장군의 휘하에 있는 군선 20척과 그 군선을 이끌 병력 약간을 내게 빌려 주시오."
"아니, 난데없이 배와 병사들을 어디에 쓰시려고?"
"그건 차차 알게 되실 것이외다. 여하튼 사흘째 되는 날 저녁에 배 한 척당 병사 30명씩만 태우되, 배 위에는 반드시 짚단을 높이 쌓고 푸른 천으로 덮어 주시오. 그렇게만 해 주시면 됩니다."
"허!"
주유는 기가 막혔다.
공명을 곤경에 빠뜨려 그것을 핑계로 죽일 궁리를 하던 주유는, 공명의 당당한 태도에 오히려 또다시 주눅이 들 지경이었다. 공명이 물러간 뒤 주유는 즉시 부하들에게 명령했다.
"지금 이후로 전국에 있는 모든 화살 기술자는 절대로 화살을 만들지 못하도록 하라!"

명령을 내리긴 했지만 주유는 꺼림칙한 기분이 가시지 않았다. 여하간 공명의 목숨이 사흘이면 결단이 날 터이니 그 사흘 동안은 잠자코 지켜 보기로 했다.

주유의 진지에서 물러나온 공명은 그 후 매일 천하 태평이었다. 오나라의 이곳 저곳을 구경하며 술이나 마실 뿐, 화살을 만들기는커녕 구할 생각조차도 하지 않는 것 같았다. 곁에서 그를 지켜 보던 노숙이 오히려 애가 탔다.

"선생, 주유 장군은 성미가 불 같은 사람입니다. 화살을 만들기로 한 기한이 오늘 밤이 마지막인데 대체 어쩌시려고 이렇게 태평이십니까?"

"노숙 장군, 염려해 주셔서 고맙습니다. 오나라에도 장군처럼 인정이 많으신 분이 계시군요. 하여간 주유 장군께 내가 부탁한 배와 병사들이 준비가 되었는지나 좀 알아봐 주시오."

잠시 후 노숙이 모든 준비가 다 되어 있음을 공평에게 알려 왔다.

"자, 저와 함께 화살을 구하러 가시지 않으시렵니까?"

"아니, 어디로요?"

"저 강 건너편으로 노를 저어가면 됩니다."

"뭐라고요? 저 강 건너편은 조조의 수군들이 잔뜩 대기하고 있는데 어떻게 그 곳에 간다는 말씀이오?"

"염려 마시고 따라오시기만 하시지요."

공명은 노숙과 함께 배에 올랐다. 푸른 천으로 짚단을 덮은 20척의 군선이 조용히 물살을 가르며 앞으로 나아갔다.

그 날 밤, 강은 유달리 안개가 자욱하여 지척도 분간하기가 어려웠다.

선두에 선 공명의 지휘로 소리 없이 미끄러져 가던 배가 조조 군의 군선들이 있는 진지 가까이에 이르자 이윽고 공명은 큰 북을 힘껏 쳤다.

그 소리를 신호로 배 위에 있던 병사들이 일제히 함성을 질러 댔다.

"와!'

20척의 배에서 일제히 북 소리가 울리며 함성 소리가 터져 나오자, 노숙의 얼굴빛은 하얗게 변했다.

"여보시오, 선생! 도대체 어쩌시려는 것이오? 바로 눈앞에 조조의 수군이 있지 않소?"

"걱정 마시고 이제 저와 함께 술이나 마십시다."

공명은 태연히 자리에 앉았다.

한편 조조 군의 진영에서는 야단 법석이 났다.

"무슨 일이냐?"

"적의 군선이 코앞까지 왔다."

"뭐라고? 활을 쏘아라! 어서 지체 말고 활을 쏘아서 더 접근하지 못하도록 막아라!"

당황한 조조 군의 장수들은 일제히 활을 쏠 것을 지시했다.

"북 소리가 나는 쪽으로 무조건 활을 쏘아라! 앞이 잘 보이지 않는 건 적들도 마찬가지일 테니 소리나는 쪽으로 쏘면 된다!"

조조 군은 북 소리가 나는 쪽을 향해 화살을 쏘아 댔다.

마치 장대비가 쏟아지듯 화살이 날아왔다.

조조는 오나라의 수군이 자신들을 공격해 온 것에 대해 끓어 오르는 분노를 참을 수가 없었다.

그는 직접 병사들을 지휘하여 화살을 쏘아 댔다. 기습을 해 오던 적의 배들이 더 이상 접근을 하지 못하고 강 한가운데서 북 소리만 둥둥거리더니, 새벽녘이 되자 서서히 꽁무니를 빼었다.

"그러면 그렇지! 감히 여기가 어디라고 함부로 쳐들어 온단 말이냐?"

물러가는 적의 배들을 바라보며 조조는 만면에 웃음을 띠었다.

다음 날 날이 훤하게 밝자 안개도 씻은 듯이 걷혔다. 조조는 텅 빈 강을 바라보며 의기 양양하게 명령했다.

"적을 격퇴시키는 데 공이 많은 장수들과 병사들에게 큰 상을 내리도록 하라!"

한편, 조조의 진영에 이토록 잔치 기운이 한창 무르익어 갈 무렵, 공명은 20척의 배를 이끌고 유유히 강을 내려가고 있었다.

날이 밝은 후에 배들의 모습을 보니, 마치 고슴도치와도 같았다. 푸른 천이 덮인 짚단 더미에는 조조 군에서 쏘아 댄 화살이 빽빽이 꽂혀 있었다. 어림잡아 배 한 척당 1만여 개의 화살이 꽂혀 있었으므로, 화살은 무려 20만 개에 이르렀다.

강을 따라 얼마 동안을 내려간 공명의 배는 주유가 기다리고 있는 강기슭으로 서서히 미끄러져 들어왔다.

"약속대로 화살을 가져왔습니다."

공명이 배에서 내리며 주유에게 말했다.

주유는 그저 벌린 입을 다물지 못하고 있었다.

"허, 세상에 이럴 수가……!"

주유는 공명에게 고개를 숙이지 않을 수가 없었다.

"큰 인물을 몰라뵙고 그 동안 무례한 행동을 했사오니 용서해 주십시오."

주유가 공손히 인사하며 공명에게 사과했다.

"일이 이렇게 되고 보니 어쨌든 화살 20만 개를 구한 공로는 장군의 덕택인 듯하오."

공명은 껄껄 웃으며 주유의 손을 잡았다.

주유의 부하 병사들이 서둘러 배로 올라가 짚단에 박힌 화살들을 뽑아 내었다. 이렇게 화살을 챙기는 것만도 꼬박 하루가 걸렸다.

성대한 술자리가 벌어지고 여흥이 가라앉을 무렵, 주유가 조용히 공명의 곁으로 다가앉았다.

"선생, 잘 아시다시피 조조의 수군이 5천 척의 배를 거느리고 철통같이 지키고 있으니 좀처럼 뚫고 들어갈 묘책이 없습니다. 어찌해야 할 것인지 부디 한 수 가르쳐 주십시오."

"장군, 제게 한 가지 방법이 있긴 하오만 제 지시와 명령을 잘 따라 주어야만이 가능한 일입니다."

"물론 따르고말고요."

"그렇다면 붓과 종이를 좀 가져다 주시겠습니까?"

주유는 이제 공명을 대하는 태도가 전과는 완전히 달라져 있었다.

공명이 종이 위에 무엇인가를 꼼꼼히 써 내려갔다. 글을 받아 본 주유는 몹시 놀란 듯 잠시 숨조차 쉬지 않는 것 같았다.

이윽고 주유가 옆에 있는 참모들에게 입을 열었다.

"이 술자리가 끝나는 대로 전체 작전 회의를 하겠소. 모든 참모들과 장수들은 한 사람도 빠짐 없이 회의에 참석하도록 하시오."

주유의 표정이 엄숙하기 이를 데 없었다.

그 날 밤 늦은 시각, 주유의 작전 본부에는 각처의 참모들과 장수들이 속속 모여들었다.

회의를 주재하는 주유의 옆자리엔 뜻밖에 공명이 앉아 있었다.

이윽고 주유가 입을 열었다.

"여러분, 모두가 잘 아시다시피 이번 싸움은 장기전(長期戰 ; 오랜 기간에 걸친 전쟁)이 될 것이 분명하오. 그러니 각 참모들과 장수들은 이 시간 이후부터 각자의 부대별로 석 달치의 식량을 따로 준비하도록 하시오!"

주유의 첫마디는 의외로 의논이 아니라 일방적인 지시였다.

모든 장수들이 의아한 표정을 지으면서도 꿀 먹은 벙어리처럼 말을 못 하고 앉아 있는데, 느닷없이 구석 자리에 있던 황개(黃蓋)라는 장수가 벌떡 일어섰다.

"총사령관님, 지금 우리에게는 석 달치는커녕 한 달 먹을 양식도 부족한 실정입니다. 그런 실정을 무시하고 석 달치 식량을 한꺼번에 구해 오라는 건, 산중에서 물고기를 구해 오라는 것이나 다를 바 없는 일입니다. 차라리 조조 군에게 엎드려 항복하는 편이 더 나을 것입니다."

황개의 주장은 거침이 없었고 다분히 흥분된 말투였다.

그러자 주유가 대뜸 탁자를 쾅 내려치며 핏발이 선 눈으로 그를 쏘아보았다.

"이놈, 황개! 군량을 구하지 못하니 차라리 항복을 하라고?"

주유의 수염이 부들부들 떨렸다. 그러나 황개도 만만치 않았다.

"설령 나를 죽인다 해도 안 되는 건 안 되는 것입니다. 어떻게 석 달치의 군량을 한꺼번에 구하란 말씀입니까?"

황개가 지지 않고 대들자 드디어 주유가 탁자를 걷어차며 벌떡 일어섰다.

"전쟁을 앞두고 명령을 거역하는 놈은 살려 둘 수 없다. 내 당장 네놈의 목을 치리라!"

주유가 칼을 뽑아 잡을 자세로 앞으로 나섰다.

"장군, 진정하십시오. 지금이 어느 때라고 이렇게 흥분을 하십니까? 더군다나 말 한 마디 잘못했다고 부하 장수를 죽이는 건 옳지 못한 처사입니다."

공명이 급히 주유의 앞을 가로막으며 그를 진정시키려 하였다.

공명의 말을 듣고 주유가 잠시 멈칫하자 공명이 말을 계속했다.

"지금 총사령관께서도 흥분하셨지만 황개 장군도 잘못이 크오. 무릇 큰 전쟁을 준비하다 보면 다소 무리가 따르는 부분도 있을 것이오. 그런데 황개 장군은 차라리 항복하는 편이 낫다고 말씀하시다니, 어찌 장수의 입에서 그런 말이 나올 수 있단 말입니까?"

공명의 나무람에 황개가 눈을 치켜 뜨며 대들었다.

"여보시오, 그대는 타국의 사신이 아니오? 사신이 어찌하여 남의 일에 이래라 저래라 참견을 한단 말이오? 난 내 소신대로 말했을 뿐이오."

황개의 말도 틀림이 없었다. 그러자 주유가 최종 결론을 내렸다.

"이분은 내가 이 자리에 참석해 주시도록 요청한 분이시다. 여하튼 황개 장군은 군율을 어긴 죄로 곤장 백 대를 명하노라!"

회의는 그것으로 어수선하게 끝나 버렸다. 늙은 황개는 병사들에게 끌려나가 살이 터지고 피가 흥건할 지경이 되도록 곤장을 맞았다.
사람들은 주유의 처사를 못마땅하게 생각하면서 오히려 공명이 아니었더라면 황개가 죽었을지도 모른다는 생각을 하기에 이르렀다.
이튿날, 겨우 몸을 추스린 황개는 자신의 부하 감택을 불러 은밀히 지시했다.
"지금 내가 이 꼴이 되었다는 얘기는 이 곳에 와 있는 적의 첩자들에 의해 조조에게 낱낱이 보고되었을 것이다. 그러니 너는 내가 쓴 이 항복 문서를 가지고 조조에게 가서 전해라. 조조가 이걸 보고 우리를 반겨 맞는다면 그 때 가서 우리는 무엇인가 큰일을 해 내야 할 임무를 부여받게 될 것이다."
"네에?"
감택이 깜짝 놀라 눈을 휘둥그렇게 뜨고 되묻자, 늙은 충신 황개는 조용히 고개를 끄덕였다.
"그렇다. 어젯밤의 일은 치밀한 작전 계획의 하나였느니라. 그러니 너는 특별히 보안 유지에 신경을 쓰고 어서 조조 군에게 투항하는 것처럼 숨어 들도록 해라."
"알겠습니다."
감택은 그 수많은 사람 중에 자신이 그 어마어마한 일에 선택되어진 것이 자랑스럽고 고마울 따름이었다.
그 날 밤 감택은 초라한 어부 차림으로 변장을 하고 강 건너 조조의 진지로 숨어 들었다.
"손 들어!"
얼마 후, 감택은 조조 군의 파수병에게 붙들려 심한 문초를 당했다. 그러는 중에 그의 품 속에서 발견된 편지를 읽은 파수병의 대장은 서둘러 그를 조조가 있는 본부로 압송했다.
이윽고 감택은 조조 앞으로 끌려갔다.
"이 교활한 놈! 이 따위 속임수에 내가 쉽게 넘어갈 줄 알았더냐? 그래 항복하겠다는 놈이 왜 직접 오지 않고 사람을 보낸단 말이냐?"

공명 못지않은 조조는 쉽게 넘어가지 않았다. 순간 감택은 가슴이 철렁했다. 그러나 그는 당황하지 않고, 어이없다는 듯 혼자말로 중얼거렸다.

"허허! 우리 황개 장군님이 너무도 억울하게 당하시더니 이젠 사람 보는 눈마저 흐려지셨구나!"

조조는 어이가 없었다. 그러나 감히 자기 앞에서 헛웃음을 치며 혼자 중얼거리는 것으로 보아 분명 예사 인물은 아닐 것이라는 생각이 퍼뜩 들었다.

"네 이놈! 이제 네놈들의 얄팍한 술책이 탄로나 죽게 된 판에 웬 헛웃음이냐?"

"차라리 어서 내 목을 자르시오! 내 목을 자르면 우리 황개 장군이 사람을 잘못 본 것을 후회하실 터이니, 이 곳으로 투항해 오지 않으실 게 아니오?"

'아니, 이놈 봐라?'

조조가 잠시 생각에 잠기는 듯하였다. 그 때 옆자리에 있던 조조의 참모 한 사람이 가까이 다가와 조조에게 귓속말을 하였다.

조조의 찌푸렸던 얼굴이 펴지는가 싶더니 이내 감택을 묶은 오라를 풀어 주게 하였다.

"여봐라, 저자의 포박을 풀어라!"

"감택 장군, 내가 잠시 오해를 한 것 같소이다. 나를 용서해 주시오."

조조가 얼굴 가득히 웃음을 지으며 감택의 손을 잡아 일으켜 세웠다.

그는 이어서 감택에게 새 옷을 주어 말쑥하게 단장시킨 다음, 손수 술잔을 권하며 극진히 대우했다.

그로부터 며칠이 지난 뒤, 조조의 사령부에는 주유의 오랜 충복이자 오나라의 충신 황개 장군이 스스로 투항해 왔다. 곤장을 맞은 상처가 아직 아물지 않은 듯 다리를 절뚝거렸으나, 눈빛만은 백전 노장(百戰老將;

많은 전투를 치른 노련한 병사)답게 형형히 빛났다.

조조는 흐뭇한 마음으로 그를 맞이했다.

조조가 황개의 건강이 나빠 보여 쉬게 하였으나, 황개는 주유에 대한 원한을 하루빨리 갚아야겠다며 자리에 누워 있는 것마저도 사양했다.

"고맙소, 장군, 나도 이제 하루빨리 주유를 없애고 오나라를 점령해 버릴 생각이오. 그런데 장군께 무슨 묘안이 없으시오?"

조조는 황개가 높은 지위에 있었던 장수였기에, 그를 이용하여 새로운 기밀을 알아 낼 요량으로 친절하게 황개를 대했다.

황개는 우선 오나라의 사정을 대충 얘기해 준 다음, 조조에게 수군의 형세를 시찰케 해 줄 것을 요청했다. 황개로부터 오나라의 사정을 전해 들은 조조는 우선 깊이 생각할 겨를도 없이 매우 흐뭇해했다. 황개의 정보가 한낱 껍데기에 불과하다는 사실을 깨닫기에는 조조의 마음이 너무 들떠 있었던 것이다.

조조는 황개와 더불어 수군의 진지를 시찰했다.

바다처럼 넓은 강 위에 5천 척이나 되는 군선들이 저마다의 위용을 자랑하며 유유히 떠 있었다. 의기 양양해하는 조조의 뒤를 따르며 황개와 감택은 등골이 서늘해짐을 느꼈다. 그러나 그들은 조금도 내색을 않고 그저 흐뭇한 표정으로 감탄을 연발했다.

이윽고 배 하나를 골라 그 위에 올랐다. 파도가 일어 뱃전에 부딪힐 때마다 배가 가랑잎 흔들리듯 흔들거렸다.

"쯧쯧."

황개가 별안간 걸음을 멈추고 갑판 위에 우뚝 서더니 못마땅하다는 듯이 혀를 찼다.

"왜 그러시오?"

조조가 뒤돌아보며 물었다.

"대왕님, 제가 보기에 이 곳의 수군 배치에 큰 문제가 있습니다."

"큰 문제?"

조조가 눈을 휘둥그렇게 떴다.

"그렇습니다. 날씨가 좋아 물결이 치지 않는 날이면 몰라도, 이렇게 바람이 조금만 불어도 배가 흔들리니 그것이 바로 문제입니다. 배가 심하게 흔들리면 병사들이 아마 심한 구토증을 보일 것입니다."

"그렇소. 나도 바로 그 점이 걱정이오만 무슨 뾰족한 방도가 있어야지요."

"아니, 그럼 여태까지 그에 대한 아무런 대책이 없으신가요?"

황개의 말투는 진심으로 조조를 염려하는 것처럼 들렸다.

"그렇소. 장군께 마땅한 대책이 있으시오?"

조조는 귀가 번쩍 뜨이는지 황개의 대답을 재촉했다. 황개는 천천히 수많은 군선들을 돌아본 다음 입을 열었다.

"각 배들을 쇠사슬로 서로 붙들어 매고 갑판 위에 판자를 서로 맞대어 깔면 육지처럼 견고하고 거대한 군선이 될 것입니다. 그렇게 되면 병사들이 활동하기도 쉽고, 웬만한 공격에도 끄떡이 없을 터이니 그 방법이 어떨는지요?"

"허! 과연 그럴 듯한 계책이오. 왜 내 참모들은 그런 방법을 생각해 내지 못하는지…… 이거야 원."

조조는 황개의 의견을 칭찬하다 못해 자신의 참모들을 나무라는 말투로 적극 찬성했다.

그는 그 자리에서 참모들을 불렀다. 모든 배들을 서른 척씩 또는 마흔 척씩 맞붙여 연결하게 했다. 그리고 널빤지를 깔아 육지처럼 단단한 바닥을 만들었다.

배들은 이제 웬만한 파도에는 흔들리지 않았고 멋모르는 병사들은 강아지처럼 갑판 위를 뛰어다니며 즐거워했다.

그러나 누가 알았으랴! 바로 이 작전이 조조의 1백만 대군을 순식간에 물귀신으로 만들어 버리려는 공명의 놀라운 계략인 것을…….

조조의 수군이 모든 배들을 서로 옭매었다는 소식은 즉시 오나라의 총사령부로 날아들었다.

보고를 받은 주유는 무릎을 치며 황개와 감택의 얼굴을 떠올렸다. 전날 공명의 기상 천외한 계책에 선뜻 자신이 나설 것을 동의해 준 늙은 황개 장군이 무척이나 고맙게 생각되었다. 주유는 눈시울을 붉히며 공명에게 물었다.

"선생, 이제 선생의 계획대로 1단계는 마무리가 되었습니다. 그러나 지금은 불을 질러 공격할 형편이 아니지 않습니까?"

"그야 물론이지요. 지금은 바람의 방향이 북서풍이니 불로 공격을 하면 오히려 우리가 당하게 되지요."

"그걸 아신다면 어찌 이같이 했단 말이오? 공연히 황개 장군만 어려움에 처하게 되지 않겠소?"

주유의 말투에 약간의 원망이 서린 듯했다.

"장군께서는 아무 걱정 마십시오. 내가 이제부터 남동풍을 일으켜 드리리다."

"뭐라고요? 남동풍을 일으켜요?"

주유의 벌어진 입이 다물어질 줄을 몰랐다. 제아무리 귀신이 곡할 재주를 가졌다 한들 바람의 방향을 마음대로 바꾸겠다니…….

"허허, 믿지 않으시는군요. 이 공명은 실없는 소리는 해 본 적이 없소이다. 이제부터 제사를 지낼 제단이나 준비해 주십시오."

공명의 말투는 여전히 침착하고 나직했다.

그는 있을 수 없는 기적을 바라는 게 결코 아니었다. 그로부터 이틀 뒤에는 반드시 남동풍이 불어 온다는 것을 그는 빤히 내다보고 있었던 것이다.

공명은 천문과 기상에도 밝았다. 해마다 늦가을에는 바다의 조류와 남쪽의 높은 기온으로 인해 북쪽의 바람이 기세를 멈추고, 잠시 남동풍이 불어 오는 자연의 이치를 그는 꿰뚫고 있었다. 이 현상은 거의 일정한 때에 일어나는 것이 통례였고, 그 해는 바로 이틀 뒤가 그 바람이 불어 올 날짜였던 것이다.

이 사실을 까맣게 모르는 주유는 내심 불안하였으나, 그렇다고 이제 와서 공명의 말을 따르지 않을 수도 없었다. 주유는 공명의 요청대로 그가 지정한 장소에 높다란 제단을 쌓았다.

제단의 네 귀퉁이에 오색 깃발을 세우게 한 뒤 제단에 올라 기도를 드리기 시작했다. 제단 위에 꽂힌 깃발은 북서쪽 방향으로 펄럭였다.

얼마나 지났을까? 공명이 문득 주유를 향해 손짓했다.

"장군, 지금부터 곧 병사들을 총동원하여 싸움을 시작하시오. 먼저 조조의 진지로 진격을 하다가 바람이 남동쪽으로 불거든 지체 말고 불화살을 퍼붓도록 하시오."

말투는 이미 명령조였으며 표정은 너무도 엄숙하였다. 주유는 감히 대꾸할 엄두조차 내지 못한 채 단을 내려왔다. 주유는 곧 총동원을 명령했다.

선두에는 불이 잘 붙는 마른 솔가지와 갈대를 산더미처럼 쌓은 50여 척의 배가 달렸고, 그 뒤를 이어 기름과 불화살을 잔뜩 실은 배에 철통같이 무장한 병사들이 탄 5백 척의 배가 유유히 강을 거슬러 올라갔다.

배는 어둠을 타고 소리 없이 앞으로 나아가고 있었다. 그 때까지만 해도 바람은 여전히 북서풍이었다.

"이렇게 무작정 적진으로만 나아가는 게 상책은 아닐 듯싶소. 그럴 리야 없겠지만 공명을 너무 믿는 게 아닐까요?"

주유가 곁에 서 있던 노숙에게 근심스러운 표정으로 물었다. 그러나 노숙 역시 묵묵 부답일 뿐이었다.

그도 역시 가슴이 답답하고 조마조마하기는 주유와 다를 바 없었던 것이다.

"어, 바람이 따뜻한걸?"

그 때 누군가가 이렇게 소리쳤다.

"아니, 정말 공기가 훈훈하네? 바람의 방향이 바뀌었어. 남동풍, 남동풍이 불고 있다!"

주유는 마치 미친 사람처럼 허둥거리며, 공명이 기도드리고 있는 제단 위의 깃발을 바라보았다.

깃발은 아까와는 반대 방향으로 펄럭이고 있었고, 분명 남동풍이 불고 있었다.

"남동풍이 분다. 모든 병사들은 힘을 내라!"

주유는 마치 성난 호랑이와도 같이 선두에 서서 군사들을 호령하였다.

'공명은 사람이 아닌 귀신이다. 저런 자는 미안하지만 더 이상 살려두어서는 안 되겠다.'

군사를 지휘하던 주유의 머릿속에 순간적으로 공명에 대한 섬뜩한 생각이 스쳤다. 그는 곧 목소리를 낮추어 곁에 있던 부하에게 명령했다.

"너는 지금 곧 다른 배로 갈아타고 제단으로 가서 공명을 없애 버려라. 어서 서둘러!"

주유의 명령을 받은 장수는 서너 명의 부하들과 함께 왔던 길을 되돌아갔다.

그들은 육지에 닿자마자 제단으로 향했다. 그런데 조금 전 자신들이 출발할 때만 해도 단정히 무릎을 꿇고 앉아 기도를 드리던 공명의 모습이 어느 틈엔가 사라지고, 그 자리엔 깃발만이 펄럭이고 있었다.

그들이 눈을 크게 뜨고 사방을 살피고 있는데, 웬 사내 아이 하나가 가까이 다가왔다.

"장군님, 조금 전 저 위에서 기도를 드리시던 분이 장군님이 오시면 전해 드리라면서 이걸 주셨어요."

"엉? 그게 뭐냐?"

그들이 소년으로부터 전해 받은 것은 공명이 쓴 편지였다.

이제 공명은 맡은 바 모든 일을 끝내고 돌아가노니 더 이상 나를 찾지 마시오. 쓸데없는 일에 신경을 쓰지 말고 부디 싸움에서 큰 공을 세

우기 바라오. ―공명

편지를 급히 펼쳐 읽어 내려가던 장수의 두 손이 벌벌 떨리고 있었다. 편지를 다 읽고 난 장수가 놀라 고개를 들고 먼동이 터 오는 강 하류를 바라보았다. 공명이 흰 옷을 입은 단정한 모습으로 조그마한 배 위에 앉아 있는 것이 한눈에 들어왔다.

"공명 선생, 주유 장군이 좀 보시자고 하니 잠깐만 멈추십시오!"

장수가 공명을 향해 큰 소리로 외쳤다.

"하하하! 남동풍이 불고 있으니 어서 가서 싸움이나 잘 하라고 전하시오!"

공명은 이 모든 사태를 짐작이라도 하고 있었다는 듯, 조롱기마저 섞인 웃음을 날려 보낼 뿐이었다.

"어서 쫓아라!"

그들이 서둘러 배를 타고 공명의 배를 뒤쫓았다.

그러자 공명의 배에서 갑자기 눈을 부릅뜬 건장한 장사 하나가 몸을 벌떡 일으켜, 그들을 향해 고래고래 고함을 쳤다.

"이 천하에 무도한 놈들! 나는 조운이다. 네놈들이 이렇게 비열한 수작을 부릴 줄 알고 선생께서는 미리부터 나를 불러 이 곳에서 대기하도록 하셨느니라! 그런 어르신이 네놈들의 수작에 넘어가실 줄 알았더냐?"

조운의 호통 소리는 강바람을 타고 귀를 쩡쩡 울리게 하였다. 이에 놀란 그들은 더 이상 쫓아갈 엄두를 내지 못하고 멍하니 바라보고만 있었다.

화가 치밀어 씩씩거리는 조운의 모습을 조용한 미소로 지켜 보던 공명은 이윽고 뱃전에 자리를 깔고 눕더니 어느 새 단잠에 빠져 들었다. 그 동안 배는 유유히 강을 따라 내려가고 있었다.

관우의 빚

오나라를 벗어나 무사히 강릉에 돌아온 공명은 그를 반갑게 맞이하는 유비에게 정중히 인사를 올렸다.

"오랫동안 뵙지 못하였습니다. 그 동안 별고 없으셨는지요?"

"어서 오시오, 선생! 선생이 계시지 않으니 도무지 허전해서 견딜 수가 있어야지요."

공명을 맞이하는 유비의 눈빛은 지극히 그윽했다.

"이번 싸움에서 조조의 군사는 아마 일찍이 겪어 보지 못한 참패를 당할 것입니다. 이제 우리도 이 기회를 이용해서 기지개를 펼 때가 된 것 같습니다."

"그리해야지요. 선생이 계시지 않는 동안 열심히 훈련을 쌓았으니 언제라도 출동 지시를 하십시오."

유비를 비롯한 각 장수들과 반가운 인사를 나눈 공명은 휴식도 취하지 않고 곧장 모든 장수들에게 회의장으로 모여 줄 것을 청했다.

장수들이 속속 모여들었다. 이윽고 공명이 엄숙한 목소리로 말했다.

"우리는 지금 곧 출동 태세를 갖추어야겠습니다. 먼저 조운 장군은 군사 3천 명을 이끌고 강 건너 오림이란 곳에 진을 치고 있다가, 조조

군이 쫓겨 오거든 숨돌릴 겨를도 주지 말고 곧장 추격하십시오. 그러나 너무 멀리까지 쫓아가서는 안 됩니다."

"오림을 통과하는 길이 두 갈래 길인데 어느 쪽이 유리할까요?"

"조조 군은 반드시 형주로 향할 것이니 그 쪽 길목을 지키십시오."

공명은 마치 앞으로의 일을 정확히 내다보고 있는 듯 말하였다.

"장비 장군, 장군은 군사 5천을 이끌고 호로구로 들어서는 길목에 진을 치도록 하십시오. 저녁때가 되면 조조 군이 식사를 하기 위해 불을 지필 것인즉, 그 연기를 신호로 삼아 일제 공격을 감행하면 될 것입니다."

공명은 마치 조조와 사전 약속이라도 한 듯, 호로구에 이르러 그들이 밥을 지을 것까지 예측하였다. 그는 계속해서 모든 장수들에게 일일이 부대의 출동 규모와 위치를 정해 준 후 유비에게 말했다.

"자, 이제 성주님께서는 저와 더불어 뒷산에 오르시어 우리 장수들의 늠름한 모습이나 구경하실까요?"

유비가 빙그레 미소를 지으며 흡족한 표정을 짓자, 그때까지 잠자코 있던 관우가 볼멘 소리로 물었다.

"아니, 선생! 왜 이 관우에게는 아무런 임무도 주지 않으시는 거요?"

"관우 장군, 과히 섭섭하게 생각지는 마시오. 내 다만 이번 싸움에 관우 장군은 나서지 않으심이 좋을 듯하여 그런 것뿐이외다."

공명이 관우를 바라보며 나직이 말했다. 그러자 관우의 표정이 더욱 일그러졌다.

"도대체 나를 빼는 이유가 뭐요? 자세한 설명도 없이 무턱대고 나를 빼려 하니 어찌 내가 가만히 있을 수 있겠소?"

관우의 목청이 흥분으로 인해 몹시 높아졌다.

"관우 장군, 장군은 지난번 허창에서 조조에게 신세를 진 일이 있지 않습니까. 이번에 조조가 큰 패배를 당하여 쫓길 것이 분명한데, 사나이의 의리와 신의가 넘치는 장군이 과연 그러한 조조의 목을 칠 수 있겠소? 내 그런 점을 참작하여 장군을 쉬게 하려 함이니 과히 노여워하지 마시오."

"무슨 말씀이시오? 나는 비록 조조에게 신세를 진 일이 있지만 그로 인해 모욕을 당한 일도 많소이다. 그러한 일로 해서 나를 뺀다는 것은 이해할 수 없으니 나도 싸움터에 나가게 해 주시오."

공명이 무엇을 염려하는지 알게 되자 관우는 더욱 강력히 요구했다.

"정 그러하시다면 장군은 화용도에서 조조를 기다리도록 하십시오. 조조 군이 가까이에 이르거든 고개 위에 마른 장작을 지펴 연기가 오르도록 하십시오. 그러면 조조는 틀림없이 그 고개를 향해 달려올 것입니다."

"고개에서 연기를 피우면 오히려 다른 길로 도망치지 않을까요?"

"그건 그렇지 않습니다. 무릇 병법에는 겉이 있고 속이 있으며, 거짓이 있고 사실이 있소이다. 조조는 나름대로 지략이 뛰어난 인물입니다. 고개에서 연기를 피우면 우리가 군사를 두지 않고 위장술을 부리는 것으로 생각하여 도리어 그 길을 택할 것입니다. 이른 바 제 꾀에 제가 넘어가는 꼴이지요. 장군께서는 부디 조조의 목을 치는 공을 세우시기 바랍니다."

공명의 말에 관우는 더 이상 대꾸를 하지 않고 서둘러 2천의 군사를 데리고 화용도로 향했다.

한편 그 무렵 조조는 수군 본부에서 참모들과 어울려 한가롭게 술잔을 기울이고 있었다.

"으하하! 자, 모두들 실컷 드시오. 이제 머지않아 오나라가 우리 손에 들어오면, 강릉에 있는 유비는 식은 죽 먹기일 것이니 천하가 바로 눈앞에 있는 셈 아니오? 그러니 오늘은 실컷 마시고 푹 쉬도록 하십시다."

조조는 연신 호쾌하게 웃으며 거푸 술을 들이켰다. 술자리는 점점 무르익어 갔다.

그러나 조조의 참모장 순욱만은 무언가 불안한 일이라도 있는 듯 아까부터 안절부절못하고 있었다.

"아니, 참모장! 참모장은 대체 무엇 때문에 아까부터 그리 좌불 안석(坐不安席 ; 불안하거나 걱정스러워 한군데에 오래 앉아 있지 못함)이시오?"

조조가 순욱을 흘겨보며 못마땅한 어투로 말했다.

"위왕 전하, 말씀드리기 황송하오나 아까부터 불어 오는 바람이 심상치 않아서 그러합니다."

"바람이라고? 바람이 대체 어쨌다는 거요?"

"네, 얼마 전까지만 해도 분명히 북서풍이 불었었는데, 조금 전부터 남동풍으로 바뀐 것이 웬지 불길한 예감이……."

"에이, 장군은 어째 그리 매사에 염려가 많으시오. 술맛 떨어지기 전에 어서 가서 잠이나 주무시오. 쯧쯧, 저렇게 염려가 많아서야 어떻게……."

조조는 이제 직접적으로 순욱의 소심함을 경멸하는 투였다.

그 때였다.

"강 아래쪽에 이상한 배들이 나타났다!"

초소를 지키던 병사 한 명이 헐레벌떡 뛰어들어오며 소리쳤다.

"아니, 도대체 무엇이 온단 말이냐?"

"네, 지금 강 아래쪽에서 이상한 모양을 한 배들이 잔뜩 몰려오는데 틀림없이 적의 배들인 것 같습니다."

"음, 몇 척이나 되더냐?"

"네, 한 50척쯤 되어 보였습니다."

"하하하! 걱정할 것 없다. 물러가거라! 이 미련한 놈들이 이번에도 화살을 거저 얻어 가려고 수작을 부리는 모양이다. 자, 누가 나가서 그 놈들을 모조리 물 속에 처넣어 버리시오."

조조는 여유 있게 웃으며 자리에서 일어서려고도 하지 않았다.

순간, 순욱이 놀란 토끼처럼 후다닥 자리를 박차고 일어나 나갔다.

파수병이 가리키는 강 아래쪽을 바라보던 순욱은 순간 온몸이 굳어 버린 듯하였다.

"어서……, 어서 가서 전하께 알려라!"

순욱의 얼굴이 백지장처럼 하얗게 변했다.

조조는 두 번째 보고를 받고도 별것 아닌 일로 귀찮게 군다는 듯, 짜증스러운 표정으로 느릿느릿 걸어왔다. 그러나 다음 순간 눈앞에 펼쳐진 군선들의 모습을 본 조조는 가슴이 철렁 내려앉았다.

'저건 틀림없이 불을 지르기 위해 몰려오는 배다!'

조조의 취기가 미처 가시기도 전에 적의 배들이 일제히 불을 뿜어 댔다.

"전투 준비! 돌과 쇳덩이를 던져 적의 배들을 박살내라! 무엇들 하느냐? 빨리빨리 배에 올라라!"

조조는 갈피를 못 잡고 갈팡질팡했다. 그는 그 때까지 술이 덜 깬 상태였던 것이다.

"으하하! 조조는 어디 있느냐?"

50척의 군선에 뒤이어 5백 척의 군선들이 일제히 밀어닥치자 그제서야 비로소 조조는 정신이 퍼뜩 들었다.

"왜 이리 꾸물거리느냐? 어서 출동하지 못할까?"

조조는 고래고래 소리를 질렀으나, 병사들은 아연 실색하여 눈만 껌벅거릴 뿐이었다.

가까스로 정신을 차린 그들이 배에 올랐으나, 설상 가상(雪上加霜 ; 어려운 일이 연거푸 일어남)으로 쇠사슬로 단단히 옭맨 배들은 움직일 생각조차 하지 않았다.

"쇠사슬을 풀어라!"

"널빤지를 뜯어라!"

삽시간에 온 천지는 때아닌 불기둥과 조조 군의 아우성 소리로 가득 찼다.

쇠사슬과 널빤지로 엮어 놓은 조조 군의 배들은 움직일 수조차 없는 한낱 나무 토막에 불과할 뿐이었다. 밀려드는 오나라의 군선들 앞에 허무하게 무너져 갔다.

오나라의 배들은 어느 새 준비했는지 모두가 뱃전에 날카로운 쇠꼬챙이를 박고 있어서, 그대로 밀어붙이면 마치 자석에 쇠가 이끌리듯 떨어질 줄을 몰랐다.

시뻘건 불길에 휩싸인 오나라의 배들이 마구 밀려와 조조 군의 배들과 맞붙었다. 그렇게 맞붙은 배들이 한꺼번에 불길에 휩싸여 타오르는 광경은 생지옥 바로 그것이었다.

조조는 목이 터져라 무엇인가를 외쳐 대며 어떻게든 해 보려고 했다. 하지만 사태는 이미 걷잡을 수 없이 기울어 가고 있었다. 군선이 불길에 휩싸였다가 강물 속으로 가라앉으며 내는 거대한 폭발음이 천지를 진동했다.

"아아! 백만 대군이 물귀신이 되는구나!"

조조의 탄식은 피눈물을 쏟는 것 같았다.

"한 놈도 남김없이 모조리 물 속에 처넣어라!"

오나라의 수군 총사령관 주유는 아까부터 신바람이 나 있었다. 그의 목소리는 갈수록 힘이 넘쳤고 얼굴 가득히 흡족한 미소를 짓고 있었다.

조조는 비장한 목소리로 명령을 내렸다.

"배를 버리고 뭍으로 달아나라! 수단과 방법을 가리지 말고 바람을 등지고 뛰어라."

허둥대던 병사들이 그나마 살아 남기 위해 한꺼번에 몰렸다가, 이번에는 와르르 물 속에 코를 처박고 말았다. 밀고 밀치는 과정에서 서로 밟히고 엉킨 탓에 앞 사람이 넘어지면서 배가 한쪽으로 쏠려 기울어져 버렸던 것이다.

"사람 살려!"

"어푸, 어푸."

여기저기에서 아우성과 비명 소리가 들렸다. 하지만 누구 하나 그들을 어찌해 볼 엄두조차 내지 못했다.

조조가 생지옥의 현장을 벗어나 한적한 들판을 달릴 때에는 백만을 넘던 군사가 겨우 1만 명 남짓하였다.

"아, 아……."

조조는 하늘을 우러러보며 길게 탄식했다.

"이제 어찌하시렵니까?"

곁에 있던 순욱이 절망적인 눈빛으로 물었다.

"오, 참모장! 내가 그대의 말을 듣지 않아 이런 꼴이 되었소."

조조가 순욱의 손을 잡으며 하염없이 눈물을 흘렸다. 부하를 잃은 슬픔의 눈물인지, 너무나도 어이없이 당한 비통의 눈물인지 분간조차 할 수 없었다.

"일단 형주로 돌아갑시다!"

그들은 꿈길을 걷듯 몽롱한 정신으로 형주를 향해 터벅터벅 걸어갔다.

초겨울의 음산한 날씨와 매서운 바람은 온몸을 얼어붙게 하였다.

"여기가 어디쯤이오?"

조조가 힘없이 물었다.

"이제 막 오림을 지났습니다."

순욱이 대답했다. 그러자 갑자기 조조가 큰 소리로 웃었다.

"허허허!"

느닷없는 웃음소리에 놀란 일행이 조조를 빤히 쳐다보았다.

"이제 위험은 넘긴 모양이오. 놈들도 별수없지, 내가 공명이라면 아마 이 곳쯤에 복병을 배치해 놓았을 텐데……. 허허허!"

겨우 정신을 차린 조조가 제법 여유 있는 호기를 부렸다. 그러나 마치 조조의 그 말을 기다리기라도 했다는 듯, 별안간 요란한 북 소리와 함께 난데없이 수많은 군사들이 벌 떼처럼 몰려들었다.

"꼼짝 마라! 나 조운이 이 길목에서 너희를 기다린 지 오래다."

"앗! 복병이다."
조조는 깜짝 놀라 말고삐를 잡아채 급히 말머리를 돌렸다.
"조조야, 어딜 내빼려느냐?"
조운의 날카로운 목소리가 귓전을 때렸다.
'아아, 이제야말로 모든 게 끝장이로구나.'
조조는 절박한 상황임을 깨닫고 아예 눈을 질끈 감고 내쳐 달아났다. 그런데 웬일인지 조운은 더 이상 조조를 쫓아오지 않았다. 조조를 만나거든 엄포만 놓되 쫓아가지는 말라고 공명이 지시했던 것이다.
혼비 백산(魂飛魄散 ; 너무 놀라 어찌할 바를 모르는 지경을 이르는 말)하여 뒤따라온 병사들과 합류한 조조는 그제야 겨우 숨을 돌렸다. 살아 남은 자의 수는 절반 정도로 줄어들었다.
"이쪽 방향엔 또 복병이 있을지 모른다. 호로구 방향으로 돌아가자!"
그들은 즉시 방향을 바꿔 호로구를 향해 터벅터벅 걸어 갔다.
추위와 허기에 지친 일행은 더 이상 길을 갈 수가 없었다. 한나절이 지나서야 겨우 호로구에 닿은 그들은 우선 배고픔을 해결하기 위해 먹을 것을 구하는 일이 급선무였다.
"모두 이 곳에서 잠시 쉬어 가도록 하자. 몇몇은 근처에 있는 농가로 가서 먹을 것을 있는 대로 구해 오도록 하라."
조조는 말에서 내리며 힘없이 명령했다.
그러나 이게 또 웬일인가? 조조가 풀밭에 앉자마자 사방에서 함성 소리가 울렸다.
"조조를 잡아라!"
조조는 미처 갑옷을 걸칠 새도 없이 달리는 말꼬리에 매달려서 질질 끌려가다시피 하여 도망갔다.
"네 이놈, 조조야! 어딜 가려느냐?"
벽력 같은 고함 소리와 함께 조조의 눈앞에 떡 버티고 선 장수는 다름 아닌 장비였다.

장비가 장팔사모창을 높이 들어 단숨에 내려치려는 순간, 허저가 잽싸게 몸을 날려 그것을 막았다. 장비와 허저가 한데 엉켜 엎치락뒤치락하는 사이 조조는 겨우 그 곳을 빠져 나왔다. 살아 남은 부하들은 이제 천여 명 남짓밖에 되지 않았다.

조조가 뒤도 돌아보지 않고 도망쳤다. 장비는 가소롭다는 듯 껄껄껄 웃으며 더 이상 그를 쫓지 않았다. 그 역시 공명의 지시대로 했던 것이다.

도망치는 조조의 뒷모습을 바라보며 장비는 문득 언젠가 장판파에서 조조의 의젓했던 모습을 떠올렸다. 공명의 지시이기는 했지만, 차라리 더 이상 쫓지 않음이 다행인 듯싶기도 했다.

조조는 형편없이 일그러진 모습으로 몇몇 부하들과 함께 또다시 터벅터벅 걸어갔다. 살아 남은 자들도 어느 한 군데 성한 구석이 없었다.

가도가도 끝없는 험한 산길이 이어졌다. 이 길이 언제 끝이 날지는 아무도 알 수 없었다. 좁고 험한 길이 지친 그들의 발걸음을 더욱 무겁게 하였다.

"자, 힘을 내라. 무사히 돌아가기만 하면 된다."

조조의 명령은 차라리 울부짖음에 더 가까웠다. 문득 산길이 트이고 두 갈래 길이 나왔다.

조조는 잠시 병사들을 쉬게 하고 정찰병을 시켜 주위를 살피게 했다.

"저 위쪽 골짜기에서 연기가 피어 오르고 있습니다. 아마 적들이 운집해 있는 것 같습니다."

정찰병의 보고를 받은 조조는 서둘러 다른 쪽 길을 택하여 길을 나섰다.

불과 몇 발자국을 옮기던 조조가 갑자기 무슨 생각이 떠올랐는지 부하들에게 명령했다.

"방향을 바꿔라! 아까 그 연기가 나는 쪽으로 다시 돌아간다."

"아니, 복병이 있는 산길로 가시면 어떡합니까?"

순욱이 깜짝 놀라 제지하자 조조는 자신 있는 말투로 대답했다.
"아니오, 곰곰이 생각하니 계략을 좋아하는 공명이 일부러 산길에 연기를 피워 복병이 있는 것처럼 꾸며 놓고 우리를 유인하려는 것이 틀림없소. 지금 연기가 나는 저쪽에는 아마 개미 새끼 한 마리도 없을 거요. 복병은 틀림없이 이쪽에 있단 말이오."
조조의 말을 듣고 보니 그럴 듯도 했다. 순욱이 아무 말 없이 조조의 뒤를 따랐다.
그들은 다시 서둘러 산길로 접어들었다. 그쪽 길은 몹시 험하고 가파랐다.
마지막 있는 힘을 다하여 가파른 언덕을 오르던 조조 일행이 잠시 쉬었다 가려고 한 곳에 모였다.
"공명 녀석, 이번엔 별수 없겠지. 하늘은 아직 나를 버리지 않았단 말씀이야."
조조가 스스로를 위로라도 하듯 중얼거리자, 순욱이 안쓰러운 표정으로 그를 바라보았다.
그 때였다.
둥둥둥!
갑자기 난데없이 북 소리가 울리더니 우렁찬 함성 소리가 사방에서 메아리쳤다.
"으하하! 조조야, 너를 오랫동안 기다렸다. 자, 내 칼을 받아라."
관우의 목소리가 온 산을 쩌렁쩌렁하게 울렸다.
순간 조조는 온몸에서 힘이 쭉 빠져 나가는 듯했다. 그는 이제 더 이상 싸울 엄두도, 달아날 엄두도 내지 못하고 그냥 털썩 주저앉아 버렸다.
"정신 차리십시오. 관우는 인정이 많은 사람입니다. 그를 붙잡고 살려 달라고 간청해 보시지요."
순욱이 조조를 부축하며 귓속말로 속삭였다. 조조는 멍하니 순욱을 바라보다가 힘없이 말했다.

"내 이제까지 장군의 말을 듣지 않아 이 꼴이 되었으니 마지막으로 장군의 말대로 해 보리다."

조조가 가까스로 몸을 일으켜 관우의 적토마 앞에 엉거주춤한 모습으로 섰다.

"관우 장군, 오랜만이오. 나는 지금 적벽강에서 참패를 당하고 겨우 목숨만을 건졌소. 힘없는 나를 죽이는 건 장군의 칼에 달렸으나, 옛정을 생각해서 한 번만 무사히 보내 주시오."

애원하는 조조의 눈가에 이슬이 맺혔다.

"싸움터에서는 죽기 아니면 살기뿐이오. 구차하게 목숨을 연명하려 말고 순순히 칼을 받으시오!"

관우가 두 눈을 부릅뜨고 조조를 꾸짖었다.

"관우 장군의 말이 옳소. 하지만 나는 이 날까지 장군을 적으로 생각해 본 적이 없소. 일찍이 장군이 미 부인을 모시고 떠나갈 때, 나는 장군께 최선의 도리를 다 했소. 그런 나를 굳이 죽이고 싶다면 어서 죽이시오."

조조가 차라리 죽여 줄 것을 간청하며 그 동안의 인정을 이야기하자, 순간적으로 관우의 가슴이 철렁 내려앉았다.

조조의 마지막 말 한 마디가 사나이의 가슴을 온통 뒤흔들어 버린 것이다.

'그렇다! 나는 정말 조조에게 지난날 큰 신세를 졌지 않은가. 내 언젠가 그 신세를 갚겠노라고 맹세한 적도 있거늘, 지금 이 자리에서 이 자를 죽일 수는 없다.'

관우는 이미 뜨거워진 가슴으로 더 이상 조조에 대한 미움을 가질 수 없었다.

조조의 곁에 서 있던 장요가 눈치 빠르게 그런 마음을 알아차렸다.

"관우, 천하의 위왕 전하가 이렇게 빌고 계시네. 자네도 정녕 사나이의 의리를 알고 있거늘 어찌 그것을 저버릴 수 있단 말인가? 차라리 나를 대신 죽이고 위왕 전하를 살려 드리게!"
장요는 눈물을 줄줄 흘렸다. 장요의 말이 끝나자마자 조조 군의 살아 남은 병사들이 모두 엎드려 살려 줄 것을 애원하기 시작했다.
그들의 모습은 처절하기까지 하였다.
"아, 아……."
관우는 하늘을 우러러보며 탄식을 하더니, 돌연 적토마의 고삐를 거머쥐더니 뒤돌아 달렸다. 적토마는 날렵하기 그지없었다.
"관우가 길을 내 주었다. 이 틈에 어서 빠져 나가자!"
살았다는 기쁨에 기운을 얻은 조조 일행은 눈 깜짝할 사이에 그 험한 산길을 넘었다.
산꼭대기에서 우두커니 서서 달아나는 조조의 뒷모습을 지켜 보던 관우는 이윽고 혼자말로 중얼거렸다.
"부디 건강한 모습으로 다시 만나자! 그 때는 멋있는 한판 승부를 겨루리라!"
관우의 두 눈가에 이슬이 맺혔다.
'나는 군법을 어긴 죄인이다!'
관우는 잠시 멍하니 허공을 바라보다가 이내 정신을 차린 듯 두 주먹을 불끈 쥐었다.
'본부로 돌아가자! 나의 행동은 내 스스로 책임질 것이다.'
관우는 앞장 서서 본부로 돌아왔다.
"관우 장군, 어서 오십시오."
성문을 열어 놓은 채 그를 기다리고 있던 공명이 반갑게 맞아 주었다.
관우는 침울한 표정으로 말에서 내려 유비 앞에 무릎을 꿇었다.
"저를 죽여 주십시오. 조조의 목을 베지 못하고 그를 살려 보냈습니다. 명령과 약속을 어겼으니 어서 제 목을 잘라 주십시오."
이내 관우의 두 눈에서는 굵은 눈물 방울이 뚝뚝 떨어졌다.
"관우야, 눈물을 거두고 자리에서 일어서라. 내 일찍이 너의 인간됨이 깊고 넓음을 잘 알고 있었느니라."

뜻밖에도 유비는 관우의 어깨를 다독이며 다정하고도 나직한 목소리로 그를 위로했다.

"장군, 진정한 용기는 진정한 아량 속에 간직되는 것입니다. 나는 정작 장군이 그러하실 줄 알고 이번 싸움에 출정하시는 걸 말렸던 겁니다. 어쨌든 장군은 이제 빚을 갚은 셈입니다."

곁에 서 있던 공명도 관우의 팔을 잡으며 일어설 것을 권했다.

"형님! 공명 선생!"

관우는 차마 그 자리에서 일어서지 못하고 두 사람의 아량에 감격의 눈물을 흘렸다.

"자, 오늘은 성대하게 잔치를 벌여 마음껏 즐기고 내일을 대비합시다."

유비가 얼굴에 가득히 미소를 지으며 둘러서 있던 사람들에게 명하자, 여기저기서 만세 소리가 터져 나와 하늘을 찌를 듯하였다.

"유비 대장군 만세!"

"공명 만세!"

관우도 어느 사이엔가 울적한 기분을 떨쳐 버리고 마음껏 마시고 흥을 돋우웠다.

모두들 기쁨에 겨워 거나하게 취해 있을 무렵이었다. 강하의 성주 유기가 보낸 사신이 왔다는 보고가 있었다.

"어서 뫼시어라."

유비는 정중하게 사신을 맞아들였다.

유기의 사신은 유비에게 공손히 절한 다음 한 통의 편지를 꺼내 놓았다.

"저희 성주님께서 병세가 몹시 위중하십니다. 세상을 떠나시기 전에 유비 장군님께 꼭 드릴 말씀이 있으시다며 이 편지를 전해 드리라 하셨습니다."

"성주님의 병환이 그토록 위중하셨던가요? 어디 봅시다."
유비는 사신이 내놓은 편지를 급히 읽어 내려갔다.
"음……."
편지를 다 읽고 난 유비의 표정이 심상치 않았다.
"선생, 나와 함께 급히 강하를 다녀와야겠소이다. 어서 서두릅시다."
유비와 공명은 곧 길을 나섰다.

조조와 주유

유비와 공명이 강하성에 닿으니 성주 유기가 핼쑥한 모습으로 그들을 반겼다.

"내 죽기 전에 유비 장군을 이렇게 뵙게 되니 이제 여한이 없소이다."

유기는 힘이 없어 보였지만, 애써 반가운 목소리로 말했다.

"어서 일어나셔야지 이렇게 누워만 계셔서야 어찌합니까?"

유비는 젓가락처럼 말라 있는 유기에게 달리 위로할 말이 없었다.

"내 병은 내가 잘 알고 있습니다. 유비 장군께서는 부디 내 청을 거절하지 말아 주시오. 내 생전의 마지막 부탁이오이다."

유기는 서둘러 참모들을 모이게 했다.

"지금까지 나를 위해 목숨마저 아끼지 않으신 여러분! 난 이제 목숨이 다했음을 스스로 느끼고 있소. 오늘 이 자리에는 유비 장군께서 와 계시니 이제 말을 꺼내야겠소. 유비 장군은 내 친척이자 이 나라 황실의 후손으로서 마땅히 천하를 맡아야 할 분이시오. 나는 이제 곧 이승을 떠날 목숨이니 내가 죽거든 유비 장군을 새 주인으로 모셔 주시오."

유기는 가쁜 숨을 몰아 쉬며 천천히 말했으나 매우 엄숙한 유언이었다.

"명심하겠습니다."

모든 참모들이 합창하듯 유기의 유언을 따를 것을 맹세했다.

너무나 뜻밖의 말에 유비는 깜짝 놀라 두 팔을 내저으며 사양의 뜻을 표했다.

"그게 대체 무슨 말씀이십니까? 어서 자리를 털고 일어나셔야죠."

유비가 유기의 몸을 부축하듯 감싸안고 눈물을 흘렸다.

"장군, 나는 이미 오래 전에 결심했소. 신하들도 모두 유비 장군을 따르기로 맹세했으니 더 이상 바랄 게 없소이다."

유기가 유비의 두 손을 꼭 붙잡더니 더욱 힘주어 말하였다.

유비는 이제까지 신세진 것도 미안하기 그지없는 일인데, 게다가 넓은 강하를 비롯해서 무릉, 장사, 계양, 영릉 등 무려 42개 성이나 되는 큰 영토를 맡아 다스려 달라니 꿈에도 생각지 못한 과분한 일이었다.

"당치않으신 말씀입니다. 돌아가신다니 더욱 당치않거니와 이 곳에는 저보다 더 훌륭한 인재가 얼마든지 있습니다. 부디……."

"유비 장군, 내 결심은 확고합니다. 사양하지 말아 주시오. 여봐라! 어서 영토 문서와 도장을 가져오너라."

유기의 시종이 옥으로 만든 함을 대령하자, 유기는 그것을 집어 유비에게 전하며 가쁜 숨을 몰아 쉬었다.

"장군, 부디 내가 못 한 일을 이루어……."

"성주님! 성주님!"

유비가 유기의 축 늘어진 어깨를 부둥켜안으며 흐느끼자 방 안에 있던 모든 신하들이 엎드려 울었다.

강하 성주인 유기가 세상을 떠나자 유비는 좋다 싫다 더 말할 겨를도 없이 새 성주가 될 수밖에 없었다.

백성들은 성주를 잃은 슬픔 속에서도 새 성주가 된 유비의 인품을 높이 칭송하며 그를 맞을 준비에 여념이 없었다.

새 성주로 취임하는 식장에서 모든 신하들이 충성의 맹세문을 낭독했다. 그들 중에는 황충, 마속과 같은 당대의 영웅들도 끼여 있었다. 특히 황충은 비록 나이가 예순을 넘기는 했지만, 그의 활 솜씨와 칼 솜씨는 천하에 당할 자가 없는 것으로 소문이 나 있는 뛰어난 장수였다.

공명은 마치 모든 일을 예견하기라도 했다는 듯 태연하기만 했다.

한편 유비가 강하의 새 성주가 되었다는 소식은 즉시 오나라에까지 전해졌다. 그 소식을 들은 주유는 금세 얼굴빛이 새파래졌다.

"우리는 조조의 백만 대군을 쳐부수고도 아무것도 얻은 것이 없는 판에, 유비는 어찌하여 저 큰 영토를 가만히 앉아서 차지한단 말이오?"

주유는 분하고 억울한 마음에 목소리마저 떨리고 있었다.

"유기는 유비의 친척되는 자이니 그런 인연으로 물려준 게 아닐까요?"

노숙이 조심스럽게 유비와 유기가 친척 사이임을 강조하자, 주유가 버럭 소리를 질렀다.

"모르는 소리 마시오. 유기가 유비에게 자신의 모든 것을 물려준 것은 이번 적벽강의 싸움에 대한 보상일 것이오. 유비가 고작 강릉이나 지키고 있는 보잘것 없는 성주라면 어찌 그 큰 영토를 물려줄 수 있단 말이오. 그러니까 싸움은 우리가 하고 유비는 가만히 앉아서 굴러 들어온 호박을 덩굴째 받아 먹은 꼴이란 말이오."

"듣고 보니 그렇기도 하군요."

"유비가 강하 땅을 차지했으니, 이제 조조의 영토로 통하는 길목이 없어진 거나 마찬가지요. 그러니 어찌하면 좋겠소?"

주유의 물음에 노숙은 달리 대꾸할 말이 없었다.

"글쎄요……."

노숙이 우물거리자 주유가 갑자기 눈꼬리를 치켜올렸다.

"내가 직접 유비를 만나 보겠소. 그자를 만나 조조의 영토로 가는 길목인 남군만은 손대지 못하도록 단단히 일러두겠소."

"주유 장군께서 몸소 유비를 만나시겠다고요?"

"그렇소. 망설일 것 없이 지금 당장 나서겠소."

그리하여 주유는 노숙과 함께 1천 명의 기마병을 거느리고 그 날로 유비의 성을 향해 달려갔다. 겉으로 내세운 이유는 유비의 성주 취임을 축하하는 사절단이라고 했다.

한편 주유가 오나라의 축하 사절단으로 온다는 얘기를 들은 유비는 문득 이상한 생각이 들었다.

"주유라면 교만하고 교활한 사람인데, 어찌하여 그런 사람이 축하 사절단으로 온다는 것일까요?"

유비는 공명에게 주유가 오는 까닭을 물었다. 그러자 공명이 싱긋이 웃으며 대답했다.

"본시 주유의 성격은 제가 잘 파악하고 있습니다. 그는 필시 남군이 탐나서 오는 것일 터이니 모른 체하시고 인사나 받으십시오. 대꾸는 제가 대신 하겠습니다."

유비와 공명은 성문 밖까지 나가 멀리서 찾아온 손님을 맞았다.

그들은 미리 준비한 연회장으로 주유 일행을 안내했다. 인사가 끝나고 유쾌한 술자리가 계속되었다. 그러나 주유는 내내 긴장을 풀지 않고 사방을 두리번거리고 있었다.

"군사들이 분주히 움직이는 것 같은데 무슨 일이라도 있으신가요?"

주유가 바쁘게 오가는 병사들을 주의 깊게 보다가 마침내 공명에게 은근히 물었다.

"쯧쯧, 주유 장군께 실례가 되지 않도록 조용조용히 준비하라고 일렀건만, 역시 장군의 눈은 날카롭기 그지없으시군요. 실은 조조의 영토로 통하는 남군을 공략하기 위해 준비를 하고 있는 중입니다."

"뭐라고요? 남군을?"

주유는 순간적으로 찬물을 뒤집어쓴 것처럼 온몸이 굳어졌다. 그러나 그는 애써 태연한 척하며 다시 물었다.

"남군을 치신다면 하루 이틀에 끝날 일이 아니지 않습니까?"

"그 점은 이미 충분한 계책이 서 있습니다."

주유는 다시 한 번 공명의 치밀한 계략에 말려들고 있었다. 그러나 주유는 미처 그것을 생각할 여유가 없었다. 자신이 이 곳까지 온 것은 남군을 자신들이 차지할 목적이었는데, 지금 유비 군은 어느 새 남군의 공략을 준비하고 있었던 것이다. 주유는 초조해지기 시작했다.

"이것 보시오, 공명 선생! 우리 오나라의 입장에서 볼 때 남군은 중요한 전략적 요충지입니다. 겉으로는 조조의 길목인 듯싶지만, 거꾸로 보면 우리 오나라로 쳐들어오는 길목인 셈이지요. 그것쯤은 이미 공명 선생도 잘 알고 계실 것인즉, 남군만은 우리에게 양보해 주십시오."

주유는 망설일 것도 없이 정면으로 요청했다. 공명은 주유의 얼굴을 빤히 바라보다가 대답했다.

"좋소이다. 장군께서 이 먼길을 오시어 요청하시니 장군에 대한 대접으로라도 기꺼이 그렇게 해 드리겠습니다. 그 대신 장군께서 먼저 공략하시다가 만약 실패하게 된다면, 그 때는 우리가 어떤 행동을 하더라도 원망은 하지 마십시오."

"그야 두말 할 나위가 있겠습니까?"

주유는 흔쾌히 동의했다. 그까짓 남군쯤이야 식은 죽 먹듯 해치울 자신이 있었던 것이다.

주유는 공명의 교묘한 전략에 넘어간 것도 모르고, 자신들의 목적을 달성하기라도 한 듯 유쾌해했다. 그렇게 며칠 동안을 즐겁게 보낸 주유는 오나라로 돌아가자마자 남군을 차지하기 위해 군사를 소집하고, 스스로 선두에 서서 달려나갔다. 적벽강의 싸움에서 최대의 승리를 거둔 주유는 이제 싸움이라면 겁날 것이 없었다. 5만의 군사를 이끌고 남군까지 이르는 데는 불과 이틀밖에 걸리지 않았다.

남군성을 지키는 조조 군의 장수는 조조의 사촌 아우인 조인이었다.

조조가 전날 적벽강의 싸움에서 참패를 당하고 허창으로 돌아가자, 조인은 이 곳 남군이야말로 언젠가는 적이 침공해 올 것으로 미리 예측하여 평소부터 단단히 방비를 하고 있었다. 그러던 차에 마침내 주유가 5만의 군사를 이끌고 나타났다는 보고를 받았다.

조인은 즉시 참모들을 불렀다.

"주유가 마침내 이 곳을 침공해 왔소. 범상한 전술로는 그들의 사기를 꺾기 어려울 테니 특별한 계책을 써야 할 것이오."

조인은 비장한 표정으로 각 참모들에게 작전 명령을 내렸다. 그리고 다음 날 새벽에는 모두 성을 비우고 빠져 나가는 것처럼 행동하라고 일렀다.

새벽이 되자 그들은 분주하게 성을 빠져 나갔다. 세 개의 문을 통해 남군의 병사들이 분주히 성을 빠져 나가는 모습을 멀리서 바라보던 주유는 회심의 미소를 지었다.

"그러면 그렇지. 도망치지 않고 배겨 낼 수 있겠어?"

주유는 그 길로 곧장 군사를 재촉하여 남군성을 향해 돌진해 들어갔다. 군사를 세 패로 나누어 두 패는 각각 다른 문으로 들어가게 하고 자신은 중앙의 문을 통해 의기 양양하게 성 안으로 들어섰다. 그 때까지 미처 달아나지 못한 조인의 군사들은 혼비 백산한 모습으로 꽁무니를 뺐다.

주유는 그런 모습을 흐뭇한 표정으로 바라보며 기세 등등하게 외쳤다.

"저놈들은 영락없이 불난 집의 개미꼴이로구나! 닥치는 대로 목을 쳐라!"

그들이 성 안으로 거의 들어왔을 무렵이었다. 갑자기 사방에서 나무토막을 두드리는 것 같은 소리가 나더니 이내 요란한 목탁 소리가 들려왔다.

"앗!"

목탁 소리는 마치 콩을 볶아 대는 듯한 괴상한 소리로 변했다.

"복병이다!"

누군가가 복병이 있음을 알렸지만, 그 소리는 이내 요란한 목탁 소리에 묻혀 버렸다.

"주유가 죽을 자리를 찾아 스스로 성 안으로 들어왔다. 어서 활을 쏘아라!"

조인의 쩌렁쩌렁한 목소리가 온 성을 울렸다.

"아, 아……!"

주유는 가슴이 철렁 내려앉았다. 계략에 걸려들었음을 알았을 때는 이미 적진에 너무 깊숙이 들어와 있었던 것이다.

"놀랄 것 없다. 놈들은 보잘것 없는 피라미들이니 용감하게 싸워라!"

주유는 목청을 높여 군사들의 사기를 북돋우어 주었다. 그러나 주유의 부하들은 놀란 나머지 이미 반쯤은 정신이 나가 있었다.

그도 그럴 것이 적의 얼굴이나 모습은 하나도 보이지 않고, 괴상한 목탁 소리와 함께 화살만 비 오듯 쏟아지는 판이니 정신을 차릴 수가 없었던 것이다. 묘한 공포심이 그들을 사로잡았다.

"여기 길이 있다. 이쪽으로 피해라!"

누군가가 성 밖으로 나가는 문을 가리키며 소리쳤다. 그러자 한꺼번에 수만 명의 군사들이 그쪽으로 우르르 몰려들었다.

문 주위는 삽시간에 아수라장이 되었고, 그나마 문을 나선 병사들은 힘없이 푹푹 고꾸라졌다. 조인이 성문 바로 앞에 수십 길이나 되는 함정을 파 놓았던 것이다.

함정은 눈 깜짝할 사이에 사람과 말의 처참한 무덤이 되었다. 간신히 살아 남은 주유의 부하들은 함정에 빠진 전우들을 돌아볼 겨를도 없이 걸음아 날 살려라 도망쳤다.

그러나 이번에도 그들은 두려움에 떨며 멈춰 서지 않을 수 없었다. 바로 눈앞이 수십 길이나 되는 낭떠러지였기 때문이다.

지휘를 하던 주유도 하마터면 낭떠러지로 떨어질 뻔했다. 용케 몸을 추스려 위험을 모면하기는 했으나, 여기저기에서 날아드는 화살만은 피할 수가 없었다. 어디선가 '쌩' 하는 소리를 내며 날아온 화살이 주유의 가슴에 꽂혔다.

"억!"

주유는 외마디 비명을 지르며 그대로 쓰러졌다.

"주유가 쓰러졌다!"

조인의 외침 소리와 함께 숨어서 활을 쏘던 그의 부하들이 한꺼번에 몰려 나왔다. 그 기세에 눌려 주유의 부하들은 주유를 구할 엄두도 내지 못하고 허겁지겁 도망치기에 바빴다.

"분하다! 공명 때문에 내가 이 지경이 되었도다. 원수는 조조가 아니라 공명이다……. 아……!"

주유는 마지막 말을 다 마치지 못하고 힘없이 고개를 떨구었다.

서른여섯의 젊고 용맹한 장수, 오나라의 주유는 허무하게 생을 마감했다.

조인이 주유를 물리치고 크게 이겼다는 소식은 즉시 조조에게 전해졌다.

적벽강의 싸움 이후 실의에 차 있던 조조에게 조인의 승전보는 가뭄에 단비와도 같은 것이었다.

"조인, 네가 나를 살려 주었도다!"

조조는 기뻐 어쩔 줄 몰라 했다. 조조의 부하들도 덩달아 벙실벙실 웃었다.

'이 기회에 땅에 떨어진 군사들의 사기를 회복하고 다시 영토를 넓힐 방도를 생각해 봐야지.'

조조는 이번 일을 발판으로 삼아 본격적으로 재기해야겠다고 마음먹었다.

"지금 오나라는 총사령관인 주유를 잃고 정신이 없을 것입니다. 이번 기회에 오나라를 먼저 치고 유비는 그 다음에 공격합시다."

참모 중 누군가가 오나라를 먼저 공격할 것을 제안했다.

"아니오. 강하의 넓은 땅을 손에 넣은 지 얼마 되지 않아서 미처 병력을 정비하지 못한 유비 쪽이 오히려 더 수월할 것이오. 유비를 먼저 칩시다."

순욱이 유비 군을 먼저 공격할 것을 주장했다. 조조는 잠시 생각에 잠기더니, 이윽고 결정을 내린 듯했다.

"오나라를 먼저 치겠소!"

그러나 이번에도 참모장 순욱은 만만하지 않았다.

"오나라를 치러 나간 사이 서량의 성주 마등이 이 곳을 침범해 들어오면 어찌하시렵니까?"

순욱의 말에 이어 다른 참모들도 모두 제각각 의견을 말했다. 의견들이 서로 달라 쉽게 모아지지 않자 조조는 마침내 언성을 높이며 단호히 지시했다.

"걱정하지들 마시오. 우선 마등에게는 황제의 이름으로 서찰(書札 : 편지)을 보내 오나라를 치는 데 협력하러 오라고 해 놓고, 그가 이 곳에 오거든 그를 암살해 버리면 될 것이오."

조조의 말투는 차가웠고 치켜올린 눈꼬리는 매섭기 그지없었다.

조조는 즉시 서량의 성주 마등에게 황제의 이름으로 거짓 편지를 보냈다. 서량의 마등은 황제의 편지를 받아 들고 웬지 석연찮은 생각이 들었으나 감히 거역할 수가 없었다.

그는 자신의 아들 마초를 불러 자신이 황제의 부름으로 허창으로 떠남을 알리고 뒷일을 부탁했다.

마등은 군사 1만 명을 거느리고 허창으로 갔다. 마등이 떠난 뒤 마초는 아무래도 이상한 생각이 들었다. 갑자기 황제의 이름으로 된 서신이 전달된 것도 그렇고, 더군다나 조조를 도와 그의 진영에 합류하라고 하니 더욱 이상하게 생각되었다.

'에이, 설마 조조 놈이 내 아버지를 어찌하려고?'

마초는 갑자기 귀찮게 생각되어져 더 이상 마음에 두지 않았다.

한편 허창에 당도한 마등은 성 밖에 군사들을 세워 두고 혼자 성 안으로 들어섰다.

마등은 평소부터 조조가 마음에 들지는 않았다.

그러나 황제의 명령이니 하는 수 없이 그를 도와야겠다고 생각하며 성큼성큼 걸어갔다.

바로 그 때였다.

"쌩!"

어디선가 날카롭게 바람을 가르는 소리가 들리는가 싶더니, 화살이 날아와 마등의 이마 한가운데에 정확히 꽂혔다. 마등은 미처 외마디 비명도 지르지 못하고 그대로 쓰러져 죽었다.

마등이 죽자 조조는 즉시 황제의 이름으로 된 방을 붙여 마등의 부하들에게 알렸다.

마등이 조조 장군을 암살하려고 했으므로 그를 죽였노라! 병사들은 그리 알고 속히 돌아가라! — 황제

마등의 부하들은 졸지에 장수를 잃게 되어 허둥지둥 했다. 그들은 허탈했지만 서량으로 돌아올 수밖에 없었다.

그 소식을 들은 마초는 펄쩍펄쩍 뛰며 원통해했다.

"조조 이놈! 내 이놈을 기필코 죽이리라!"

마초는 즉시 장수들을 불러모았다.

"조조는 필시 오나라를 치기 위해 동관을 지날 것이오. 우리는 그걸 잘 이용해야 하오. 길목을 지키고 있다가 기필코 조조 놈에게 원수를 갚읍시다."

그들은 은밀하게 동관을 향해 병력을 이동시키고 있었다.

마초를 총사령관으로 하는 서량의 군사들은 마침내 동관 기슭에 진지를 구축했다.

그런 사실을 까마득히 모르는 조조는 의기 양양하게 10만의 군사를

거느리고 오나라를 향해 돌진해 들어갔다.
닷새 밤낮을 행군한 끝에 드디어 동관의 어귀에 이르렀다.
조조는 군사들에게 충분한 휴식을 취하라고 이르고, 자신도 휴식을 취하였다.
그날 밤 참모들과 함께 술을 거나하게 마신 조조는 일찍 잠자리에 들었다.
그는 이제 내일부터는 큰 싸움이 시작될 테니 충분히 쉬어야겠다고 마음먹은 것이다.
조조가 잠에 빠져 들 무렵이었다.
갑자기 산 속에서 요란한 북 소리가 울렸다.
"무슨 소리냐?"
조조가 화들짝 놀라 자리에서 일어났다. 그러나 채 대답이 있기도 전에 난데없는 발자국 소리와 함께 군마가 달려오는 소리가 들렸다.
"복병이다. 즉시 전투 준비!"
조조는 목이 터져라 소리치며 부하들을 몰아쳤다.
"원수 조조는 내 칼을 받아라!"
어느 사이엔가 마초의 시퍼런 칼날이 조조의 눈앞에서 빛을 발하고 있었다.
"앗!"
조조는 허겁지겁 달아나기 시작했다. 그러나 아버지의 원수를 갚기 위해 혈안이 되어 있는 마초의 걸음을 당할 수는 없었다.
"저 붉은 옷을 입은 놈이 조조다! 저놈을 잡아라!"
마초의 성난 목소리가 점점 가까워졌다. 조조는 재빨리 입고 있던 군복을 벗어 던지고 냅다 달렸다.
"저기 홀딱 벗은 놈이 조조다! 저놈을 잡아라!"
마초는 용케도 그를 찾아 냈다. 조조는 마침 앞서 가는 병졸의 옷자락을 잡아당기며 말했다.

"여봐라, 어서 옷 좀 빌려 다오."
"아니, 대장군님! 이렇게 추운데 왜 홀딱 벗고 달리십니까?"
"이놈아, 왜 그런 걸 꼬치꼬치 묻느냐? 잔말 말고 어서 옷이나 좀 벗어 다오."
"아이고, 저도 추운뎁쇼?"
"네 이놈! 당장 옷을 벗지 않으면 나중에 살가죽을 벗겨 버릴 테다!"
"네? 살가죽을 벗긴다구요? 아이고, 잘못했습니다. 한번만 봐주십시오. 잠시만 기다리십시오……. 그런데 달리면서 벗으려니 잘 벗겨지지 않는뎁쇼."
"이놈! 어지간히 말도 많구나."
마침내 조조가 병졸의 옷을 빼앗아 입었다. 옷을 바꾸어 입었으니 이젠 몰라보겠지 하고 안심하며 뛰는 조조의 귀에 마초의 목소리가 또다시 들려 왔다.
"저기 수염이 긴 놈이 조조다! 저놈을 잡아라!"
조조는 달리면서 자신의 수염을 뽑아 버리려고 냅다 잡아당겼다. 턱이 떨어져 나가는 듯했지만 수염은 끄떡도 하지 않았다. 그래서 결국에는 칼을 뽑아 싹둑 잘라 버렸다.
'이젠 모르겠지!'
그러나 마초의 눈은 마치 망원경을 붙여 놓은 듯 정확하게 조조를 추격해 왔다.
"저 수염이 없는 놈이 조조다. 저놈을 잡아라!"
조조는 다급한김에 얼른 옷자락을 찢어 턱을 싸매고 달렸다.
"아이고 다리야, 조조 살려!"
조조가 어찌나 빨리 달리는지 두 다리가 마치 허공을 허둥거리고 있는 듯했다.
그러나 마초는 어느 사이엔가 조조를 바짝 뒤쫓고 있었다.
"에잇!"

마초의 기합 소리와 함께 그의 창이 조조의 등을 향해 내려쳤다. 그러나 하늘은 아직 조조를 버리지 않았던 모양이다. 창이 마초의 손에서 떠나려는 순간, 마초는 미처 피할 사이도 없이 소나무 등걸에 이마를 쾅하고 부딪히고 말았다.

그 바람에 조조는 멀찍이 도망칠 수 있었다.

조조가 달아나는 모습이 가물가물 멀어지고 있는데도 마초는 주저앉은 자리에서 일어설 줄 몰랐다. 너무 세게 부딪쳤기 때문에 한동안 정신을 차릴 수 없었던 것이다.

조조가 무사히 도망치자 전세가 금세 달라졌다. 마초는 오직 조조를 붙잡을 욕심으로 너무 적진 깊숙이 들어왔기 때문에, 그의 부하들을 제대로 통솔할 수 없었던 것이다. 마초는 순간 성급했던 자신을 원망해 보았지만 소용 없는 일이었다.

한 번 밀리기 시작한 마초의 부하들은 걷잡을 수 없이 밀려났다. 죽느니 마초의 부하요, 쓰러지니 마초의 부하들 뿐이었다. 순식간에 마초의 부하는 5천 명 남짓으로 줄어 버렸다.

"전원 후퇴!"

마초는 피눈물을 흘리며 되돌아설 수밖에 없었다.

'아버지의 원수도 갚지 못하고…….'

그러나 그는 서량으로 돌아갈 수도 없었다. 조조군이 계속하여 그를 추격해 왔기 때문이다.

"할 수 없다. 한중의 성주 장노를 찾아가 보자."

마초는 기진 맥진한 패잔병들을 이끌고 한중의 장노를 찾아가기로 했다. 자존심이 상하는 일이지만 달리 방법이 없었다.

마초와 장노(張魯)는 예전부터 친한 사이이기는 했으나, 초라한 몰골의 마초를 장노가 반긴 것은 나름대로 까닭이 있어서였다.

장노는 한중의 이웃에 있는 서촉을 늘 탐내고 있었다.

서촉은 41개 고을이나 되는 넓은 땅을 소유하고 있고, 그 성주인 유장

(劉璋)이 변변치 못해 언젠가는 공격을 해서 집어삼킬 생각으로 늘 군침을 삼키고 있던 터에, 이렇게 마초가 찾아왔으니 그를 이용할 속셈이었던 것이다.

제갈공명의 용인술

장노는 마초 일행에게 극진한 잔치를 베풀었다.

"천하의 영웅 마초 장군을 환영합니다. 이제 곧 군사를 일으켜 장군의 원수도 갚고 우리의 영토도 크게 넓힙시다."

장노는 은근한 말로 마초를 치켜세웠다.

그들의 술자리가 한창 무르익어 갈 무렵이었다. 전령이 황급히 달려 들어왔다.

"성주님, 서촉에서 황권이란 사신이 왔습니다."

"서촉에서 사신이?"

장노는 단박에 술이 깨는 것을 느꼈다. 그는 서둘러 황권을 맞이했다.

"그래, 무슨 일이시오?"

장노의 목소리는 냉랭하기 그지없었다.

"한중의 성주님께 긴한 청이 있습니다. 이번에 강하의 새 성주가 된 유비가 아무래도 우리를 공격해 올 것 같아 도움을 청할까 합니다."

"우리에게 그대들을 도와 유비를 공격해 달라 그 말이오?"

뜻밖의 청에 장노가 잠시 의아한 표정을 지었다. 서로 상대를 노리고 있던 적국이 싸움을 걸어 온 것이 아니라 도움을 청해 왔으니 당황할 수밖에 없었다.
"그렇습니다. 유비를 치도록 부디 도움을 주십시오."
황권은 다시 한 번 분명히 말했다. 장노는 잠시 생각하더니 싸늘한 표정으로 거절했다.
"그것은 안 될 말이오. 첫째, 우리는 그대들을 도와 줄 만큼 군사도 없고 둘째, 나는 그대들을 도와 주고 싶은 생각도 없소."
그렇게 말하는 사이 장노의 눈꼬리가 치켜올라갔다. 그러나 황권은 침착하게 대꾸했다.
"물론 그렇게 생각하실 줄 알고 있었습니다. 그러나 우리가 거저 도와 달라는 것이 아니라, 이번 싸움에서 이기면 그 대가로 우리 서촉의 땅 절반을 떼어 드리도록 하겠습니다."
"뭐라고요? 서촉 땅의 절반을?"
"그렇습니다. 어차피 유비에게 빼앗기느니 한중과 연합하여 절반이라도 잘 보전하고자 함이 우리 성주님 생각이십니다."
"음……."
장노는 귀가 솔깃해졌다. 그렇지만 선불리 결정할 수도 없는 일이어서 황권을 나가게 하고 참모들을 불러들였다. 그러나 자리에 모인 참모들도 쉽게 결론을 내리지 못했다.
모두들 제각각 의견들이 분분할 즈음, 그 때까지 가만히 듣고만 있던 마초가 불쑥 끼여들었다.
"제가 비록 재주는 없지만, 제게 약간의 군사만 주시면 서촉과 함께 유비를 쳐부수어 은혜를 갚아 드리고 싶습니다."
마초의 말을 들은 장노는 그 자리에서 흔쾌히 동의했다.
"고맙소, 마초 장군. 군사 2만 명을 내어 드릴 테니 기필코 유비를 물리치시어 이 한중의 위신을 빛내 주기 바라오."
장노는 그렇게 말하면서도 내심 거저 굴러 들어올 땅 덩어리에 대한 욕심으로 흐뭇하기 그지없었다.

마초가 한중의 군사 2만 명을 이끌고 출동할 무렵, 유비는 조인의 남군을 공략하기 위해 열심히 계책을 세우는 중이었다.

그는 공명과 함께 서촉의 접경 지역인 가맹관에까지 나와 이곳 저곳의 지형을 살피고 있는데, 전령이 다급하게 달려왔다.

"한중에 있던 마초가 서촉의 유장과 함께 우리를 공격해 오고 있다 합니다."

"우리가 서촉을 공격하려 한 일이 없는데 유장이 어찌하여 우리를 공격한단 말이냐?"

유비는 두 눈을 크게 뜨며 갑작스런 사태에 대해 의아해했다.

일찍이 참모들이 서촉을 먼저 공격하자고 권했을 때, 명분 없이 먼저 공격하는 것은 도리에 맞지 않는다며 한사코 거절해 온 그였다.

유비의 놀란 표정을 본 공명이 담담하게 말했다.

"크게 걱정하실 일만은 아닌 듯싶습니다. 이번 기회에 서촉을 합병하도록 하시지요."

"서촉은 영토가 광범위한데다 더구나 장노와 마초까지 합세를 했으니 그리 만만치는 않을 게 아니오?"

"그들의 연합을 역이용하면 될 듯싶습니다."

"역이용을 해요?"

"그렇습니다. 제게 생각이 있으니 이번 일은 제게 맡겨 주십시오."

"맡기다마다요. 어서 그 대책을 서두르시오."

유비는 다소 안심하며 공명에게 모든 일을 맡겼다.

공명은 즉시 장비를 불렀다.

"장비 장군, 큰일을 한번 해 주셔야겠습니다."

"큰일이라니요? 무슨 일이든지 맡겨만 주십시오."

"한 가지 조건이 있는데 괜찮으시겠습니까?"

"어떤 조건인데요? 뭐든지 말씀만 해 보세요."

성미 급한 장비는 공명의 뜸들이는 태도가 못마땅했다. 그러나 공명은 짐짓 딴청을 부렸다.

"그런데 장비 장군은 성미가 워낙 급해서……."

"거참 염려도 많으십니다. 정 그러시면 다른 사람을 시키면 될 일 아닙니까?"

장비가 마침내 참을 수 없다는 듯 화를 냈다.

"허허, 과히 언짢게 생각 마시오. 내 다만 이번 일은 장군이 아니면 안 될 일이겠기에……."

"그렇다면 어서 말씀해 보시오."

"지금 한중의 장노로부터 유혹에 빠져 우리를 공격하러 나선 마초를 사로잡는 일이오."

"그까짓 마초쯤이야……."

"하지만 쉽지는 않을 것입니다. 마초 역시 천하의 장사인지라 그리 쉽게 넘어가지도 않을 뿐더러, 그보다 더 어려운 것은 그를 죽이지 말고 반드시 생포해야 한다는 것이오. 그러니 장군께서는 싸우되 이기지도 말고, 지지도 말며 마초의 기운이 다 빠질 때까지 그를 붙잡고 싸워야 합니다."

"원 세상에, 이기지도 말고 지지도 말라는 싸움이 어디 있단 말씀이오?"

"그러니 어렵다는 것이 아닙니까? 어쩌시렵니까? 할 수 있겠습니까?"

공명은 장비의 눈을 똑바로 쳐다보며 물었다.

"한번 해 보죠."

"한번 해 보시는 것으로는 안 됩니다. 장군의 급한 성미로 자칫 그를 죽여 버린다면 큰 낭패입니다."

"거참, 알겠습니다. 걱정 마십시오."

공명의 다짐을 받은 장비가 군사를 이끌고 고개를 넘어서자 아니나다를까, 벌판 저쪽에 마초의 2만여 군사가 쫙 깔려 있었다.

"마초가 어느 놈이냐? 썩 앞으로 나서라!"

장비가 목청껏 외쳤다. 그러자 상대편에서도 큰 소리로 응답했다.

"이 고슴도치 같은 놈아! 천하가 다 아는 이 마초 장군을 네놈이 어찌 몰라보느냐? 어서 와서 항복하고 나를 네놈의 성으로 안내하렷다!"

"이 생쥐 같은 놈! 내 당장 너의 입을 찢어 놓고야 말겠다!"

마침내 장비가 장팔사모창을 마구 휘두르며 앞으로 내달렸다. 마초도 그에 뒤질세라 긴 창을 곧두세우고 달려나왔다.

두 사람이 벌판 한가운데에 마주 섰다.

장팔사모창과 마초의 창이 서로 부딪치면서 요란한 굉음과 함께 불꽃이 튀었다.

두 사람의 싸움은 마치 호랑이와 표범의 싸움과도 같았다. 붙었는가 했더니 이내 떨어지고, 떨어지는가 하면 이내 달라붙는 두 장수의 용맹은 한 치도 뒤떨어짐이 없었다.

그러기를 무려 반나절…….

그러나 싸움은 여전히 끝날 줄을 몰랐다. 두 사람 모두 피로에 지친 기색이 역력했지만 그들의 눈빛만은 형형하게 빛났다.

한나절이 다 되어서야 드디어 두 사람은 서로 한 발짝씩 물러섰다.

"이놈아, 오늘은 이쯤 해 두고 내일 다시 만나자!"

"좋다, 내일 날이 밝는 대로 다시 만나자!"

두 사람이 마치 상의라도 하듯 잠시 휴전을 결정하고 돌아섰다.

마초가 자신의 진영으로 돌아오자 장노의 얼굴빛이 예전같지 않았다.

장노는 이미 그의 참모 양송(楊松)으로부터 오늘 마초와 장비의 싸움이 아무런 결과가 없이 끝날 것이며, 무엇인가 수상한 음모가 있다는 얘기를 들었던 것이다.

"마초는 원래 믿을 사람이 아니며 그는 지금 자기 아버지의 원수를 갚는 일에만 정신이 팔려 있기 때문에, 오늘 유비 군과 싸우는 체하다가 정황을 보아 유비에게 붙어 조조를 치자고 할지도 모르는 일입니다. 그를 경계하시지 않으면 큰일이 날 것입니다."

양송이 다소 심각한 표정으로 장노의 귀에 대고 속삭였다.

"음……."

장노는 입을 굳게 다물었다.

양송의 말을 듣고 보니 그런 것 같기도 했다. 게다가 막상 마초가 한 나절이 넘게 싸우고도 아무런 소득이 없이 돌아오자 그가 더욱 의심스러웠다.

"너의 말이 옳은 것 같구나. 저놈을 이제껏 잘못 봤어. 기회를 봐서 저놈을 단칼에 베어 버려라."

장노가 양송에게 은밀히 지시를 내렸다.

마초는 그런 줄도 모르고 자신의 군막으로 돌아와 쉬고 있었다. 조금 전에 장노의 표정이 밝지는 않았지만 내일은 꼭 그를 기쁘게 해 주리라 다짐하며 갑옷을 벗고 누우려는데 느닷없이 양송이 긴박한 표정으로 들어섰다. 양송은 그의 오랜 친구이기도 했기 때문에 그는 자리에 앉은 채로 그를 맞았다.

"여보게, 마초. 긴히 할 얘기가 있네."

"긴히 할 얘기라니? 혹시 내가 오늘 공을 세우지 못해 꾸중이라도 전하러 왔나?"

"바로 그걸세! 장노 성주님은 지금 자네를 크게 의심하고 계시네."

"내가 뭘 어쨌길래 의심한단 말인가?"

"자네도 알다시피 그분은 부하나 친구를 의심하기 시작하면 밑도 끝도 없이 깊어지는 분이네. 자네가 오늘 일부러 장비와 싸우는 척하면서 은밀히 유비와 내통하고 있는 것 같으니, 자네를 엄히 감시하라는 분부를 내렸다네."

"뭐라고?"

마초는 어이가 없었다. 아무리 속이 좁은 위인이기로서니, 죽음의 기로를 왔다갔다하며 싸우고 온 자신을 위로는 못할망정 의심을 한다고

하니 앞일이 캄캄했다.
"양송, 어찌하면 좋겠소?"
"여보게, 방법이 있다면 내가 왜 이리 급하게 자네를 찾아왔겠나?"
마초는 양송의 말을 듣자 갑자기 장노에 대한 분노와 미움이 불끈 솟아났다.
"할 수 없지. 그런 옹졸하고 치사한 놈을 섬길 게 아니라 당장에 유비에게로 가겠네. 유비와 손잡고 조조를 치겠단 말일세!"
마초가 흥분하여 마구 불만을 쏟아 놓기 시작했다.
"정말 잘 생각했네. 현명한 판단일세!"
양송이 덩달아 맞장구를 쳤다.
양송이 마초와 장노 사이를 오가며 이간질을 하고 있는 까닭은 따로 있었다. 공명이 이미 쥐도 새도 모르게 그를 매수해 놓았기 때문이다.
양송은 원래 교활하고 욕심이 많아 뇌물만 주면 누구든지 쉽게 배신할 사람이란 것을 공명은 일찍부터 꿰뚫고 있었다. 그리하여 마초를 끌어들이기 위해 교묘한 방법으로 양송을 매수하여, 그로 하여금 장노와 마초 사이를 갈라 놓은 다음 마초를 아예 자신의 편으로 만들고자 한 것이다.
다행히 양송은 공명이 보낸 재물에 마음이 혹하여 장노의 마음을 의심으로 가득 차게 만들었고, 마초로 하여금 그런 장노를 버리고 유비에게로 합류하도록 하는 데 공을 세웠다. 마초는 그 날로 군사 5백 명을 이끌고 은밀히 유비의 진지로 찾아들었다.
마초가 항복하러 온다는 소식을 들은 유비는 친히 멀리까지 나가 그를 맞이했다. 유비의 극진한 환대에 마초는 어린아이처럼 좋아했다.
"이제 마음에 어두운 그림자가 걷히고 푸른 하늘이 보이는 것 같습니다."
마초는 홀가분한 표정으로 연신 머리를 조아렸다.
마초를 힘들이지 않고 끌어들인 유비는 곧 서촉의 유장을 칠 작전을 세웠다.

"서촉으로 출전하는 병사들을 누가 지휘하면 좋겠소?"

유비의 물음에 공명이 선뜻 대답했다.

"그야 물론 마초 장군에게 맡겨 주셔야지요."

"네? 마초 장군에게요? 그것은 너무 경솔한 처사가 아닐까요?"

"마초는 자신을 믿어 주는 게 고마워서라도 더 큰 공을 세우기 위해 노력할 것입니다. 속는 셈치고 그에게 맡겨 주십시오."

공명이 거듭 청하자 유비도 할 수 없다는 듯 마초를 불러 자초 지종을 말했다.

2만 명의 군사를 데리고 서촉을 공격하는 데 앞장 서 달라는 말을 들은 마초는 깜짝 놀랐다.

일찍이 유비가 도량이 넓고 인품이 훌륭하다는 소문은 들었으나, 이토록 큰 인물일 줄은 몰랐던 것이다.

"목숨을 내걸고 기필코 승리하고 돌아오겠습니다."

마초가 감격의 눈물을 글썽이며 유비에게 충성을 맹세했다.

마초는 그 길로 곧장 말에 올라, 마치 독수리가 날개를 다시 얻은 듯 힘차게 서촉을 향해 돌진해 갔다.

한편 성루에 앉아 있다가 저 멀리서 군마의 떼가 달려오는 것을 본 유장은 소스라치게 놀랐다. 그러나 선두에 선 자가 마초라는 것을 알고는 이내 얼굴이 환해졌다. 그는 서둘러 성루를 내려가 마초를 맞았다.

"어서 오시오. 마초 장군! 얼마나 고생하시었소?"

유장이 아무것도 모르고 그저 좋아하자 마초는 어이가 없다는 듯 쏘아붙였다.

"이것 보시오. 유장! 나는 지금 그대를 도우러 온 것이 아니라 그대를 치러 온 것이오."

"네에?"

"놀랄 것 없소. 나는 원래 당신을 돕기 위해 장노의 군사를 얻어 나왔지만, 그 옹졸한 장노 놈이 나를 의심하여 죽일 계획을 세웠기에 나는 그 즉시 유비 진영에 가담했소. 그러니 그리 알고 지금 당장 나와 맞서 싸울 생각이라면 내 기꺼이 상대해 주겠지만, 내 생각에는 그대는 큰 인물이니 무모한 싸움을 피하고 그 대신 백성들을 잘 보살펴 주는 것이 더 큰 도리일 듯싶소. 자, 그대의 뜻이 어떠한지 어서 결정을 내리시오."

마초의 한 마디 한 마디는 매우 위엄이 있었다.

유장은 그 말을 듣는 순간 온몸에서 힘이 쏙 빠져 나가는 것 같았다.

싸워 보지도 못하고 그 넓은 서촉을 내주자니 지하에 계신 조상님들에게 미안하고, 그렇다고 승패가 뻔한 싸움을 하자니 그것은 계란으로 바위를 치는 격이니 달리 어쩔 방법이 없었다.

유장은 마침내 힘없이 고개를 떨구며 말했다.

"내 한 목숨이야 이제 죽어도 여한이 없지만, 나를 받들며 생사를 같이한 부하들과 백성들의 어려움을 어찌 헤아리지 않을 수 있단 말이오. 장군의 뜻에 따르겠소이다."

유장이 비통한 표정으로 눈물을 떨구었다. 곁에 있던 유장의 신하 황건과 왕누는 그 자리에 엎드려 대성 통곡을 했다. 몇몇 신하들이 항복하는 것을 말렸지만 그들의 목소리는 힘이 없었다. 서촉의 운명은 그렇게 허무하게 결판이 났다. 유장의 늙은 신하 왕누는 피맺힌 절규를 하며 성루에 올라 스스로 성루 아래로 몸을 던졌다.

유장은 늙은 충신의 죽음 앞에 한없이 서러운 눈물을 흘리면서도 이미 항복하겠다고 결심한 뜻은 바꾸지 않았다.

유장이 비장한 목소리로 마초에게 말했다.

"마초 장군, 그대의 말대로 성을 내줄 터이니 두 가지만 약속해 주시오."

"그게 무엇이오?"

"첫째, 이 성에 살고 있는 백성들을 다치게 하지 말 것이며, 둘째, 이곳의 문무 백관들을 파면하지 마시오."

"성주께서는 과연 큰 인물이외다. 내 맹세코 그 말씀을 지키도록 노력하겠소."

유장의 됨됨이에 감격한 마초가 진심으로 대답했다.

성을 차지한 마초는 부하들에게 일러 성 안의 어느 누구에게도 거칠게 대하거나 노여운 행동을 하지 않도록 세심한 주의를 기울였다.

마초의 승전 소식은 곧장 유비에게 전해졌다. 그 소식을 들은 유비는 물론 공명마저도 깜짝 놀랐다. 마초가 이토록 쉽게 완전한 승리를 거두어 주리라고는 이 일을 계획한 공명마저도 미처 생각하지 못했던 것이다.

유비와 공명은 곧장 부하 장수들을 거느리고 서촉을 향해 떠났다.

"유장 성주님, 아무 걱정 마시고 우리 친형제처럼 지냅시다."

유비가 유장의 손을 맞잡고 정중하게 말하자 유장의 눈에 감격의 눈물이 맺혔다.

유비는 곧이어 강하와 서촉의 합병을 알리는 큰 잔치를 베풀어 온 천하에 이를 알렸다. 그러면서도 유장과 그 신하들의 처신이나 대우 등에 세심한 배려를 아끼지 않아 그들로부터 크게 존경을 받았다.

유비의 너그럽고 예의바른 태도는 곧 서촉의 모든 백성들과 병사들의 마음까지도 사로잡게 되었다.

조조의 회생

그 무렵 조조는 남군에서 주유를 패망시키고 동관에서 비록 아슬아슬하게나마 마초를 쳐부수어 내쫓은 뒤 그 기세가 놀랄 만큼 커져 있었다. 그래서 이제 어떻게 하면 오나라의 손권을 죽이고 유비를 물리친 후, 천하의 새 주인이 될 것인가를 밤낮으로 궁리하고 있었다.

그 날도 그는 널찍한 회의실에 참모들을 모아 놓고 군사 회의를 하고 있었다.

"우리가 천하 대세를 장악하기 위해서는 어찌하면 좋겠소?"

조조의 물음에 모두가 제각각 의견들을 말하는 차에 순욱이 불쑥 나섰다.

"지금 유비의 촉나라와 바로 이웃하고 있는 한중의 장노가 촉을 두려워하여 그 방비에 여념이 없습니다. 그러니 그 틈을 이용하여 한중으로 쳐들어가, 그 곳을 먼저 취한 다음 촉을 공격함이 어떨는지요?"

순간 조조의 눈에 불꽃이 일었다.

"그것이야말로 기발한 생각이오. 당장 그에 대한 계책을 세우도록 하시오."

조조는 그 즉시 순욱에게 명령하여 한중을 칠 계획을 세우게 하였다.

그리하여 그들은 또다시 20만의 군사를 이끌고 당당하게 한중으로 쳐들어갔다.

조조가 허창으로부터 20만 대군과 함께 쳐들어온다는 소식을 들은 장노는 얼굴이 새파랗게 질렸다. 그렇지 않아도 조마조마하던 차에 드디어 올 것이 왔다는 생각과 함께 온몸의 힘이 빠져 나가는 것 같았다.

장노는 즉시 아우 장위를 불러 대책을 물었다.

"조조의 20만 대군이 몰려온다 하니 대체 어찌했으면 좋겠느냐?"

"형님, 우리가 힘으로는 조조를 대항하기 어려우니 머리를 써야 할 것입니다. 마침 우리 영토는 지형이 험준한 곳이 많으니, 그것을 이용하여 조조를 물리치면 어떨까요?"

"좋은 생각이다만 어떻게 지형을 이용한단 말이냐?"

"우선 우리 한중에서 가장 험준한 지역인 양평관에서 조조 군을 맞이하십시다. 그 곳의 좌우 높은 산을 이용하여 복병을 쓰면 제아무리 귀신 같은 조조라도 당해 내지 못할 것입니다."

"과연 네 말이 맞다. 당장 그와 같이 시행하라!"

장노는 그 즉시 아우 장위에게 전략을 세우게 하고 친히 선두에 서서 지휘를 맡았다.

한편 한중을 향해 진군을 계속하던 조조 군은 시일이 지남에 따라 차츰 그 발길이 무거워졌다. 일찍이 한중의 곳곳이 험난한 줄은 알고 있었지만, 하늘을 찌를 듯이 치솟아 있는 산봉우리며 고갯마루들을 넘어설 때마다 저절로 숨이 턱까지 차올랐다.

"아직도 멀었느냐?"

조조도 지친 듯 새로운 길이 나타날 때마다 참모들을 뒤돌아보며 다그쳐 물었다.

"이제 조금만 더 가시면 양평관에 닿습니다."

"한중 땅이 이렇게까지 험할 줄은 미처 몰랐구나. 애초에 이럴 줄 알았으면 계획을 달리 세우는 건데."

조조는 지친 표정으로 한숨마저 내쉬었다.

마침내 멀리 거대한 양평관의 성벽이 조조의 눈에 들어왔다.

"저것이 양평관이냐?"

"네, 그렇습니다."

"그렇다면 밤이 될 때까지 여기서 조용히 기다리도록 하자. 혹시 놈들의 복병이 있을지도 모르니 각자 조심해서 행동하도록 하라!"

조조가 말고삐를 움켜잡으며 느긋하게 지시를 내렸다. 오랜 행군에 지친 병사들이 이제 살았다는 듯 일제히 휴식을 취할 태세를 갖추었다.

그런데 바로 그 때였다.

"우르르…… 쾅!"

천지를 진동하는 듯한 폭음 소리와 함께 느닷없이 돌무더기가 폭포처럼 쏟아져 내리기 시작했다.

"으악, 복병이다!"

병사들은 비명을 지르며 우왕좌왕했다. 조조는 황망한 중에도 정신을 가다듬어 병사들을 다그쳐 지휘했다.

"겁내지 마라! 적의 복병은 위쪽에 있으니 옆으로 피해 높은 곳으로 기어올라 맞붙어야 한다. 피하지 말고 정면으로 돌진하라!"

조조의 판단은 정확했다. 조조 군의 병사들은 더러는 돌에 맞아 쓰러지기도 하고, 머리가 깨져 피를 흘리면서도 정면으로 돌진하였다. 병사들이 산을 향해 기어오르자 장노 군이 도리어 당황하여 꽁무니를 뺐다. 그러나 조조는 서두르지 않았다. 적이 제대로 싸우려 하기보다는 조조 군을 상대로 전초전을 벌여 본 것임을 재빨리 간파한 것이다.

조조는 즉시 참모들을 불러모았다.

"장노가 이 곳의 지형을 이용하여 얕은 수작을 부리고 있다. 우리는 지금부터 적의 그 점을 거꾸로 이용하여 퇴각하는 것처럼 위장 전술을 쓴다. 적을 평지까지 유인해 낸 다음 모두 없애 버리자."

조조의 계략은 과연 뛰어난 장수답게 빈틈이 없었다. 조조 군이 후퇴하고 있다는 소식은 그 즉시 양평관을 지키던 장노의 귀에 전해졌다.

장노는 회심의 미소를 지었다.

'그러면 그렇지! 제아무리 조조라 해도 이 철옹성(鐵甕城 ; 무쇠로 만든 독처럼 튼튼히 쌓은 산성이라는 뜻) 같은 요새를 넘보지는 못하리라!'

흐뭇해진 장노는 이내 군사들에게 호령을 했다.

"여봐라! 조조 놈이 도망치기 시작했다. 지체 말고 달려가 한 놈도 남김 없이 없애 버려라!"

장노는 각 진지에 숨어 있던 복병들은 물론 성 안에 남아 있던 파수병까지 모조리 동원하여 조조 군의 뒤를 쫓았다.

그를 본 장노의 아우 장위는 심히 염려스러운 표정으로 충고를 거듭했다.

"형님, 군사를 이렇게 총동원한다는 것은 위험한 일입니다. 더군다나 조조는 속임수가 뛰어난 인물이니 함부로 뒤쫓아서는 안 됩니다."

장위의 충고에도 아랑곳없이 장노는 막무가내였다.

"무슨 소리냐? 싸움엔 기회가 있는 법이다. 누구라도 반대하면 용서치 않을 테다!"

장노는 조조 군의 뒤를 쫓는 것만으로는 부족했던지 군사 중의 일부를 지름길로 앞질러 가도록 하여 조조 군을 앞뒤에서 공격할 채비를 갖추었다.

불과 얼마 전까지만 해도 조조 군이 무서워 벌벌 떨던 장노의 모습은 간데없고, 이젠 오히려 단숨에 조조 군을 싹쓸이하려고 했다. 참모들의 걱정은 이만저만이 아니었다. 그렇다고 더 이상 만류할 형편도 아닌지라 어쩔 수 없이 일제히 공격길에 나섰다.

그러나 그것은 실로 장노의 엄청난 실수였다.

장노의 군사들이 뒤따라 나선 것을 감지한 조조는 주력 부대를 이끌고 슬그머니 양평관을 향해 잠입해 들어가고 있었다. 그런 줄도 모르고 성에 남은 군사들까지 다 동원하여 조조 군을 뒤쫓아간 장노 군은 밤새도록 조조의 부하들과 치열하게 싸웠다.

이윽고 날이 밝아 올 무렵, 문득 양평관의 성루를 바라 본 장노는 소스라치게 놀라 두 눈이 휘둥그레졌다.

"어? 저게 어찌 된 일이냐? 성이 불타고 있지 않느냐? 도대체 어느 놈이 성에 불을 질렀단 말이냐?"

장노가 얼굴이 벌겋게 상기되어 고래고래 소리를 질렀다.

"어서 성으로 돌아가자!"

장노는 서둘러 병사들을 후퇴시켜 성으로 되돌아오고 있었다.

"으하하! 이놈, 장노야! 너를 기다린 지 오래다. 어서 오너라."

장노가 성문 앞에 이르렀을 무렵, 돌연 머리 위에서 조조의 목소리가 쩌렁쩌렁 울렸다. 그와 때를 같이하여 수많은 불화살들이 사방에서 날아왔다.

"어서 피해라!"

살아 남은 자들을 이끌고 간신히 수도인 남정으로 돌아 온 장노는 뜨거운 눈물을 흘리며 부하 장수들에게 당부했다.

"이제 우리에게 가장 위급한 고비가 찾아왔소. 그러나 마지막 힘을 다하면 결코 절망적인 것만은 아니니 최선을 다해 나라를 구해 주시오. 지난날의 내 허물을 용서하고 부디 최선을 다해 주시오."

장노가 눈물로써 자신의 잘못을 뉘우치며 당부하였다. 모여 있던 신하들도 눈물을 흘리며 최후의 일각까지 최선을 다할 것을 결의했다. 그런 중에 장노의 참모 중의 한 사람인 양송은 딴마음을 품고 있었다.

'제아무리 죽기를 다해 싸워 봤자 이젠 끝장이다.'

양송은 어수선한 틈을 타서 슬그머니 성문을 나섰다. 그는 그 즉시 말을 몰아 조조가 머물고 있는 양평관으로 갔다.

"무슨 일이냐?"

쌀쌀하게 묻는 조조 앞에 양송이 머리를 조아렸다.

"네, 저는 장노의 참모 양송입니다. 조조 대왕님께 장노를 사로잡을 길을 안내해 드리기 위해서 왔습니다."
"뭐라고? 길을 안내해?"
"네, 그러하옵니다."
"네 이놈! 감히 뉘 앞에서 허튼 수작이냐?"
"아니옵니다. 제가 어찌 감히 대왕님을 속일 수 있겠습니까?"
"음, 틀림없으렷다!"
"그러하옵니다."
"좋다! 그럼 앞장 서라!"
조조의 눈빛에 기가 질린 양송이 식은땀을 닦으며 조조 군의 선두에 서서 길을 안내하였다.
양송은 험한 산길을 피해 남정으로 가는 지름길로 안내했다. 그 덕분에 조조 군은 해가 넘어가기도 전에 남정의 성문 앞에 다다랐다.
갑자기 밀어닥친 조조 군의 함성에 놀란 장노는 그 자리에 털썩 주저앉아 허공만 바라볼 뿐이었다.
더군다나 조조를 안내한 사람이 다름 아닌 자신의 부하 양송인 것을 알고는 피눈물을 흘리며 통곡했다.
"모두가 내가 부족한 탓이로다! 더 이상 싸운다는 것은 무모한 일이니 전원 무장을 해제하고 새 주인을 맞으라!"
장노는 눈물이 미처 마르지 않은 얼굴로 조조 앞에 무릎을 꿇었다. 실로 어처구니없는 일이었다.
조조는 말에서 내려 무릎을 꿇은 장노의 손을 잡아 일으켜 세웠다. 그리고는 주위를 돌아보며 큰 소리로 다짐했다.
"너희들은 이 장노 성주를 예전과 다름없이 정중히 모시도록 해라!"
장노와 그의 부하들이 두 눈을 휘둥그렇게 뜨고 조조의 아량에 감탄하고 있었다. 조조는 그 때까지 옆에 서서 생글거리던 양송을 가리키며 다시 말했다.

“여봐라! 여기 이 양송이란 자는 주인을 배신하고도 전혀 뉘우침이 없구나. 이 자는 언제 또다시 나를 배반할지 모르니 당장 이놈의 목을 쳐라!”

조조의 불 같은 명령에 양송이 부들부들 떨며 살려 줄 것을 애원했다. 그러나 조조는 장노의 손을 붙잡고 안으로 들어가 버렸다.

이윽고 양송의 비명과 함께 소란스럽던 바깥의 공기가 잠잠해질 무렵, 장노는 조조에게 충성을 맹세하고 있었다.

영웅들의 시대

너무나도 쉽게 한중을 손에 넣은 조조는 그 여세를 몰아 이미 계획했던 대로 촉의 유비 진영을 공격할 계책 마련에 분주했다.

참모들을 불러 오랜 의논끝에 하후돈, 왕칠 등의 장수와 더불어 허저, 하후연 그리고 새로 맞이한 사마의 등 그야말로 쟁쟁한 장수들을 이끌고 촉나라로 쳐들어갈 것을 결의했다.

이윽고 출전 채비를 다 갖추자 조조가 장수들에게 물었다.

"촉나라에 쳐들어가기 위해서는 먼저 파서라는 곳을 점령해야 할 텐데 누가 나서겠소?"

"네, 그 일은 제가 맡겠습니다."

대답을 하고 나선 이는 다름 아닌 허저였다.

"음, 과연 허저로다! 그러나 파서를 지키는 촉의 장수 또한 다름 아닌 장비이니 조심해야 할 것이오."

조조는 허저의 어깨를 두드리며 격려한 다음, 군사 3만을 내주어 공격을 개시하게 했다.

파서에서 이 소식을 들은 장비는 내심 긴장이 되었으나, 겉으로는 태연한 척하며 곧장 부하들을 불렀다.

"적의 군사는 3만이요, 우리는 비록 1만 명에 불과하나 겁낼 것 없다. 그대들은 아무 염려 말고 내 지시대로만 움직이도록 하라!"
이어서 장비는 따로 병사 5백 명을 불러 엉뚱한 지시를 내렸다.
"너희들은 지금부터 신나게 술을 마시고 있되, 내가 출동하라 이를 때까지는 결코 움직이지 마라."
이상한 명령이었지만 거역할 수 없는지라 군사들은 시키는 대로 따랐다. 그래서 그들은 여기저기에 끼리끼리 모여 앉아 밤낮으로 술잔치를 벌였다.
파서를 향해 달려오던 허저는 어느덧 장비의 진영이 가까워오자 군사들을 멈추게 한 뒤 정찰병 몇 명을 보내 적의 동태를 살피게 했다.
"적은 우리가 이 곳에 이른 줄도 모르고 대낮부터 곤드레만드레 술에 취해 정신이 없습니다."
정찰병의 보고에 허저의 귀가 번쩍 뜨였다.
"술을 마시고 있어? 음, 하늘이 우리를 돕는구나. 한데 장비는 어디 있더냐?"
"네, 장비도 군졸들과 함께 어울려 많이 취한 듯 비틀거리고 있었습니다. 아마 무슨 잔치를 벌이고 있는 모양입니다."
"옳지, 잔칫날이 바로 제삿날이 될 것이로다."
허저는 싱글벙글 웃으며 부하들을 불렀다.
"자, 이제부터 장비 놈의 장례 준비를 서두르자!"
그러면서 허저는 무엇인가를 은밀히 지시했다.
이윽고 날이 저물자 허저와 그 부하들은 어둠 속을 뚫고 살금살금 기어가기 시작했다.
"힘들여 큰 싸움을 벌일 게 아니라, 이렇게 우리 몇 명이서 기습적으로 해치우는 거다."
허저는 연신 자신 있게 말했다.
장비의 진지에 다다라 보니, 과연 뭐라 표현할 수 없을 정도로 그 꼴이 가관이었다. 웃다가 뒤로 벌렁 나자빠지는 놈, 술에 취해 고래고래 고함을 질러 대는 놈, 한쪽 구석에 머리를 처박고 잠들어 있는 놈 등 그야말로 난장판이 따로 없었다. 그런데 문득 한쪽 구석을 바라보니 이게 웬일이란 말인가? 뜻밖에도 장비가 술상 위에 엎어져 자고 있는 게 보였다. 틀림없는 장비였다.

허저는 두근거리는 가슴을 쓸어 내리며 긴 칼을 빼어 들고 장비에게로 성큼성큼 다가갔다.

"이놈, 장비야! 오늘이 네 제삿날이다!"

고함 소리와 함께 잠시의 여유도 주지 않고 허저의 칼이 장비의 등을 내려쳤다. 그런데 고개를 처박고 있는 장비는 꿈쩍도 하지 않았다. 허저의 칼이 이번엔 장비의 목을 향해 날아갔다.

"으악!"

그 순간 허저가 외마디 비명을 질렀다.

목이 달아난 시체는 장비가 아니라 짚다발을 교묘하게 엮어 만든 허수아비였던 것이다. 그와 동시에 귀청을 울리는 호탕한 웃음소리가 허저의 등을 섬뜩하게 했다.

"이놈, 허저야! 하룻강아지 범 무서운 줄 모른다더니. 이놈아, 진짜 장비 어른은 여기 계시다. 으하하하!"

장비의 웃음소리가 귓전에 아스라해지며 허저의 다리에 힘이 풀렸다. 모든 것을 체념한 허저는 그 자리에 푹 주저앉아 버렸다.

장비가 부하들에게 외쳤다.

"허저를 죽이지 마라! 그놈을 죽여서는 안 된다. 산 채로 묶어라!"

장비가 부하들에게 이르고는 성큼성큼 걸어 나갔다. 비록 적이기는 하지만 용감한 장수일진대, 차마 자신의 눈으로 그가 포박당하는 추한 꼴을 보고 싶지 않았기 때문이다. 그러나 그것이 바로 장비의 실수였다. 힘없이 주저앉아 있던 허저가 번개같이 일어나 어둠 속으로 달아났다.

"저놈 잡아라!"

장비의 부하들이 달려들었지만 그들은 허저의 상대가 되지 못했다. 성큼성큼 군막을 나서다 말고 이 광경을 멍하니 보고 있던 장비는 쓴웃음을 지을 수밖에 없었다.

"생쥐 같은 놈!"

장비는 이렇게 중얼거릴 뿐 쫓아갈 생각을 하지 않았다. 그는 비록 성품이 우락부락하긴 했지만 이렇듯 마음이 여린 구석도 있었다.

죽기 직전에 겨우 목숨을 건진 허저는 초주검이 되어 간신히 돌아왔다.

그 꼴을 본 조조는 화가 날 대로 나 펄펄 뛰며 당장 목을 베어 버릴 기세였다. 그러자 하후연이 앞으로 나서며 조조의 화를 누그러뜨리려 애썼다.

"전하, 제가 허저의 망신을 대신 갚을 것이오니 부디 그를 살려 주십시오. 제게 군사 20만을 주시면 즉시 유비의 진영으로 달려가 유비 놈의 목을 들고 오겠습니다."

하후연의 간청에 조조의 화가 겨우 가라앉았다.

"너의 의리가 가상하여 허저를 살려 주겠다. 자, 어서 가서 유비의 땅을 쑥밭으로 만들어라!"

하후연은 그 즉시 20만의 대군을 이끌고 출동했다.

그 즈음 유비의 진영에서도 황충(黃忠)을 총사령관으로 하여 5만의 군사가 조조의 진영을 향해 내달리고 있었다. 유비 또한 그들이 틀림없이 대군을 동원하여 쳐들어올 것으로 판단했기 때문에 미리 군사를 출동시킨 것이다.

말을 달리던 하후연이 부하에게 물었다.

"유비 군의 총사령관이 누구냐?"

"네, 황충이라고 합니다."

"황충? 음, 유비 놈이 이제 군사가 모자라다 보니 늙은이까지 내세워 발악을 하는 모양이구나. 황충이라면 촉나라 장수 중에서 가장 나이가 많은 늙은이니 식은 죽 먹기나 마찬가지일 것이다."
하후연은 연신 큰소리를 쳐 대며 자신 만만해했다.
그러나 황충이 누구인가? 황충이야말로 유비 군의 장수 중에 가장 노련하고 계략이 출중하지 않던가. 공명이 다른 장수들을 다 제쳐 두고 그를 선임할 정도로 큰 인물이었다.
황충은 하후연이 머무는 정군산이 마주 보이는 천탕산에 진지를 구축하였다.
이를 본 하후연이 못마땅하다는 듯 내뱉었다.
"저 늙은 놈이 하필이면 바로 내 코앞에서 망령을 부리는군."
말을 마치자마자 그는 성큼 말에 올라 5만의 군사를 이끌고 천탕산 어귀로 달려갔다.
"이 늙은 여우야! 늙었으면 곱게 죽을 일이지 뭐하러 감히 천하의 하후연과 맞서려 하느냐?"
하후연이 고래고래 소리를 지르자 이에 황충이 맞고함을 쳤다.
"하후연은 듣거라! 네놈 같은 애송이가 감히 누구한테 함부로 지껄이느냐? 내가 늙었다고 했으니 어디 당장 나서서 나와 맞붙어 보자!"
황충은 말을 재촉하여 뛰쳐나갔다.
"챙!"
마침내 황충과 하후연의 칼과 창이 맞부딪치는 소리가 산골짜기에 메아리쳤다. 양쪽의 병사들도 숨을 죽이고 두 사람의 맹렬한 싸움을 지켜보았다.
얼마 후 땀을 뻘뻘 흘리며 한 치도 물러설 기색이 없던 황충이 갑자기 말머리를 돌려 달아나기 시작했다.
"이 늙은 놈아! 목숨이 아까워 살겠다고 도망치느냐?"
하후연이 기세를 높이며 바짝 뒤를 쫓았다. 그의 부하들이 그를 따라 달려갔다. 황충은 뒤도 돌아보지 않고 약 50리를 내달렸다. 그러자 뒤쫓던 하후연이 말을 세우고 부하들에게 일렀다.

"저놈이 도망치긴 했으나 쉽게 물러나지 않을 것이다. 우리는 내친김에 이 곳에서 하룻밤을 묵으며 놈을 기다리자."

그들은 황충을 뒤쫓던 길에 야영할 채비를 갖췄다.

한편 가던 길을 멈추고 자신의 계략에 하후연이 철저하게 말려든 것을 확인한 황충은 부하들에게 신호 화살을 쏘아 다음 행동에 들어가도록 하였다. 그것은 다름 아닌 하후연의 진지에서 군량미를 모조리 훔쳐 내오게 하는 일이었다.

황충의 신호를 받은 부하들은 그 즉시 하후연의 진지를 기습하였다. 산더미처럼 쌓여 있는 군량미와 그것들을 운반해 온 수레와 소, 말 등을 훔쳐 와 버렸다. 그런 줄도 모르고 야영을 마친 하후연은 이튿날 날이 밝자마자 황충을 찾아 나섰다.

그 때 본영에 남아 진지를 지키고 있던 병사 한 명이 거의 초주검이 되어 하후연 앞에 나타났다. 그는 겨우 목숨을 부지하여 가까스로 하후연이 있는 곳까지 달려온 것이다.

"장군님, 적이 새까맣게 몰려와 우리 식량이며 수레 등을 모조리 가져가 버렸습니다. 그 곳을 지키던 병사들은 다 죽고 저만 겨우 살아서 이 곳까지 왔습니다."

"뭐라고? 군량미를 다 빼앗겼다고?"

그 소식을 들은 하후연은 온몸에서 힘이 쑥 빠져 나가는 듯하였다.

"어서 돌아가자! 내가 실수했다. 그 교활한 늙은이 황충이 나를 속였어. 두고 보자!"

하후연이 이를 부득부득 갈며 본영으로 돌아왔다. 그는 정신을 가다듬고 복수할 계책을 짜기에 몰두했다. 이윽고 하후연은 산에 있는 나무를 베어 수레를 만들게 했다. 수백 개의 수레를 만든 후, 수레에 병사들을 타게 하여 거적을 덮어 멀리서 보면 마치 식량이 가득 실린 것처럼 보이게 했다. 모든 작업이 끝나자 하후연이 다시 부하들에게 명령했다.

"수레에 숨어 있는 병사들은 우리가 황충 놈을 유인하여 올 때까지 꼼짝 말고 있거라! 그러다가 놈들이 또다시 쳐들어오면 그 때 일제히 뛰쳐나와 놈들을 덮치도록 하라!"

하후연은 명령을 마치자마자 다시 말에 올랐다.

하후연이 무수한 수레와 병사들을 이끌고 서서히 밀려올 무렵, 황충은 정찰병으로부터 적군이 몰려오고 있음을 보고받았다.

"놈들이 아직 배가 덜 고픈 모양이로구나!"

황충은 여유 있게 웃으며 적군을 향해 마주 섰다.

"이놈, 황충아! 너희가 우리 식량을 모조리 훔쳐 간 줄 알겠지만 자, 보아라! 우리에겐 이 많은 식량이 숨겨져 있어서 아직도 끄떡없다."

"오냐! 그러잖아도 어제 받은 선물이 너무 작아서 섭섭하던 차에 이번에는 스스로 싣고 왔다니 기특하구나. 고맙게 받을 테니 어서 두고 가거라."

"이놈아, 다시 한 번 싸우자!"

하후연과 황충이 또다시 맞붙었다.

황충의 칼이 무서운 기세로 허공을 내쳐 가르자, 이번에는 하후연이 냅다 도망치기 시작했다.

"모두 퇴각하라!"

하후연이 말머리를 돌리며 명령하자 부하들은 뭔가 아쉬운 듯 머뭇거렸다. 그러자 하후연이 다시 소리쳤다.

"이놈들아! 그까짓 식량이 뭐가 중요하다고 그리 머뭇거리느냐? 어서 몸부터 빠져 나가지 못하겠느냐?"

그러자 하후연의 부하들이 일제히 하후연의 뒤를 따라 도망치기 시작했다.

"네 이놈, 어딜 도망가느냐?"

황충이 버럭 소리를 지르며 그 뒤를 쫓으려고 했다. 그 때 황충의 곁에 있던 부하 한 사람이 다급하게 외쳤다.

"장군님, 뒤따르지 마십시오. 저놈들이 스스로 수레를 놓고 도망치는 게 아무래도 수상합니다."

"음, 그렇구나."

말을 재촉하던 황충이 부하의 말을 듣고 멈추어 섰다. 그리고는 수레들을 자세히 살펴보니 아니나다를까, 수레에는 수많은 적병들이 창을 단단히 움켜잡은 채 황충이 다가오기만을 기다리고 있었다.

"으하하! 네놈의 꾀도 그럴 듯하다만 이 황충은 아직 죽을 때가 아니니라!"

황충은 너털웃음을 웃으며 수레를 향하여 불화살을 쏘게 하였다.

이에 수레 속에 숨어 있던 하후연의 부하들이 소스라치게 놀라 허겁지겁 도망을 쳤다.

황충은 그 뒤를 쫓아 또 하후연을 추격했다.

멀리 도망가는 척하며 상황을 살피던 하후연이 이를 보고 부랴부랴 도망칠 준비를 서둘렀다. 그는 이제 진짜로 쫓기는 신세가 된 것이다. 분함을 이기지 못하여 씩씩거리며 말머리를 돌리려는 순간, 어느 사이에 달려왔는지 황충이 성큼 앞을 가로막았다.

"이놈!"

황충의 칼이 하늘로 솟았는가 싶더니 하후연의 말이 앞발을 치켜들며 요란스럽게 울음소리를 냈다.

"장군님……!"

하후연의 부하들은 넋을 잃은 채 목이 떨어진 자신들의 지휘관의 시체를 바라보고 있었다. 또 한 사람의 영웅 하후연이 죽은 것이다.

그가 허망하게 죽자 그의 부하들은 가을 바람에 낙엽이 떨어지듯 우수수 쓰러져 갔다.

"더 이상 죽이지 마라!"

황충은 기세 등등한 부하들에게 호령하여 남은 자들의 목숨을 살려주고자 하였으나, 이미 하후연의 20만 군사는 단 몇 명의 패잔병만 남았을 뿐이었다.

왕이 된 유비

하후연의 20만 대군이 변변히 싸워 보지도 못하고 전멸했다는 소식을 들은 조조는 하루 온종일 분해서 어쩔 줄 몰라 했다.

"이번엔 내가 직접 나선다! 황충을 죽이지 못하면 내가 죽으리라!"

조조는 울분을 참지 못해 곧장 50만 군사를 동원하여 성난 파도와도 같이 촉나라로 밀고 들어갔다.

한편, 성도에 머무르던 유비는 황충이 크게 이겼다는 소식을 듣고 기뻐하면서도 공명을 불러 무엇인가 긴밀한 의논을 하고 있었다.

"이번 일로 조조가 대군을 동원해 쳐들어올 것이 분명합니다. 신속히 대비책을 세워야 할 것입니다."

공명은 신중한 표정으로 장비와 관우를 불러 작전 계획을 지시했다.

"관우와 장비 두 분은 한중 땅으로 들어가 매복하시고, 성주님은 저와 함께 조조와 맞붙기로 하되 황충, 조운, 마초 등을 적절히 배치할 것입니다."

공명의 계획에 아무도 이의를 제기하지 않았다.

조조의 대군과 유비 군은 한수 넓은 강을 사이에 두고 마주 섰다.

공명은 적당한 곳에 진을 친 후, 산꼭대기에 올라 사방의 지형을 살핀 다음 조운을 불러 지시했다.

"조운 장군! 강의 상류 쪽에 1만 명의 군사를 매복시킨 다음, 내가 신호를 하면 북과 꽹과리를 쳐 대며 요란하게 기세를 올리시오. 그러나 절대로 강을 건너지는 마시오."

"알겠습니다."

조운은 대답을 마치자마자 서둘러 매복 위치로 달려갔다.

이윽고 밤이 이슥해지자 조조의 진영에 하나둘 불빛이 꺼져 가는 것이 보였다. 먼길을 달려왔으므로 이쯤해서 잠자리에 들 작정인 듯하였다. 공명의 눈이 그것을 놓칠 리가 없었다.

"쾅!"

요란한 폭음 소리와 함께 신호탄의 불기둥이 하늘로 치솟았다.

그와 때를 같이하여 조운의 부하들이 일제히 북과 꽹과리를 쳐 대기 시작했다.

"둥, 둥, 챙그랑!"

갑작스런 소리에 조조의 진지에서는 야단이 났다.

"기습이다! 적이 쳐들어온다."

잠자리에 들었던 조조도 화들짝 놀라 자리에서 벌떡 일어났다. 그러나 적병의 소리만 요란할 뿐 사람이라고는 그림자도 보이지 않았다.

"이놈들이 섣불리 쳐들어오지는 못할 게다. 두려워 말고 어서 들어가 자거라!"

조조는 옆에 서 있는 부하 장수들을 격려하며 다시 군막 안으로 들어갔다. 막 다시 눈을 붙이려는 순간, 이번에는 더 큰 소리가 들려 왔다.

"와! 와! 퉁탕탕."

적병의 함성 소리는 마치 코앞에까지 이른 듯 크게 들렸다.

"이 죽일 놈들, 어디 있느냐?"

조조는 다시 벌떡 일어나 밖으로 뛰쳐나왔다. 그러나 이번에도 역시 사람의 모습이라고는 찾아볼 수가 없었다.

"이놈들아! 헛북만 쳐 대지 말고 당당하게 나서거라!"

조조는 허공에 대고 목청껏 고함을 친 다음 다시 군막으로 들어와 잠을 청했다. 그러나 적병들의 함성 소리는 교묘한 방법으로 점점 더 가까이 다가오는 듯 요란하기만 했다. 나가 보면 아무도 없고, 들어오면 또 들리고……, 그러기를 밤새도록 계속한 탓에 동이 틀 무렵엔 조조의 눈에 핏발이 섰다.

이튿날도, 또 그 다음 날도…… 같은 일이 계속되었다. 사흘 동안을 한숨도 자지 못한 조조는 이제 눈꺼풀이 무거워 견디기조차 힘들었다.

"저 두더지 같은 놈들 때문에 더 이상 견딜 수가 없다. 진지를 당장 소리가 들리지 않는 곳으로 옮겨라!"

조조의 진영은 그 날로 50리나 후퇴하여 산기슭으로 옮겨 갔다.

조조 군이 이동하는 것을 지켜 보던 공명은 회심의 미소를 지었다.

"싸우지 않고도 이기는 법을 내가 조조에게 가르쳐 주리라!"

그는 곧 군사들에게 명령하여 강을 건너게 한 뒤, 강을 등에 지고 조조 군이 마주 보이는 쪽에 진지를 구축했다.

'배수진(背水陣)!'

그 옛날 한나라 고조의 신하이던 한신 장군이 조나라를 멸망시킬 때 세웠던 전략이었다.

유비의 군사가 강을 뒤로 하고 진을 치고 있는 것을 본 조조 군은 가소롭다는 듯 먼저 싸움을 걸어 왔다.

"유비야, 네까짓 애송이들이 배수진을 치면 어찌할 테냐? 어서 나와 항복해라."

조조가 조롱을 퍼붓자 유비도 지지 않고 대들었다.

"천하의 역적 조조야! 어린 임금을 가두어 두고 마음대로 황실을 농락한 죄를 다스려 주마."

유비의 대꾸에 얼굴이 벌개진 조조가 허저를 불러 벽력같이 명령했다.

"어서 가서 저놈들을 없애라!"

허저는 조조의 명령을 받자마자 지난번의 참패를 앙갚음이라도 하려는 듯 살기 등등하여 앞으로 나아갔다.

유비 진영에서도 키가 아홉 자나 되는 장수가 자신 만만하게 나섰는데, 그는 다름 아닌 조운이었다.

두 장수의 칼이 맞부딪치며 날카로운 굉음과 함께 불꽃이 튀었다. 반나절 정도 싸웠어도 쉽사리 승부가 나지 않자, 조운이 말머리를 돌려 달아나기 시작했다. 허저가 또다시 무턱대고 쫓아가려 하자 조조가 큰 소리로 외쳤다.

"허저는 속히 되돌아오라!"

뒤쫓던 허저가 불만스러운 듯 뒤돌아보자 조조의 고함이 다시 터져 나왔다.

"이놈아, 지난번에 그렇게 혼이 나고도 또다시 무턱대고 쫓아간단 말이냐? 지금 놈들이 배수진을 치고 도망치는 것이 수상하니 어서 돌아오너라!"

조조의 치밀함에 허저는 할 말을 잃었다.

조조는 계책을 의논하고자 참모들을 불러모았다. 그들이 빙 둘러앉아 무엇인가를 의논하려 할 때였다. 도망친 줄 알았던 조운이 어느 틈엔가 코앞에 떡 버티고 서 있었다. 그와 더불어 삽시간에 불어난 적군의 모습에 놀라지 않을 수 없었다.

조조는 다급한김에 걸음아 날 살려라 하고 냅다 도망쳤다. 그는 무작정 수도인 남정을 향해 달렸다.

며칠 동안 밤낮 없이 부지런히 남정으로 달려가던 조조의 눈에 갑자기 헛것이 보이는 것 같았다. 남정의 성루 위에 유비의 촉나라 깃발이 펄럭이고 있었던 것이다.

"아니, 저게 대체 어찌 된 노릇이냐?"

서둘러 정찰병을 보내어 알아보니 남정은 이미 장비의 손에 함락되어 버린 후였다.

"도저히 공명을 당해 낼 재간이 없구나."

조조가 길게 탄식하며 양평관 쪽으로 발길을 돌렸다. 험한 골짜기와 봉우리들을 힘겹게 넘어 양평관에 다다르자, 이번엔 귀가 쩌렁쩌렁하게 울리는 마초의 호통 소리가 들렸다.

"네놈들을 오랫동안 기다렸다. 어서들 오너라!"

호통 소리와 함께 화살과 통나무들이 비 오듯 쏟아졌다.

"어서 물러서라!"

조조는 정신 없이 사태를 수습하는 도중에 갑자기 전신의 힘이 빠져 나가는 것을 느꼈다. 그러나 이렇게 허무하게 죽을 수는 없다고 생각했다.

"너희 중에 일부는 여기서 항복하는 체해라. 그러는 사이 나머지는 나를 따라 이 곳을 빠져 나가자!"

위기에 처한 조조는 고작 이런 전략밖엔 세울 수가 없었다. 조조 군의 일부가 항복의 깃발을 들고 몰려오자 마초는 그들을 일일이 검색하였다. 그 틈을 이용하여 조조와 일부 장수들은 산골짜기를 빠져 나오는 데 성공했다. 하지만 그것도 잠시일 뿐 유비 군은 잠시도 숨돌릴 틈을 주지 않았다.

조조가 산 중턱에 이르렀을 때였다.

"이놈, 조조야! 너만 살겠다고 부하들을 버리고 비겁하게 도망을 가?"

수많은 복병들과 함께 누군가가 벽력 같은 고함을 치며 수풀 사이에서 뛰쳐나왔다. 그는 다름 아닌 황충이었다.

조조가 소스라치게 놀라 허둥거리는 사이 날카로운 바람 소리와 함께 조조가 타고 있는 말이 두 눈을 뒤집으며 허공으로 뛰쳐올랐다. 그리고는 이내 '퍽!' 소리를 내며 고꾸라졌다. 황충의 화살이 조조를 겨냥했으나 애꿎은 말이 죽은 것이다.

땅바닥에 벌렁 나자빠져 엉금엉금 기어가는 조조를 허저가 번쩍 들어

올린 다음 앞으로 달려갔다. 무섭도록 빠른 동작이었다.

"전하, 정신이 드십니까?"

가늘게 실눈을 뜨고 신음 소리를 내는 조조를 내려다보며 달리는 말 위에서 허저가 물었다.

"우리 군사들은 어찌 되었느냐?"

"거의 다 잃고 살아 남은 자는 겨우 천 명도 되지 않습니다."

"이젠 다 틀렸다. 허창으로 돌아가자."

조조는 주먹 같은 눈물을 뚝뚝 떨어뜨리며 허저의 부축을 받아 허창으로 달아나고 있었다.

한중의 넓디넓은 땅에서 조조 군을 몰아 낸 유비는 그 즉시 남정의 궁궐로 들어갔다.

강하에서 한중에 이르는 광활한 영토의 주인이 되었으니, 그는 이제 한낱 성주가 아닌 어엿한 군주가 된 것이다. 문무 백관이 예를 갖추어 유비의 등극(登極; 임금의 자리에 오름)을 축하했다.

"유비 대왕님 만세!"

온 백성들이 한 마음 한 뜻으로 유비를 받들 것을 맹세하고, 그 아들을 세자로 삼아 후대를 튼튼히 할 것을 간청했다.

"왕의 칭호는 가당치 않소."

유비는 몇 번이고 사양을 거듭하였으나 더 이상은 백성들의 뜻을 물리칠 수가 없었다. 더군다나 위나라와 오나라의 두 성주가 왕이 되어 나라를 다스리고 있었으니, 그들과 대등한 위치가 되기 위해서는 더 이상 거절할 형편도 아니었다.

유비는 천지 신명께 맹세하고 왕위를 받아들였다.

공명을 '선생'으로 호칭케 하여 육군 및 수군 그리고 행정권을 총괄하는 총리 대신으로 임명했다. 황충, 관우, 장비, 조운, 마초 등의 장수를 5호 대장으로 삼아 대장군이라 부르게 하였다. 그 밖에도 수많은 공신들과 백성들 중에 훌륭한 자를 가려 적절한 벼슬과 재물을 나누어 주니 온 나라가 환희로 가득 찼다.

유비는 또한 각별한 예절과 형식을 갖추어, 그 때까지 허창에 머물며 자리를 지키고 있는 황제에게 촉나라의 탄생과 자신이 왕이 되었음을 고하게 했다.

비록 힘을 잃어 허울뿐인 황제라고는 하나 그는 깍듯이 예를 갖춘 것이다.

관우의 넋

황제인 헌제에게 올린 유비의 서신을 중간에서 가로챈 조조는 도저히 참을 수 없다는 듯 펄쩍펄쩍 날뛰었다.

"시골 구석에서 돗자리나 짜던 놈이 왕이 되다니, 세상에 이럴 수가 있단 말이냐?"

그는 허창으로 돌아온 뒤 며칠 동안 식음을 전폐하고 누워만 있었다. 그러다가 겨우 기운을 차려 헌제를 감시하고 있던 차에 유비의 사신이 온다는 것을 알고 중간에서 서신을 가로챈 것이다. 그리하여 또다시 군사를 일으킬 채비를 서둘렀다.

"이미 절반 이상의 군사를 잃고 남아 있는 자들도 사기가 떨어져 당장은 출동하기가 어렵습니다."

조조를 보다못한 사마의가 냉철하게 건의했다.

"아니, 그럼 그 촌놈에게 천하를 다 빼앗겨도 앉아서 당하기만 하란 말이냐?"

조조는 눈에 핏발을 세우며 사마의에게 다그쳐 물었다.

"노여움을 거두시고 제 말을 들어 보십시오. 오나라의 손권에게 사신을 보내어 동맹을 맺은 다음 유비를 공격함이 어떨는지요?"

사마의가 침착하게 대꾸하자 조조의 눈이 반짝 빛났다.

"하지만 지난번 적벽강의 싸움에서 대패한 분이 아직 풀리지 않았는데, 그 원수 손권 놈과 손을 잡으라고?"

조조는 손권과 손을 잡을 수만 있으면 좋겠지만, 그것이 쉬운 일이 아닐 듯하였기에 자신의 자존심을 내세우며 되물었다.

"오나라의 주유는 이미 죽었으니 원수는 저절로 갚은 셈이 되었고, 손권 또한 유비의 세력이 커짐을 경계할 것이 뻔한 이상 동맹을 맺기는 쉬울 것입니다."

"음……."

조조는 사마의의 계략에 크게 흡족해하며 당장 손권을 설득하라는 명령을 내렸다.

오나라의 손권은 조조가 보낸 사마의를 정중하게 맞아들였다. 사마의는 조조가 보낸 서신을 꺼내 놓으며 정중하게 말을 이었다.

"오왕 전하(손권을 오나라의 왕이라고 아부함)! 우리 두 나라가 그동안 유비로 인하여 괜한 싸움을 벌인 것 같습니다. 이번에 우리와 함께 형주를 공격하신다면 우리는 그 배후인 성도를 함락시켜 촉나라를 없애겠습니다. 그 넓은 땅을 사이좋게 나누어 가진다면 천하 대세는 위나라와 오나라로 나누어지게 될 것입니다. 그 후에는 두 나라가 서로 싸우지 않고 사이좋게 지낸다면 얼마나 좋겠습니까?"

손권은 사마의의 은근한 말을 들으며 조조가 제 힘이 모자라 동맹을 요청함을 눈치챘지만, 자신을 오왕 전하라고 부르며 아부하는 말이 그다지 싫지는 않았다.

"좋소! 서로 협력하자는 데는 나도 동감이오. 귀국에서 군사를 동원하는 대로 우리가 뒤따를 터이니 그리 아시오."

손권은 조조의 제안을 받아들이면서도 철저히 계산하는 것을 잊지 않았다.

그 자신이 조조보다 먼저 싸움에 나서지 않을 뿐더러, 어찌 보면 조조가 싸우는 것을 보고 자신도 나서겠다는 것이었다.

사마의의 보고를 받은 조조는 손권의 치밀한 계략에 속이 부글부글 끓어오르기는 하였지만 그나마 다행이라고 생각했다.

조조는 즉시 번성에 있는 조인을 시켜 형주로 진격하도록 명령을 내렸다.

조조가 손권과 동맹을 맺었다는 소식이 촉나라의 유비에게 전해졌다. 그러나 공명은 전혀 놀라는 기색도 없이 태연하게 말했다.

"가히 짐작하고 있던 바입니다. 그렇다면 우리가 먼저 번성의 조인을 쳐서 그들의 사기를 꺾어 놓는 것이 좋을 것 같습니다."

공명의 제의에 유비는 즉시 형주의 관우에게 번성을 향해 떠나도록 명령했다. 관우는 그러잖아도 무료하던 차에 부하들을 이끌고 기꺼이 번성으로 쳐들어갔다.

때는 8월 한여름, 몹시 무더운 날이었다. 번성이 바라다보이는 곳에 이르러 관우는 부하들에게 새로운 명령을 내렸다.

"저 번성 주변은 지형이 험난하여 함부로 공략하기 어렵다. 그러니 번성으로 통하는 모든 길목을 차단하여 저들이 제 발로 항복하도록 유인하자!"

관우 군은 더 이상의 진격을 멈추고 서둘러 번성을 포위하였다. 한편 번성에 있던 조인은 적병들의 태도에 놀라지 않을 수 없었다.

'아니, 저놈들이 진격을 멈추고 무얼 하고 있는 게지? 옳지, 관우가 제아무리 뛰어나다 해도 역시 멍청한 데가 있단 말씀이야. 아마 우리를 포위하는 모양인데 이쪽의 강은 어찌하지 못할 것이렷다!'

조인은 속으로 몹시 기뻐하며 부하들에게 서둘러 전투 태세를 갖추게 하였다.

멀리서 조인 군의 이 모습을 지켜 보고 있던 관우가 알 수 없는 미소를 지어 보였다.

"이 벌판은 병목의 형태를 하고 있어서 나가는 길이 아주 좁다. 병사들을 벌판 끝쪽 어귀에 가로질러 배치하도록 하라!"

부하 장수에게 병사들의 배치를 지시하고, 또 한편으로는 배와 뗏목을 만드는 기술자들을 총동원했다.

"너희는 이 강의 상류로 올라가 배와 뗏목을 만들 수 있는 대로 만들어 대기하도록 하라!"

병사들의 발걸음이 분주해졌다. 강의 상류 쪽에서는 배를 만드는 공사가 착착 진행되고 있었다. 그들이 공사를 거의 끝내 갈 무렵 잔뜩 찌푸려 있던 하늘에서 후두둑후두둑 빗방울이 떨어지기 시작했다.

그 동안 상당 기간 가뭄이 계속되었기에 그저 지나가는 비이려니 생각했는데, 빗방울은 시간이 갈수록 굵어지기 시작했다. 비는 어느덧 장대 같은 소나기로 변해 가고 있었다.

8월 한여름의 장대비는 삽시간에 온 산하를 시뻘건 황톳물로 뒤덮었다. 이제까지 보잘것 없이 강의 형체만 유지하고 있던 강줄기가 무서운 속도로 불어났다.

"물이 넘친다!"

조인의 군사들은 눈이 뒤집힐 지경이었다. 시뻘건 강물이 범람하여 자신들의 진지를 덮칠까 봐 몸을 떨고 있었다.

"진지를 빠져 나와라! 물을 피하라!"

모두들 물에 빠진 생쥐꼴이 되어 어쩔 줄 몰라 우왕좌왕하고 있는 모습이 볼 만했다.

그 모습을 본 관우의 부하들은 신이 났다.

"우리 관우 장군님은 역시 선견지명(先見之明 : 닥쳐올 일을 미리 아는 슬기로움)이 있으셔! 이렇게 철저하게 장마에 대비를 해 놓았으니 이 틈에 저놈들을 모두 없애 버리자!"

관우 군이 배와 뗏목에 나누어 타고 삽시간에 밀어닥쳤다. 조인의 부하들은 물 속에서 허우적거리며 연신 살려 달라고 아우성을 치고 있었다.

"자, 누구든지 항복하는 자는 살려 주겠다. 살고 싶은 자는 배와 뗏목에 올라 타라."

관우의 명령에 조인의 군사들이 일제히 배와 뗏목에 올라 타려고 안간힘을 썼다. 관우는 잠시의 틈도 주지 않고 명령했다.

"곧장 산기슭으로 달려가 성문을 부수고 쳐들어간다!"

"와와!"

사기가 오를 대로 오른 관우 군 앞엔 거칠 것이 없었다. 조인은 비에 흠뻑 젖은 채 몸을 부들부들 떨며 안절부절못하고 있었다.

"이대로 죽을 수는 없다! 활을 잘 쏘는 병사 50명만 나를 따르라!"

조인은 명사수 50명을 이끌고 성벽에 바짝 달라붙었다. 관우는 그런 줄도 모르고 아들 관평을 옆에 거느리고 유유히 성문으로 들어서고 있었다.

"아버지, 제가 앞장 서겠습니다. 혹시 놈들의 복병이 있을지 모르니 아버지께서는 저만치 뒤에서 오십시오."

관우의 아들 관평이 아버지의 소매를 잡아당기며 자신이 앞장 설 것을 간청했다.

"아니다. 아무 걱정 말고 너는 내 뒤를 따라라."

관우가 성큼성큼 성문으로 들어섰다.

그 때였다.

"쌔앵!"

빗속을 가르며 조인과 그의 부하들이 쏜 화살이 일제히 관우의 몸을 향해 날아왔다.

"피하십시오!"

관평이 아버지의 몸을 덮치며 몸을 날렸으나, 이미 관우의 몸이 중심을 잃고 땅바닥에 쓰러졌다.

조인은 그 길로 곧장 뒤도 돌아보지 않고 산 속으로 도망쳐 버렸다.

화살은 관우의 오른쪽 팔에 깊숙이 박혔다. 관평이 곧 화살을 뽑아 냈으나, 워낙 강한 독이 묻어 있던 화살인지라, 벌써 박혔던 자리가 시퍼렇게 썩어 들어가고 있었다.

관평이 걱정스러운 얼굴로 관우에게 말했다.

"아버지, 지금 즉시 형주로 돌아가셔서 치료를 받으십시오."

그러자 관우는 눈을 무섭게 치켜 뜨며 고개를 가로저었다.

"내 어찌 이 몸의 걱정을 하겠느냐? 번성의 함락이 눈앞에 있는데 내가 돌아가면 모든 것이 물거품이 될 것이다. 의원이 있다면 이 곳에서 치료를 받을 것이로되 의원이 없다면 이 곳에서 죽으리라!"

관우의 결연한 표정에 아무도 더 이상 대꾸하지 못했다. 그들은 서둘러 성을 함락한 다음 이름난 의원인 화타(華陀)를 불러 왔다.

화타가 도착했을 때, 관우는 마침 참모 한 사람과 바둑을 두고 있었다.

온몸이 불덩어리처럼 뜨겁고 여기저기 쑤셔 왔지만, 자신이 몸져 누운 나약한 모습을 부하들에게 보이지 않으려고 관우는 이를 악물고 참고 있었던 것이다.

"상처를 보여 주시지요."

관우의 팔을 살피던 화타는 흠칫 놀랐다. 독이 이미 상당히 퍼져 있어서 자칫하면 생명이 위태로울 상태였기 때문이다.

"이제는 최후의 방법을 쓰지 않으면 안 될 지경입니다. 속히 수술을 해야 합니다."

"최후의 방법이라니요?"

"장군의 생살을 째고 퍼진 독을 뽑아 내야 합니다. 그러자면 장군의 몸을 기둥에 묶으셔야 할 텐데……."

"그런 수술이라면 기둥에 묶을 것까지야 뭐 있겠소?"

"………?"

"내 이대로 바둑을 두고 있을 터이니 어서 수술을 하도록 하시오."

관우는 바둑판에서 눈을 떼지 않은 채 화타에게 팔을 쑥 내밀었다.

한참 동안 입을 다물지 못하고 있던 화타가 이윽고 관우의 팔 깊숙이 칼을 찔러 넣었다. 살을 째자 허연 뼈가 드러났다. 화타는 이미 퍼렇게 변색이 된 부분을 긁어 냈다.

주위에 모여 있던 장수들의 숨소리조차 들리지 않을 지경이었다. 그러나 관우의 눈은 바둑판에서 떨어질 줄 몰랐다. 이윽고 수술을 마친 화타가 상처를 꿰매고 붕대를 감으며 비 오듯 흐르는 땀을 닦았다.

"수고하셨소이다. 편히 쉬도록 하십시오."

관우가 태연히 인사말을 건네자 화타가 떨리는 음성으로 대답했다.

"내 평생을 의술에 종사하며 많은 사람을 보았지만 관우 장군 같으신 분은 처음입니다. 과연 천하 대장군이십니다."

"천하 대장군이라니, 당치않은 말씀이오."

관우가 껄껄 웃으며 자리를 털고 일어섰다. 그 때까지 방바닥에 못이 박힌 듯 앉아 있던 부하 장수들도 자리에서 일어서며 마른침을 삼켰다.

조인이 허망하게 패한 후 허창으로 돌아오자, 조조는 입이 바싹바싹 타 들어가는 것 같았다.

말이 좋아서 오나라와 합작이지, 실상 첫 싸움부터 대패하고 나니 대체 어찌해야 좋을지 갈피를 잡을 수가 없었다. 그 때 사마의가 나서며 말했다.

"전하, 얼핏 보기엔 우리가 크게 진 것 같으나 사실은 그렇지 않습니다. 지금 관우는 번성에서 희희덕거리고 있을 테니 이 틈에 형주를 공격하도록 손권에게 부탁하면 어떨는지요?"

"역시 그대는 현명하오."

조조는 금세 기분이 좋아져서 사마의에게 온갖 칭찬을 늘어놓은 뒤 손권에게 편지를 보냈다.

지금이 형주를 공격하기엔 적기입니다. 우리가 일부러 번성에서 패하는 체하여 관우의 마음을 방심토록 하였으니 형주를 점령해 주시오. 그

러면 형주뿐 아니라 강남의 땅 일부까지도 나누어 드리리다. —조조

편지를 받아 쥔 손권의 입이 함지박 만큼 벌어졌다. 조조가 어지간히 다급한 상황임을 눈치챌 수 있었다. 그리고 무엇보다도 형주 땅과 강남의 일부까지 떼어 주겠다는 제의에 귀가 솔깃해진 것이다. 그러나 무턱대고 공격에 나설 수만은 없는 일이었다. 손권은 즉시 참모인 장소(張昭)를 불러 계책을 물었다.

"형주가 비록 비어 있다고는 하나 방비가 그리 허술하지만은 않을 것입니다. 그러니 직접 육로로 향할 것이 아니라 수군을 총동원하되, 그들을 장사꾼으로 위장시켜 심양강을 거슬러 올라가게 한 후 일제히 기습토록 함이 좋겠습니다."

"그것 참, 좋은 생각이오."

손권은 즉시 수군 총사령관 여몽(呂蒙)을 불러 이 같은 작전 계획을 의논했다.

여몽은 즉석에서 무릎을 치며 화답한 후, 노젓기에 능한 12만의 병사들을 모아 장사꾼으로 위장시켰다. 누가 보아도 그들은 장사꾼처럼 보였다. 그들이 부지런히 노를 저어 사흘 밤낮을 강을 거슬러 올라가니 마침내 형주의 관문인 어귀까지 다다랐다.

"적의 수비대가 오면 장사꾼처럼 행세해라!"

여몽이 다시 한 번 부하들에게 주의를 준 후 서서히 배를 움직여 나갔다.

"멈춰라!"

아니나다를까, 긴 창을 든 수비병들이 두 눈을 치켜 뜨며 배를 세웠다.

"무엇을 하는 자들이며 어디로 가는 배냐?"

"네, 네, 저희는 모두 장사꾼인뎁쇼. 다름이 아니라 저 상류에 재목(材木;건축·토목·가구 따위의 재료로 쓰는 나무)이 많이 나왔다 해서

그것을 실으러 가는 중입니다."

갑판에 나와 있던 장사꾼 차림의 병졸 한 사람이 연신 허리를 굽신거리며 상류 쪽을 가리켰다.

수비병들은 장사꾼의 배치고는 규모가 크다고 생각하면서도 그들의 태도가 매우 공손한지라 그대로 올라가라고 손짓해 보였다.

"고맙습니다요. 내려올 때 두둑히 인사 올리겠습니다."

배는 다시 상류를 향해 서서히 거슬러 올라가기 시작했다. 그리고 날이 어두워지자 그들은 강기슭에 배를 댔다.

"딱! 딱!"

이윽고 무엇인가 둔탁한 신호음이 나자, 배 안에 숨어 있던 1만 명의 군사들이 손에 손에 무기를 들고 어둠 속으로 사라져 갔다.

"윽!"

수비대의 보초들이 신음 소리도 제대로 내지 못하고 쓰러져 갔다. 그들은 50여 명도 채 안 되는 수비병들을 모조리 물리친 후 형주성으로 잠입해 들어갔다.

어둠이 찾아든 형주성은 고요하기만 했다. 보초병들도 관우 장군이어서 돌아오기만을 기다리며 들뜬 마음으로 며칠을 보낸 터라 초저녁부터 하품을 해대고 있었다.

"꼼짝 마라!"

졸음에서 깨어남과 동시에 파수병들의 목은 땅에 떨어졌다.

"와아, 성이 텅 비었다. 파수병은 모두 죽었으니 안심하고 들어가라!"

불과 몇 명의 선발 대원으로 쉽게 형주성을 손에 넣은 여몽 군은 사기가 하늘을 찌를 듯했다.

"이제부터 촉나라 병사들의 가족을 탐색하여 붙잡되 결코 난폭하게 굴거나 죽이지 마라! 만일 이 명령을 어기는 자는 가차없이 목을 베겠다!"

여몽은 부하들에게 엄명을 내려 촉나라 병사들의 가족들을 따로 집결토록 했다.

어린아이, 노인, 부녀자 할 것 없이 모두 끌려온 촉나라 병사들의 가족들은 불안에 떨었다.

"여러분! 여러분은 아무 죄가 없으니 걱정 마시오. 다만 여러분의 가족이 촉나라의 병사 노릇을 하고 있으니, 이제부터 가족을 설득하여 모두 항복을 시키시오. 항복을 하는 가족에게는 전답을 나누어 주어 편히 살게 해 줄 것이로되 항복을 거부하거나 도망치는 자는 그 즉시 참형에 처할 것이오."

여몽이 은근하고도 위협적인 말로 연설을 마치자, 촉나라 병사들의 가족들은 서로 얼굴을 마주 보며 안도의 숨을 내쉬었다. 더군다나 항복하면 전답을 나누어 준다니, 이게 웬 떡인가도 싶었다.

한편 번성에서 이 소식을 들은 관우는 하늘을 우러러보며 탄식을 하였다.

"아아, 모두가 내 탓이로다! 내가 하나만 알고 둘을 몰랐음이다. 적이 뒤에서 공격할 것을 왜 몰랐단 말인가?"

아무리 가슴을 치며 후회해도 이제 어찌할 수 없는 일이었다.

"성 안에 남아 있는 가족들이 고초를 겪을 텐데."

관우가 비통에 잠겨 하늘을 바라보는데 정찰병 하나가 보고를 하러 들어왔다.

"대장군님, 여몽은 백성들은 물론 가족들에게도 욕설 한 마디 하지 않고 편안하게 지내도록 하고 있답니다."

"무엇이? 음, 여몽이 이제는 싸우지도 않고 항복을 받으려 하는구나."

관우는 멋모르고 보고하는 정찰병의 말을 들으며 더욱 가슴을 치며 애통해했다.

"모두들 들으라! 지금 적장 여몽은 형주성에 남아 있는 우리의 가족들을 인질로 하여 교묘한 술책을 부리고 있다. 그러니 너희들은 여몽의 잔꾀에 속아 적진으로 넘어가는 일이 없도록 각별히 유념하라!"

관우는 병사들을 모아 여몽의 계략을 일러둔 후 형주성을 향해 진군했다.

이윽고 형주성 가까이에 이르렀다. 불과 얼마 전까지만 해도 자신의 본거지였던 곳인데, 들어가지도 못하고 외곽에 머물며 적의 동태를 살피자니 처량하기 그지없었다.

그런데 이윽고 밤이 이슥해지자 참으로 기묘한 일이 벌어졌다.

"아버지!"

"형님!"

"여보!"

"오빠!"

온 골짜기에서 난데없이 어린아이와 아녀자들이 가족의 이름을 애타게 부르는 소리가 났다. 그들은 촉나라 병사들의 가족들이었다.

병사들은 밤이 이슥한 시각에 자신들의 이름을 애타게 부르는 가족들의 목소리를 듣자 묘한 상념에 빠져들었다. 사랑하는 아내, 자식, 부모, 형제와 떨어져 숱한 밤을 전장(戰場 ; 싸움터)에서 보낸 것이 그 얼마였던가! 빨리 달려가 가족들의 얼굴이라도 보고 싶었다.

마침내 병사 하나가 힐끔힐끔 뒤를 돌아보며 어둠 속으로 빨려 들어갔다. 그러자 그 뒤를 이어 병사 둘이 빠져 나가더니, 나중에는 아예 줄을 지어 빠져 나갔다.

이제 남아 있는 관우 군은 천 명도 채 되지 않았다.

"우리가 졌다. 이제 어쩔 수 없으니 후일을 기약하자."

관우는 힘없는 목소리로 넋두리처럼 중얼거리고 있었다.

"이놈, 관우야! 너를 잡으로 왔다!"

갑자기 어둠 속에서 한 무리의 군졸들이 불쑥 나타났다.

"이 악독한 놈들!"

관우가 이를 악물고 적토마에 올라탔다.

"남은 자는 모두 나를 따르라! 적의 정면을 돌파할 것이다!"

관평과 부하들이 관우의 뒤를 따랐다.

적진에 뛰어들어 마구 휘두르는 관우의 청룡언월도가 달빛에 뿌연 빛을 발하며 피를 뿌리고 있었다.

"엇?"

관우의 적토마가 갑자기 앞발을 치켜들었다.

그와 동시에 어디에선가 그물이 날아와 관우의 몸을 덮쳤다. 눈 깜짝할 사이의 일이었다. 관우의 몸이 그물에 걸려든 것을 본 관평이 피투성이가 된 칼날을 곤두세우며 돌진해 들어갔다.

그런데 다음 순간 '철커덕' 하고 관평의 발이 덫에 걸렸다.

"이놈들아!"

관우의 외마디 절규가 하늘로 퍼져 올랐다. 결국 관우는 모든 것을 단념하고 조용히 눈을 감았다.

여몽은 그 길로 곧장 손권에게 달려가 이 놀라운 사실을 고했다. 관우가 사로잡혔다는 소식을 들은 손권은 잠자리에서 벌떡 일어나 벌어진 입을 다물 줄 몰랐다. 더군다나 관우의 아들 관평까지 함께 잡았다니 더더욱 놀랄 뿐이었다.

포로가 된 관우는 곧바로 꽁꽁 묶여 손권 앞으로 끌려갔다.

"관우 장군, 비록 적군이지만 나는 장군의 용맹을 높이 사고자 하오. 부디 나와 더불어 천하를 통일하는 일에 나서 주지 않겠소?"

손권의 음성은 부드럽고도 은근했다. 그러나 관우의 눈빛은 형형하게 빛날 뿐 추호도 동요의 빛이 보이지 않았다. 그의 몰골은 말이 아니었지만, 자신의 최후를 담담하게 맞이하려는 듯 무척이나 평온해 보였다.

"내 일찍이 유비 대장군과 장비와 더불어 형제의 의를 맺고 한날 한시에 죽을 것을 맹세하였건만, 그 약속을 지키지 못한 것이 한이로다! 나라의 기강이 어지러워 올바로 세우고자 했거늘, 그대 같은 역적의 무리들과 무슨 말을 더 하랴! 어서 나를 죽여 이 치욕을 씻게 하라!"

온 성이 떠나갈 듯한 쩌렁쩌렁한 목소리로 답하니, 손권을 비롯하여

둘러서 있던 오나라의 장수들은 그 기세에 눌려 등골이 오싹할 정도였다.

손권은 잠시 자리를 물러나 긴급 회의를 열었다. 제아무리 적군이지만 관우와 관평을 죽이고 싶지는 않았기 때문이다.

"그대들의 생각은 어떠시오?"

손권이 좌중을 향해 묻자 장소가 나서며 대답했다.

"관우는 비록 적장이오나 그를 죽일 수는 없습니다. 관우를 살려 어떻게든 우리 편으로 만들도록 해야 할 것입니다."

"아니, 그게 무슨 말이오? 관우가 과연 우리 편이 되어 줄 것 같소? 지금 당장 그를 죽이지 않으면 내가 죽일 것이오!"

눈에 핏발을 세우며 장소의 말을 가로막고 나선 자는 다름 아닌 여몽이었다. 그는 자신이 사로잡은 관우를 행여 살려 보내 자신의 공이 헛되지나 않을까 조바심이 났던 것이다.

"그만들 두시오."

손권은 참모들의 의견이 분분하게 엇갈리자 두 눈을 지그시 감고 생각에 잠겼다. 그리고는 이윽고 조용히 말문을 열었다.

"여몽 장군의 뜻대로 하시오."

손권의 목소리는 몹시 떨렸다. 여몽은 그 즉시 관우와 그 아들 관평을 처형토록 했다.

때는 건안 24년 여름, 관우의 나이 쉰여덟이었다.

30여 년 전 장비와 더불어 유비를 만나 뜨거운 형제의 의를 맺어 죽기를 각오하고, 나라를 바로잡는 일에 뛰어들어 온갖 풍상을 다 겪은 연후에 천하 통일의 대업을 눈앞에 두고 죽게 되는 것이 한스러운 듯 관우의 눈빛은 깊은 상념에 잠겼으나, 그 표정은 더없이 담담하고 의연했다.

관우는 그의 아들 관평과 더불어 다시는 싸우지 않아도 되는 편안한 안식처로 돌아갔다.

그러던 어느 날, 여몽은 지나는 길에 우연히 마구간에 있는 관우의 적토마를 보게 되었다.

관우를 태우고 드넓은 천하를 날듯이 달리던 천하 명마(名馬 : 이름난 말)가 주인이 세상을 떠난 것을 아는지 밥조차 먹지 않고 구슬피 울어 대고 있었다.

"적토마야, 이제부터는 내가 네 주인이다. 알겠느냐?"

여몽이 이렇게 말하며 적토마 곁에 다가서자, 순간 적토마의 뒷발이 여몽의 턱을 걷어차 버렸다.

"윽!"

뒤로 벌렁 나가떨어진 여몽은 그 길로 몸져 누웠다. 온몸이 불덩어리처럼 열이 올라 제대로 움직일 수조차 없는 지경이 되었다.

"으악, 살려 줘!"

그 후 여몽은 시도 때도 없이 외마디 비명을 질러 대며 방바닥을 벌벌 기어다녔다.

"관우가…… 관우가 내 목을 자른다. 저기 적토마를 타고 관우가 달려온다!"

여몽이 정신이 나간 사람처럼 헛소리를 해대자 그의 가족들은 몹시 안타까워했다.

"진정하세요. 죽은 관우가 어디 있다는 거예요."

그의 부인이 안심을 시켜도 여몽은 그럴수록 더욱 두 눈을 부릅뜨고 발작을 해댔다.

"아니? 저기, 저 관우의 모습이 보이지 않소?"

여몽은 며칠 밤낮을 그렇게 발악하다가 마침내 피를 토하며 죽었다.

여몽이 관우의 환상에 시달리다 죽었다는 소식은 손권을 비롯하여 많은 장수들을 두려움에 떨게 했다.

'관우를 죽이라고 명령한 건 나다. 필경 내게도 나타날지 몰라.'

손권은 부들부들 떨며 한시도 자리에 앉아 있질 못했다.

'이럴 줄 알았으면 관우를 죽이지 말걸.'

손권은 몇 번이고 관우를 죽인 것을 후회했지만 때는 이미 늦었다.

그러던 어느 날 손권은 장소를 불러 떨리는 목소리로 말했다.

"관우를 죽인 뒤 그러잖아도 촉나라에서 쳐들어올 것이 걱정인데, 죽은 관우의 영혼마저 나를 괴롭히니 대체 어찌하면 좋겠소?"

"과히 염려 마십시오. 지금이라도 죽은 관우의 시신을 조조에게 보내어 조조가 한 것으로 알리면 우리에게는 화가 덜 미칠 것입니다. 또한 관우의 영혼도 이 곳을 떠나게 될 터이니 일석 이조(一石二鳥 ; 한 가지 일로 두 가지의 이득을 얻음)가 아니겠습니까?"

"그대는 과연 지혜롭군."

손권은 그 즉시 관우의 시체를 넣은 관을 조조에게 보냈다.

허창에 있던 조조는 관우의 시신이 당도했다는 소식을 듣고는 무릎을 치며 기뻐했다.

"드디어 골칫거리 하나가 없어졌으니 내가 두 다리를 편히 뻗고 잘 수 있겠군."

조조가 싱글거리자 사마의가 걱정스럽게 말했다.

"이것은 필시 그리 기뻐할 일만은 아닐 듯합니다. 손권이 굳이 관우의 시체를 보낸 것은 자신의 허물을 우리에게 뒤집어씌울 속셈인 듯합니다."

"허, 그걸 생각지 못했구려!"

"어서 서둘러 관우의 장례를 극진히 치르도록 하시지요. 그는 비록 적장이기는 하오나 허술히 대할 인물이 아닙니다."

사마의의 말에 따라 조조는 관우의 장례를 극진히 치렀다. 손권이 죽이고 장례는 조조가 치렀으니, 이 또한 기묘한 운명이 아닐 수 없었다.

관우의 장례를 치르고 얼마 되지 않아, 조조의 마음이 서서히 불안해지기 시작했다.

언제 어느 때 유비 군이 총공격을 해 올지 모르는 판국에다, 여몽이 관우의 혼령을 보고 까무라쳐 죽었다는 소문을 들은 뒤부터는 더욱 불안해하였다.

조조는 여몽처럼 관우의 혼령을 보게 되지 않을까 하는 걱정에 날이 갈수록 야위어 갔다.

"관우의 사당을 지어 그의 영혼을 위로해 주시오."

마침내 조조는 참모들을 불러 관우의 사당을 짓게 하고, 직접 그 사당을 '약룡사'라 이름지었다.

조조와 그 신하들은 정성을 다해 관우의 사당에 엎드려 절하며 마음의 평안을 얻고자 하였다. 그러나 그것도 잠시뿐, 조조는 점점 잠 못 이루는 밤이 늘어 갔다.

"저기 저 머리를 풀어 헤치고 성큼성큼 걸어 오는 게 관우가 틀림없으렷다!"

그러던 어느 날 저녁 조조가 갑자기 두 눈을 부릅뜨며 헛소리를 하였다.

"전하, 부디 진정하십시오."

조조의 신하들이 온갖 처방을 다 해 봤지만 조조의 증세는 점점 깊어만 갔다.

"으악, 관우가 내 이불 속에 누워 있다!"

어느 날인가는 조조가 잠자리에서 벌떡 일어나 잠옷 바람으로 온 성안을 헤집고 다녔다.

"어서 가서 명의 화타 선생을 모셔 오도록 해라!"

사마의가 화타를 찾아 사람을 보냈다.

화타는 예전에 관우의 상처를 치료했던 명의였다. 그런 화타가 신중하게 조조를 진찰한 뒤 조심스럽게 말을 꺼냈다.

"전하, 몹시 피로하신데다가 충격으로 자꾸 헛것이 보인 것입니다. 이 약을 드신 후 닷새 동안만 잠들어 계시면 그 동안에 제가 대왕님의 병을 바로잡아 놓겠습니다."

화타는 곧 약을 달일 준비를 하라 일렀다.

화타의 말에 조용히 누워 있던 조조가 갑자기 벌떡 일어나 버럭 소리를 질렀다.

"이놈, 화타야! 닷새 동안 잠들어 있으라니……. 네놈이 필시 관우의 혼령과 짜고 나를 죽이려 드는구나!"

"그렇지 않습니다. 이 화타 선생은 백 년에 한 명 나올까말까 한 천하 명의이니 그에게 맡겨 주십시오."

사마의가 조조를 진정시키려 들었으나 조조는 막무가내였다.

"아니오. 저놈은 예전에 관우를 치료했던 놈이니 필시 나를 죽이려 들 것이오. 여봐라, 어서 저놈의 목을 베지 못하겠느냐?"

누구의 명령이라고 거역할 수 있으랴! 화타는 곧바로 병사들에게 이끌려 형장으로 끌려갔다. 화타는 아무런 반항도 하지 않고 조용히 눈을 감으며 이렇게 한 마디했다.

"내 죽음은 아까울 게 없다만 드디어 위왕이 다 하였구나!"

화타를 죽인 뒤 조조는 더 심한 발작을 해댔다.

"으으, 이번엔 관우와 화타 두 녀석이 번갈아 가며 머리를 풀고 나타나는구나."

조조의 심신은 약해질 대로 약해져 있었다.

"앗, 저기 황제와 황후가 울며 들어서질 않느냐?"

"전하! 전하!"

조조의 신하들이 잠시도 자리를 비우지 않고 밤낮으로 조조의 곁을 지켰다. 그러던 어느 날 조조가 평온해진 얼굴로 아들 조비(曹丕)를 불렀다.

"아들아, 내 천수(天壽 : 타고난 수명)를 다하지 못하고 이제 떠날 때가 된 것 같다. 부디 내가 이루지 못한 천하 통일의 대업을 이루도록 해라!"

"아버지!"

조비가 목을 놓아 울었다.

"전하!"

신하들도 대성 통곡을 하였다.

"대신들도 잘 들으시오. 부디 힘을 합하여 대업을 완성토록 하시오."

조조의 숨결이 점점 가빠지더니 어느 순간 힘없이 고개를 떨구었다.

때는 건안 25년 정월, 조조의 나이 예순이었다.

조조는 비록 대단치 않은 신분으로 태어났지만, 뛰어난 지략과 용기로써 백만 대군을 당당하게 지휘하여 천하 대세를 뒤흔들었으니, 과연 불세출(不世出 ; 좀처럼 세상에 나타나지 아니할 만큼 뛰어남)의 영웅이었다.

천하를 셋으로 나눈 위나라의 왕이 된 후, 통일된 나라를 만들고자 노력하다가 허무하게 숨을 거두었으니 하늘은 과연 누구의 편이 되어 줄 것인가!

조조가 죽자 49일 동안 통곡 소리가 그치지 않았으며, 온갖 정성을 다하여 장사를 지낸 뒤 그의 아들 조비가 새 왕위를 이어받았다.

황제의 최후

조조의 아들 조비는 그 아비 못지않게 야심이 있고 용맹스러웠다. 하지만 더없이 잔인한 성격의 소유자이기도 했다.

그는 왕위에 오르자마자 연호를 연강이라 고치고 대대적인 숙청을 시작했다. 자신의 대권을 굳게 지키기 위하여 선대부터 충성해 온 신하들을 온갖 트집을 잡아 처형하는가 하면, 자신의 형제들마저 버릇이 없다는 이유로 목숨을 앗아갔다.

이런 성격의 조비에게는 비록 갇혀 있다고는 하나 황제의 존재가 눈엣가시일 수밖에 없었다. 황제의 얘기만 나와도 조비는 입에 거품을 물며 그를 헐뜯었다. 더구나 간사한 사마의는 그것을 놓칠세라 몇몇과 작당하여 조비를 충동질했다.

"전하, 전하께서 선황의 대를 이으신 후, 그 빛이 천하에 가득한데 오직 하나가 이를 방해하고 있으니 그를 처단하심이 어떨는지요?"

"그게 무슨 말이오?"

"황제 헌제의 존재가 바로 그것입니다. 헌제는 이미 그 운세가 끝난 지 오래인데 아직까지 그 자리를 차지하고 있으니 나라 꼴이 제대로 잡힐 리가 있겠습니까?"

"그럼 어찌하면 좋단 말이오?"

"하루빨리 황제를 폐위하고 그 자리에 전하가 오르셔야 할 것입니다."

"허, 그게 될 법이나 한 말이오?"

조비는 짐짓 깜짝 놀라는 척하였다.

'그래, 진작 그럴 일이지! 너야말로 내 충복이로다.'

속으로는 쾌재를 부르면서도 자신은 전혀 그럴 생각이 없는 것처럼 능청을 떨었다.

사마의의 각본에 따라 조정의 대신들이 한결같이 황제의 보위에 오를 것을 간청하자, 마침내 조비의 입에서는 알 듯 모를 듯한 대답이 나왔다.

"정 그렇다면 그대들이 알아서 하시오."

이렇게 하여 갇혀 살던 헌제는 그나마 추풍 낙엽(秋風落葉 ; 가을 바람에 낙엽이 떨어지는 것처럼 지위나 세력이 떨어짐을 말함)의 신세가 되었다.

조조도 훗날의 비난이 두려워 함부로 내치지 못하고 형식적이나마 예우를 해 주던 헌제였다. 그런데 어느 날 그의 침소에 복면을 한 괴한들이 들이닥쳤다.

"무슨 일인고? 무엄하도다!"

황제는 위엄을 잃지 않으며 근엄하게 꾸짖었다. 곁에 있던 황후가 몸을 와들와들 떨며 헌제의 곁으로 다가앉았다.

"황제 폐하, 우리는 진정으로 이 나라의 앞날을 걱정하는 사람들입니다. 이제 위나라가 새로 건설되어 한나라의 시대는 끝이 났는데, 아직도 폐하께서는 황제의 자리에 계시니 나라가 제대로 되겠습니까? 그러니 속히 위왕 전하께 보위를 양위하십시오. 이런 일은 옛날 요순 시대에도 있었으니 결코 선조에게 욕됨이 없을 것입니다."

비록 복면은 하였으나 나름대로 궤변을 늘어놓으며 명분을 짜 맞추는 것으로 보아 그는 사마의임이 분명했다.

"내 이미 모든 걸 내주고 이 곳에서 조상의 제사나 모시고 있는 처지인데, 무얼 더 내 줄 게 있단 말이오?"
황제는 식은땀을 흘리며 가까스로 대답했다.
"황제 폐하의 옥새를 내놓으셔야 합니다. 이것은 하늘의 뜻이니 황제 폐하께서 잘 생각하시기 바랍니다."
"알겠소. 사흘만 여유를 주시오."
"그럼, 사흘 후에 다시 오겠습니다. 현명하신 결정을 바랍니다."
복면의 사나이들이 몰려 나갔다. 헌제와 황후는 서로 부둥켜안고 하염없이 눈물을 흘렸다.
비록 사흘 동안의 여유를 얻기는 하였으나 달리 뾰족한 수가 있는 것은 아니었다. 밖으로 사람을 보내어 자신을 도와 줄 사람을 찾고자 하여도 이미 각 출입문마다 조비의 부하들이 버티고 서 있었다.
헌제는 마침내 모든 것을 포기했다.
"하늘에 계신 조상님들이시여! 이 죄인을 천 번 만 번 죽여 주소서!"
닦아도 닦아도 쏟아지는 눈물은 더 이상 주체할 수가 없을 정도였다.
이윽고 사흘이 지났다.
사마의는 이른 아침부터 조비의 황제 등극을 위한 성대한 잔치를 준비하느라 여념이 없었다. 그야말로 하늘 아래 둘도 없이 크고 성대한 잔치였다. 문무 백관 천여 명이 조비 앞에 머리를 조아리고 있었고, 수많은 무희들이 춤출 때를 기다리고 있었다.
헌제가 초췌한 모습으로 이끌려 나와 기어들어가는 목소리로 조서를 읽었다.
"짐이 황제의 보위에 오른 지 30여 년이 지났건만 어지러운 나라를 평정하지 못했노라! 이에 위왕 조비에게 한실의 대통을 물려주노니 모든 백성들은 새 황제를 받들도록 하라!"
조서의 낭독을 마치자 옥새와 함께 조서를 사마의가 넘겨 받아 용상에 앉은 조비에게 바쳤다.
조비가 옥새와 조서를 막 받아 들려고 할 때, 별안간 천지를 울리는 듯한 고함 소리가 들렸다.

"역적 조비는 손을 멈추어라."

모든 시선이 일시에 소리나는 쪽으로 향했다. 그 목소리의 주인공은 뜻밖에도 나이 어린 궁중의 시녀 연랑이라는 아가씨였다.

"조비야, 하늘이 두렵지 않느냐? 네놈은 필시 천벌을 받을 것이다!"

연랑은 카랑카랑한 목소리로 꾸짖었다.

"여봐라, 당장 저 못된 계집을 끌어 내지 않고 뭘 하느냐?"

사마의가 고래고래 고함을 지르며 연랑을 붙잡을 것을 명령했다.

"폐하, 부디 옥체 보전하시어 저 조비 놈이 피를 토하며 죽는 것을 보시옵소서!"

연랑은 병사들에게 끌려 가면서도 헌제의 건강을 빌었다.

황제와 황후는 그 광경을 보고 눈물을 쏟았다. 자리에 모여 있던 사람들도 너무 놀라 벌린 입을 다물지 못했다.

그러나 그것도 잠시 뿐, 곧 조비의 즉위식은 화려하고 장엄하게 진행되었다.

"들으라! 내 이제 운이 다한 한나라 왕실의 뒤를 이어 황제의 자리에 오르노니, 어지러운 나라를 평정하여 자손 대대로 풍요로운 나라를 만들 것이니라!"

조비는 새 나라의 이름을 대위(大魏 : 큰 위나라)라고 고치고, 연호를 황초로 고쳤으며, 자신의 아비 조조를 태조라고 칭하게 했다. 대사면령을 내려 갇혀 있던 죄수들을 풀어 주었으며, 화려하고 성대한 잔치를 베풀어 온 백성이 마음껏 마시고 취하게 하였다. 궁궐에서는 사흘 밤낮 동안 풍악 소리가 그치지 않았다.

한편 헌제는 그 날도 망연히 하늘을 바라보며 깊은 상념에 빠져 있었다.

그 때 황후가 가까이 다가와 다정하게 손을 잡았다. 두 사람 중 어느 하나가 없었다면 그들은 아마 그 때까지 살아 있을 수 없었을 것이다.

"중전, 어느덧 많이 늙었구려!"

"폐하!"

황제도, 황후도 더 이상 다른 말을 찾지 못하고 눈물만 흘렸다. 이제 말라 버렸음직도 한 눈물인데도 끝도 없이 흘러내렸다.

그 때 중문이 열리며 조비의 부하들이 들이닥쳤다.

"궁궐을 떠날 것을 명하노니 그대들은 속히 채비를 서둘러라!"

"아, 아!"

마침내 헌제의 입에서 긴 탄식이 흘러 나왔다. 그러나 그는 이제 더 이상 지체할 신분이 아니었다.

그 즉시 황제와 황후는 초라한 수레에 올라 허창을 떠났다. 따르는 신하라고는 말을 모는 마부 몇 명뿐이요, 가진 짐이래야 겨우 비바람을 피할 옷가지 몇 벌이 전부였다. 그런 중에도 헌제는 조상 대대로 물려온 보검만은 가슴 속 깊이 품고 있었다.

그들의 수레가 어딘지도 알 수 없는 골짜기에 이르렀을 때였다.

"멈춰라!"

갑자기 한 떼의 병졸들이 나타나 길을 가로막았다.

"우리는 아무것도 가진 게 없는 행인이오. 부디 길을 비켜 주시오."

말을 몰던 마부가 간절히 애원했다.

"행인이라고? 으하하! 이 나라의 황제였던 자가 아무것도 없는 행인이라고?"

"이놈들, 무엄하도다. 더 이상 욕되게 살고 싶지 않으니 어서 내 목을 쳐라!"

헌제는 두 눈을 부릅뜨고 이렇게 소리쳤다.

"역시 눈치가 빠르시군! 여봐라, 어서 목을 치지 않고 뭘 꾸물대느냐?"

우두머리인 듯한 자가 꾸물거리며 망설이는 부하들을 다그치자 한 명의 칼이 허공을 갈랐다. 그리고 또 한 번…….

황제와 황후는 그렇게 하여 비참한 최후를 맞이했다. 이름도 없는 산골짜기에서 한나라의 마지막 황제가 생을 마친 것이다.

길섶의 풀뿌리는 붉게 물들었고, 둥우리를 찾아가던 산새들도 구슬프게 울고 있었다.

아, 장비!

황제 내외의 소식은 삽시간에 온 천하 구석구석까지 전해졌다.

그러잖아도 관우의 죽음으로 인한 충격에서 헤어나지 못하고 있던 유비에게 황제의 소식은 너무나도 충격적이었다.

유비는 그 소식을 듣는 순간 그만 정신을 잃고 말았다. 신하들이 급히 의원을 불러들여 겨우 깨어났는데, 그 후 유비는 땅을 치며 대성 통곡을 하였다.

"진정하십시오. 제가 기어이 원수를 갚을 것이오니 부디 편안한 마음을 가지도록 하십시오."

걱정이 된 공명이 잠시도 유비의 곁을 떠나지 않고 그를 위로하였다.

"아우를 잃고 황제마저 비명에 떠나셨으니 더 살아 무얼 한단 말이오?"

유비는 상심으로 인하여 날이 갈수록 야위어 갔다.

"저를 보내 주십시오. 제가 지금 당장 오나라의 손권 놈부터 처단하겠습니다."

말을 타고 나선 자는 다름 아닌 장비였다. 장비는 며칠 동안 울어서인지 눈이 퉁퉁 부어 있었다. 그에게는 황제의 죽음보다도 관우의 죽음이 더 애통했다.
"장비 장군, 지금 오나라를 먼저 치는 것은 순서가 아닙니다."
"아니, 공명 선생! 내 형님을 죽게 한 손권 놈을 죽이는데 무슨 순서가 필요하단 말씀이오?"
"그게 그렇게 간단하지 않소이다. 지금은 오히려 조비를 먼저 쳐야 명분도 서게 되며 백성의 마음도 사게 되는 것입니다."
공명은 역시 천하의 대세를 정확히 꿰뚫고 있었다. 유비가 이 때 만약 공명의 말에 따랐다면 역사는 크게 달라졌을 것이다. 그러나 유비는 이 때 장비의 편을 들고 말았다.
"손권부터 칩시다!"
결정은 내려졌다. 공명으로서도 한 번 내려진 결정을 뒤집을 수는 없었다.
곧이어 군대가 소집되었다. 30만의 병사들로 각 공격 편대를 짰고, 그 총지휘는 유비가 맡았으며 각 군단의 사령관은 장비와 관우의 둘째 아들 관홍, 그리고 황충, 조운, 마초 등이 각각 나누어 맡았다.
원수를 갚아야 한다는 불 같은 일념에 장비의 가슴은 뜨겁게 타올랐다.
'저렇게 서두르다가는 장비에게 행여 좋지 않은 일이 생길지도 모르는데…….'
공명은 그들을 보며 몹시 불안해했다.
오나라의 손권은 유비 군이 쳐들어온다는 소식을 듣고는 얼굴이 새파랗게 질려 버렸다.
"잠자는 사자를 건드린 꼴이 되었으니 이를 어찌하면 좋겠소?"
그는 장소를 불러 대책을 물었다. 장소가 두 눈을 껌벅거리며 잠시 머뭇거리다가 이내 한 가지 묘안을 내놓았다.
"조비를 황제로 인정하고 그에게 원군을 요청할 수밖에 없을 것 같습니다."

"조비를 황제로 받들란 말이오?"
손권은 당치않다는 듯 눈꼬리를 치켜올렸다. 그러나 어쩔 수 없는 일이었다.
그는 곧 고개를 끄덕여 승낙했다. 장소는 조비에게 보내는 밀서를 손수 작성하여 손권의 도장을 찍었다.
조비를 황제로 모시고 그의 신하가 될 것이니 도와 달라는 서신이었다.
허창에 있던 조비는 손권의 서신을 받고 입이 벌어졌다.
"음, 과연 내가 천하의 인물이로다!"
조비는 스스로에게 탄복하여 어깨를 들썩이며 으스댔다.
그러나 간교한 사마의는 유비에 앞서 이번 기회에 손권의 세력을 싹쓸이해야 한다고 판단하기에 이르렀다.
"폐하, 이번 기회에 아예 손권의 씨를 말려 버려야 할 것입니다. 사신의 목을 베어 버리십시오."
조비는 그 말에 귀가 솔깃했으나, 자신이 황제가 된 이상 쩨쩨하게 굴 필요가 없다고 생각했다.
"그것이 급한 일은 아니오. 우선 얼마간의 원병을 주어 유비와 싸우게 한 다음 후일을 기약합시다."
조비는 내심 큰 아량을 베풀어 손권에게 구원병을 보내 주었다.
손권은 자신의 병력 15만에 조비가 보낸 5만을 합하여 20만의 군사를 이끌고 진군 명령을 내렸다. 주연, 손환, 육손 등의 장수들이 그의 뒤를 따랐다.
유비 군과 손권 군은 이릉산을 사이에 두고 맞부딪쳤다. 양쪽 군대의 선두에는 각각 그들의 왕이 친히 출병하였음을 알리는 왕기가 힘차게 펄럭이고 있었다.
유비 군은 그 대형을 길게 한 일(一)자로 배치하였으므로 전선의 길이가 무려 2백 리에 이르렀다.

손권 군도 유비 군과 비슷한 대형으로 맞섰다.

손권과 그의 부하들이 분주하게 움직이는 모습을 본 장비는 분을 삭이지 못해 안절부절못했다.

"공격 준비!"

드디어 유비에게서 공격 준비 명령이 떨어졌다.

장비는 그 즉시 군막으로 돌아와 휘하의 범강과 장달이라는 부하에게 명령했다.

"드디어 때가 왔다. 저놈들을 단번에 싹쓸이해서 내 형님의 원수를 갚을 터이니, 너희들은 지금부터 휘하의 전 병사들을 흰 옷으로 갈아 입혀라!"

"네? 흰 옷이라니요?"

"이놈들아! 흰 옷도 모르느냐?"

"흰 옷을 대체 어디에 쓰시려고요?"

"잔말이 많다. 네놈들은 알 것 없으니 무조건 시키는 대로 하기나 해!"

"장군님, 장군님의 명령을 어길 생각이 아니라 그 많은 병사들에게 어찌 흰 옷을 다 구해 입힙니까? 그건 불가능한 일입니다."

"거참, 말이 많구나. 오늘 밤 안으로 모두 흰 옷을 구해 입히지 못하면 내 너희 두 놈의 목을 베어 본때를 보일 것이다!"

장비는 앞뒤 가리지 않고 막무가내로 명령했다. 그 누가 장비의 불 같은 성미를 당해 낼 것인가? 앞이 캄캄해진 두 장수는 장비 앞을 물러나와 어처구니없다는 듯 씩씩거렸다.

"이보게, 장달! 아무리 대장군이라지만 이렇게 심한 명령은 무리 아닌가? 더구나 오늘 밤 안으로 모든 병사들에게 흰 옷을 구해 입히지 않으면 우리 두 사람의 목을 베겠다니 이제 우린 꼼짝 없이 죽은 목숨일세."

"………."

"이렇게 억울하게 죽을 바에야 우리가 먼저 저 장비 놈을 죽여 없애는 게 어떻겠나?"

계속되는 범강의 추궁에 장달이 난감한 표정으로 한숨을 내쉬었다.

"휴우! 장비의 성미가 아무리 불 같다지만 이런 경우는 나도 처음일세. 그나저나 우리가 살기 위해서는 장비가 죽어야 할 텐데 우리가 무슨 수로 저 힘을 당해 낸단 말인가?"

"둘 중 하나일세. 이따가 밤이 깊으면 장비가 잠시 눈을 붙일 터이니 그 때 아무도 모르게 암살을 하세. 성공하면 우리가 사는 것이고 그렇지 못하면 우리가 죽는 수밖에……."

범강과 장달이 자신을 해칠 궁리를 하는 것도 모르고 장비는 여전히 소리를 질러 대고 있었다.

"여봐라, 날이 새면 총공격이다! 드디어 형님의 원수를 갚을 때가 되었으니 오늘 밤엔 술이나 한 잔 마시겠다. 술을 있는 대로 모두 가져오너라!"

장비는 갑옷도 벗지 않은 채 독한 술을 벌컥벌컥 들이켰다. 날이 새면 큰 싸움에 나서야 하니 내심 긴장이 된 탓도 있었던 것이다.

사방이 쥐죽은 듯 고요했다. 이따금 바람 소리가 적막을 깨뜨릴 뿐, 이 밤이 지나면 또 한바탕 피의 제전이 벌어질 것이라고는 아무도 생각할 수 없을 만큼 고즈넉한 밤이었다.

술에 취해 침상 위에 아무렇게나 쓰러져 잠이 든 장비가 몸을 뒤척였다.

천성이 우직하고 급한 성격이었지만, 누구보다도 인정도 많고 가슴이 따뜻한 사나이! 관우가 먼저 세상을 떠나자 그 분함을 이기지 못해 근래에는 자주 흥분하고 성을 냈지만 본심만은 착하기 이를 데 없는 사나이중의 사나이였다.

장비가 독한 술에 곯아떨어졌다가 목이 말라서 물그릇을 찾으려고 몸을 뒤척이는 순간이었다. 예리한 칼날이 그의 옆구리를 파고들었다.

"억!"

장비의 입에서 외마디 비명이 흘러 나왔다.

모든 것이 그것으로 끝났다. '쿵!' 소리를 내며 침상 밑으로 굴러 떨어진 장비의 몸이 부르르 떨리는가 싶더니 이내 축 늘어지고 말았다. 태산을 움직일 듯하던 장사도 잠결에 급소를 찔린 것에는 어쩔 수 없었던 것이다. 하찮은 일로 부하의 원성을 산 장비는, 관우의 원수를 미처 갚지 못한 채 두 눈을 부릅뜨고 숨을 거두었다. 그 때 장비의 나이 쉰다섯이었다.

장비의 허망한 죽음에 유비는 또다시 쓰러지고 말았다. 장비의 시신을 붙들고 울고 또 울다가 그만 기절한 것이다.

유비는 그로부터 꼬박 사흘 밤낮을 혼미한 상태에 있었다.

"선생의 말을 듣지 않고 고집을 부렸다가 장비마저 잃었으니 장차 어찌해야 한단 말이오?"

가까스로 깨어난 유비는 공명을 붙들고 서럽게 울었다.

"전하, 부디 옥체를 보전하십시오. 사람은 만나면 언젠가는 헤어지는 법! 죽고 사는 것이야 하늘의 뜻이 아닙니까. 오나라를 물리칠 계책을 따로이 세웠으니 어서 일어나시어 두 분 장군의 원수를 갚아야 할 것입니다."

공명의 간절한 설득에 겨우 몸을 추스린 유비는 범강과 장달을 참형에 처했다. 그리고 모든 작전을 공명에게 맡기기로 했다.

"싸움을 속히 끝내고 조비를 공격하기 위해 제가 직접 전선에 나가겠습니다. 전하는 이 곳에서 움직이지 마시고 속히 건강을 회복하십시오."

공명은 유비에게 다시 한 번 이르고는 황충과 마초 등을 불렀다.

"관우 장군과 장비 장군을 죽게 하고 우리 대왕 전하를 병들게 한 원수들을 더 이상 두고 볼 수가 없소이다. 황충, 마초 두 분 장군은 지금 즉시 이릉성 외곽을 집중 공격하십시오. 나는 적의 정면을 돌파하리다!"

공명이 비장한 표정으로 말에 올라타자 전 유비 군의 사기는 하늘을 찌를 듯하였다.

이릉성에 있던 손권은 공명이 선두에 서서 유비 군을 이끌고 있다는 소식에 새파랗게 질렸다.

"우리 병사들이 진을 크게 벌리고 있어 흩어진 꼴이 되었으니 어찌하면 좋겠소. 공명을 따라 진을 벌렸더니 어느 새 그놈들은 한 무더기가 되어 지금 이 곳으로 쳐들어온다 하오."

손권이 말을 더듬거리며 육손(陸遜)에게 물었다.

육손은 그 사이 손권의 참모장이 되어 매사에 지혜를 발휘하는 오나라의 으뜸가는 전략가가 되어 있었다.

"전하는 속히 이 곳을 떠나시어 본국으로 돌아가십시오. 그 다음은 제가 알아서 하겠습니다."

"장군 혼자서?"

"걱정 마십시오. 전하가 본국으로 돌아가신다는 소문을 놈들이 들으면 틀림없이 뒤쫓아갈 것이니, 저는 그 뒤를 잘라 버릴 것입니다."

"그것 참, 좋은 생각이오. 당장 그렇게 합시다."

손권은 본국으로 떠날 채비를 서둘렀다.

이릉성으로 진격해 가던 공명은 손권이 돌아갈 채비를 서두른다는 정찰병의 보고를 듣고는 잠시 생각에 잠겼다.

"음, 이놈들이 나를 유인하는 게로구나!"

공명은 피식 웃으며 태연하게 명령했다.

"손권은 바로 저 성에 있다! 조금도 지체 말고 밀고 들어가라!"

공명의 불 같은 호령에 병사들은 점점 더 기운이 솟는 듯했다.

"와아!"

그러나 그들이 이릉성에 도착해 보니 성은 텅 비어 있었다.

"성이 비었다. 곧바로 뒤를 추격하라!"

황충과 마초는 그 길로 곧장 손권을 추격하였다. 그런데도 공명은 여전히 태연하기만 했다.

육손은 따로 대군을 이끌고 유비가 머물고 있는 진영으로 공격해 들어가고 있었다. 육손이 의기 양양하게 유비 진영으로 내닫자 유비는 불안한 기색을 떨쳐 버릴 수 없었다.

"큰일났구나! 공명 선생이 이 곳에서 움직이지 말라고 했지만 지금의 상황은 그게 아닌 것 같다. 속히 여기를 떠나자!"

유비는 더 이상 참지 못하고 길을 나섰다.

유비가 몸소 군사를 이끌고 나선 것을 본 육손은 더욱 기세 등등하였다.

"하하하! 유비가 죽을 채비를 하는구나. 어서 결사대를 보내라!"

육손의 명령이 떨어지자 수많은 그의 부하들이 질풍같이 내달았다. 유비의 군사들은 졸지에 추풍 낙엽 신세가 되고 말았다.

"아, 공명은 어디서 무얼 한단 말이냐? 관우야……! 장비야……!"

유비는 먼저 떠난 아우들의 이름을 부르며 절망에 빠져 들었다.

바로 그 때였다.

"무엄한 놈들! 감히 누구 앞이라고……."

불호령을 치며 뛰어드는 장수가 있었다. 바로 황충이었다. 그는 마초와 함께 손권을 추격하다 말고 곧장 총사령부로 달려온 것이다.

"오, 황충 장군!"

"전하, 시간이 없습니다. 육손은 제게 맡기시고 어서 몸을 피하십시오."

"뒤를 부탁하오. 황충 장군!"

유비는 황충에게 뒤를 맡기고 있는 힘을 다해 샛길로 빠져 나갔다.

"저 늙은 놈은 누구냐?"

황충을 보며 육손이 고래고래 소리를 질렀다.

"이놈! 네놈이 바로 육손이로구나! 어서 나와 내 칼을 받아라!"

황충은 망설임 없이 육손을 향해 덤벼들었다.

황충의 칼이 번쩍일 때마다 무수한 적병들이 낙엽처럼 떨어져 나갔다.

유비의 신하 중 가장 나이가 많으면서도 언제나 선두에 서서 용맹과 기개를 떨쳐 나가던 노장군! 변함 없는 충성과 겸손으로 병사들의 어버이 같은 존경을 받아 오던 황충 장군의 팔에 차츰 힘이 풀렸다. 제아무리 용맹하다 해도 그 많은 적병들을 홀로 막아 내기란 역부족이었던 것이다.

그러나 그것을 알면서도 황충은 유비를 무사히 피난시키기 위하여 홀로 적진에 뛰어들었던 것이다. 그리하여 충신 황충은 마지막까지 맹렬히 싸우다가 일흔다섯의 나이로 생을 마쳤다.

하늘이 낸 유비

황충을 죽인 육손은 더 한층 기세 등등하여 유비를 추격하러 나섰다.

유비는 샛길을 따라 무작정 달려갔다.

'지금쯤 공명이 나를 찾아 나섰을지도 모르는데, 내가 행여 너무 조바심을 낸 건 아닐는지…….'

유비는 달려가면서도 공명의 말을 끝까지 듣지 않은 것을 후회했다. 하지만 이미 엎질러진 물이었다. 험하고 가파른 길을 따라 온종일 달리고 또 달렸다. 문득 눈앞에 광활한 모래밭이 펼쳐졌다. 나무 한 그루, 풀 한 포기 자라지 않는 사막 지대였지만 유비는 앞뒤를 따질 여유가 없었다. 무작정 달리고 또 달렸다. 가까스로 사막을 벗어나니 저 멀리 산꼭대기에 허름한 옛 성의 모습이 보였다.

'백제성이로구나…….'

그 성에 다다른 유비는 깊은 한숨을 내쉬며 조심스럽게 성문을 두드렸다. 그러자 백발이 성성한 노인이 문을 열어 유비를 정중하게 맞이했다.

"대왕 전하, 이 누추한 곳까지 오시느라 얼마나 고생하셨습니까?"

"아니, 댁은 뉘신데 나를 알아보시오?"

"네, 저는 공명의 장인되는 사람입니다."

"뭐라고요? 공명의 장인? 아니, 그렇다면 공명 선생은 내가 이 곳에 올 것을 알고 계셨단 말씀이오?"

"네, 자세한 내용은 들어가서 차차 말씀드리지요."

공명의 장인이라는 노인은 유비를 공손히 안내하여 편히 쉴 수 있게 해 주었다.

유비가 겨우 숨을 돌렸을 무렵, 어느 새 뒤쫓아 왔는지 육손의 군사들이 질러 대는 함성 소리가 귓전을 때렸다. 그들은 지금 막 사막의 한복판을 지나오는 중이었다.

유비가 다시 길을 나설 채비를 서두르자 노인이 정중히 그를 붙잡았다.

"전하, 잠시만 기다려 주십시오."

그 때 믿을 수 없는 일이 일어났다.

살랑살랑 불던 바람이 갑자기 매서운 돌풍으로 변하더니 벌판 가득히 샛노란 흙먼지를 일으키고 있었다. 바람은 삽시간에 온 천지를 뒤덮을 듯 거세게 불어와, 한치 앞도 내다볼 수 없을 만큼 거대한 모래 바람으로 변해 갔다.

유비는 믿을 수가 없어 벌린 입을 다물지 못하고 있었다. 노인이 흡족한 미소를 지으며 말했다.

"이 곳 날씨는 사흘 동안 맑은 날이 계속되면 어김없이 저 같은 돌풍이 지나가곤 하니 가히 천연의 요새와 같은 곳이지요. 제 사위 공명의 부탁대로 제가 전하를 안전하게 보호해 드리겠습니다. 이제 안심하시고 돌풍이 멎을 때를 기다리시면 됩니다."

"고맙소이다. 오, 공명……!"

유비는 또 한 번 공명의 사려 깊음에 감탄하였다. 천하 대세(天下大勢 ; 세상이 돌아가는 추세)를 한눈에 꿰뚫고 있으니 그는 과연 신의 아들이런가!

한편 돌풍에 휘말려 수많은 병사와 군마를 잃은 육손은 넋이 빠진 모습으로 털썩 주저앉아 있었다.

육손의 주위에는 거대한 모래 웅덩이가 곳곳에 파여 있었고, 초췌한 몰골로 쓰러져 있는 병사들과 말들로 이루 말할 수 없을 정도로 처참한 광경이었다. 대자연의 힘이 이토록 무서운 것일 줄은 일찍이 상상도 해보지 못한 터였다.

육손은 머리를 산발한 채 흙먼지를 잔뜩 뒤집어쓰고 있었으니, 그 꼴이란 그야말로 패잔병의 모습 그대로였다. 조금 전까지만 해도 기세 등등하던 대장군의 모습이라곤 어디에서도 찾아볼 수 없이 꽁지 빠진 새처럼 초라한 꼴이었다.

그 때 한 노인이 성큼성큼 육손에게로 다가갔다.

"뉘, 뉘시오?"

육손이 놀라 떨리는 목소리로 묻자 노인이 껄껄 웃으며 대답했다.

"육손 장군, 하늘은 결코 당신이 유비 대왕을 뒤쫓는 걸 허락하지 않을 거요. 그분은 하늘이 내신 분이니까. 내 말을 알아듣겠소?"

"그, 그럼 조금 전에 그 돌풍은 노인장의 도술이란 말씀입니까?"

"아무렇게나 생각하시오. 다만 다시 한 번 그대가 유비 대왕을 해칠 생각을 한다면 그 때는 목숨을 부지하기 어려울 것이오."

"아, 알겠습니다. 그럼 저는 어찌하면 좋겠습니까?"

"지금 즉시 당신네 오나라로 돌아가시오. 내 분명히 일러두는데, 당신은 오늘 우연한 돌풍에 휘말린 게 아니라 이미 천지 신명의 조화를 터득한 공명의 전략에 말려든 것이오. 공명은 나에게 당신을 살려 주라고 말했으며, 또한 오나라와는 크게 원수진 일이 없으므로 당신네들이 얌전히만 있어 주면 앞으로도 당신네를 해칠 생각이 없다고 일러주라 하였소."

육손은 그 말을 듣고 곧장 무릎을 꿇고 앉아 용서를 빌었다.

"용서해 주십시오. 다시는 이런 일이 없도록 하겠습니다."

"그 말을 믿어도 되겠소?"
"하늘을 두고 맹세합니다. 내 어찌 감히 공명과 같은 현인(賢人 ; 어질고 덕행이 뛰어난 사람)과 대적하려 들겠습니까?"
육손은 거듭 머리를 조아리며 진심으로 싸울 의사가 없음을 고백하였다.
"자, 그럼 어서 돌아가시오."
육손이 자리에서 일어나 겨우 살아 남은 몇몇 부하들을 이끌고 되돌아가는 것을 보고서야 노인은 다시 성으로 돌아왔다.
"대체 어찌 된 일입니까?"
유비가 놀라며 묻자 노인은 그저 껄껄 웃을 뿐 말이 없었다.
'과연 그 사위에 그 장인이로다!'
유비는 다시 한 번 노인의 손을 잡고 몇 번이고 감사의 인사를 하였다.

멀고 먼 천하 통일

유비가 다시 총사령부로 돌아왔다. 공명을 비롯하여 여러 신하들이 멀리까지 마중 나와 정중히 그를 맞이하였다.

"공명 선생, 선생을 뵐 면목이 없구려. 내 조바심탓에 황충 장군마저 죽게 하였으니 내 죄가 많소이다."

유비는 끝내 참았던 눈물을 흘렸다.

"대왕 전하, 근래에 몹시 쇠약해지셨는데 너무 심려치 마십시오. 황충 장군은 비록 죽었으나, 그의 죽음으로 인하여 오나라가 다시는 우리를 넘볼 생각을 안 하게 되었으니 그 또한 위대한 영웅이었습니다."

공명도 눈물을 글썽이며 유비를 진정으로 위로하였다.

한편 오나라의 손권은 육손으로부터 전후 사정을 전해 듣고 뭔가 깊이 생각하는 듯하더니, 이제 다시는 촉나라를 건드리지 말아야겠다고 굳게 다짐을 하였다. 그제서야 조조의 꼬임에 빠져 촉나라를 공격한 것이 무척이나 후회스럽게 생각되었다.

유비는 그 동안의 고통스러웠던 일들을 잊기 위해 두 아우와 황충의 제사를 정성껏 지냈다. 뒤이어 온 백성들과 병사들에게 큰 잔치를 베풀었다. 그들이 한숨 돌리려 할 즈음 변방의 전령으로부터 또 하나의 급보가 날아들었다.

"허창의 조비가 끝내 공격을 감행할 듯합니다."

공명의 말을 들은 유비는 모든 것을 공명이 알아서 대처하도록 당부했다.

"우리가 조비의 횡포를 잊고 있었던 건 아니나, 그가 예상 외로 빨리 공격해 오는구려. 공명 선생이 모든 걸 알아서 해 주시오."

"조비는 지금 우리가 오나라와의 싸움으로 기력이 다 빠진 것으로 알고 그 틈을 노리는 것입니다. 적이 큰 규모로 공격해 올 것이나 이미 오래 전부터 대비해 온 일이니 크게 염려치 마십시오."

공명은 그 즉시 장수들에게 명하여 허창 쪽으로 군사를 동원케 하였다. 그러면서도 그는 오나라와의 국경에 튼튼한 수비대를 배치하는 것을 잊지 않았으니, 가히 한치도 허술함이 없는 만반의 계책이었다.

때는 어느덧 다시 추운 겨울로 접어들었다.

촉나라의 병사들은 그 어느 때보다 사기가 높았다. 이번에야말로 조비 일당을 물리쳐 나라를 바로세울 수 있는 절호의 기회임을 모두가 잘 알고 있었다.

공명은 직접 선두에 나서서 위나라의 접경에까지 이르렀다.

"이제 군사를 두 패로 나누겠소. 한 패는 험한 산악 지대로 들어가고, 다른 한 패는 나와 함께 벌판 쪽으로 나갑시다. 산악 지대로 들어가는 부대는 산에 들어서는 즉시 연기를 피워 군사가 있음을 적에게 보이시오."

공명은 위엄에 찬 표정으로 명령하고 군사를 이끌어 넓디넓은 평원으로 나아갔다. 그는 평원에 이르자 곳곳에 커다란 함정을 파도록 지시했다.

"이렇게 함정을 파 놓으면 적들이 쉽게 눈치채지 않겠습니까?"

참모들이 작업 도중에 공명에게 물었다.

"철저하게 은폐할 터이니 과히 걱정 마시오. 하여간 어서 작업을 서두릅시다."

공명은 걱정 말라는 듯 여유 있게 웃으며 묵묵히 작업을 지휘했다.

이윽고 수백 개의 거대한 함정이 파이고, 그 위에 교묘한 방법으로 나무 다리를 놓아 길을 아는 사람만이 오갈 수 있게 했다.

한편 조비의 군사들은 공명이 무엇인가 분주하게 설쳐대더니만, 이내 한가롭게 오가고 있는 것을 보고 공명이 괜한 수작을 부리는 것으로 판단했다.

"옳다! 때는 바로 지금이다. 일제히 공격하라!"

사마의가 선두에 서서 철갑 수레 부대를 이끄니, 그 철갑 수레의 수효가 자그마치 5백여 대에 이르렀다. 오늘날의 장갑차인 셈인 철갑 수레는 당시로써는 가히 엄두도 내지 못할 획기적인 병기였다. 언제 그렇게 치밀하게 준비했는지 조비 군의 철갑 수레는 기세도 당당히 앞으로 나아갔다.

"어, 저건 대체 무슨 괴물이냐?"

난생 처음 철갑 수레를 본 공명의 병사들은 눈이 휘둥그레져서 구경하기에 바빴다. 그것들을 신기한 눈으로 바라보다가 이내 소나기 같은 불화살이 그것으로부터 뿜어져 나오자, 대경 실색(大驚失色 ; 몹시 놀라 얼굴빛이 변함)하여 순식간에 아수라장이 되었다.

"모두들 당황하지 말고 함정에 놓인 다리를 잘 밟고 후퇴하도록 하라!"

공명의 명령에 병사들은 재빨리 후퇴하였다.

"내 일찍이 이러한 사태를 짐작하고 있었소이다. 그 동안 우리 정찰병을 통해 조비가 무엇인가 심상치 않은 무기를 만들고 있다는 소식을 들었는데, 그것이 바로 저 철갑 수레였구려. 모두들 당황하지 말고 저들의 최후나 지켜 봅시다."

공명이 여유 있는 미소를 지으며 멀찍이 떨어져서 조비 군의 진격을 지켜 보고 있었다.

곁에 서 있던 장수들은 놀란 입을 다물 수 없었다. 공명은 과연 하늘이 낸 사람 같았다. 그들에겐 이제 공명이 사람이 아닌 신의 모습으로 보였다.

이윽고 조비 군의 철갑 수레가 함정 가까이에 이르렀다. 어떠한 창이나 화살로도 결코 뚫을 수 없는 훌륭한 무기였으므로 그들은 앞뒤 가릴 것 없이 거침없이 밀고 들어왔다.

"저놈들이 도망치는 꼴 좀 봐라! 통쾌하지 않느냐? 제아무리 공명이라도 이 철갑 수레만은 어찌하지 못하는구나!"

통쾌하게 웃던 사마의가 철갑 수레의 속도를 더 낼 것을 명령했다. 그러자 한꺼번에 5백여 대의 철갑 수레가 일제히 속도를 냈다.

그 순간 우레와 같은 진동음을 내며 앞서 달리던 철갑 수레가 함정 속으로 빠졌다.

"덜커덩, 쿵!"

뒤이어 달려오던 나머지 철갑 수레들이 이를 보고 급히 속도를 늦추려 했으나 뜻대로 되지 않았다. 엄청난 무게의 쇳덩어리로 만들어진 수레였기에 달리는 동안 가속도가 붙어 쉽게 멈출 수 없었던 것이다.

"으악!"

"덜커덩, 쿵, 쾅!"

실로 눈 깜짝할 사이에 조비 군의 최신 병기 5백여 대가 눈앞에서 사라져 버렸다. 온 나라의 쇳덩어리를 다 긁어모아 공들여 만든 무기였다. 그런데 단 한 번도 써 보지 못한 채 땅 속 깊이 묻혀 버린 꼴이 된 것이다.

수레를 뒤따르던 조비 군의 병사들은 넋이 빠져 버렸다.

"세상에……!"

"아니? 저, 저, 저럴 수가……."

그들에겐 자신들의 눈앞에서 사라진 거대한 철갑 수레 군단이 꿈인 듯 환상만 남아 있을 뿐이었다. 조비 군은 싸울 엄두조차 내지 못한 채,

어느 새 코앞에 몰려든 유비 군에게 무참하게 쓰러져 갔다.

더러는 항복하기도 했지만 살아 도망간 자는 겨우 몇천 명에 불과했다.

"아, 아!"

조비는 가슴이 무너져 내리는 것 같았다.

"누구 나설 자 없느냐?"

조비는 거의 실성한 사람처럼 전선으로 나갈 장수를 찾고 있었다.

"제가 나서겠습니다."

앞으로 나선 자는 장합(張合)이었다. 그는 남아 있는 군사 5만여 명을 모조리 이끌고 전선으로 달려나갔다.

한편, 사마의 군을 깨끗하게 물리친 유비 군은 그 길로 위수까지 내달렸다.

위수는 예부터 험준한 산이 많아 막아 내기는 쉬워도 공격하기엔 어려운 지역이었다.

"병사들은 진격을 멈춰라!"

공명은 위수의 높은 산이 바라보이는 지점에 진지를 구축하고 병사들을 쉬게 했다.

"적은 틀림없이 이 지역에 구원군을 보냈을 것이오. 여기서 적당한 때를 보아 적을 소탕합시다."

"그놈들이 몇십만이라도 이젠 겁날 것이 없습니다."

젊은 장수들은 자신 있다는 듯, 두 주먹을 불끈 쥐어 보였다. 그러나 공명은 여전히 침착한 얼굴로 참모들에게 말했다.

"우리는 지금 전선 깊숙이 들어와 있소. 행여 우리 뒤쪽을 공격당할 우려가 있으니 후방의 경비를 누가 맡아야 하지 않겠소?"

"그렇군요. 저희가 미처 생각하지 못했습니다."

"후방 지역도 염려되기는 하나, 아무래도 가정(街亭) 쪽이 더 꺼림칙하오. 누가 그 곳으로 가겠소?"

공명이 다시 한 번 다그쳐 묻자 선뜻 나서는 이가 있었다.

"제가 맡겠습니다."

앞으로 나선 사람은 다름 아닌 마속 장군이었다. 마속은 유비의 신하가 된 이래 용기가 뛰어나 공명이 그 누구보다도 미더워하는 용감한 젊은 장군이었다.

공명은 마속을 지그시 바라보다가 입을 열었다.

"장군의 용맹을 내 일찍부터 알고 있지만, 가정이라는 곳은 형세가 험하여 자칫하면 적에게 농락당하기 쉬운 곳이오. 그래도 괜찮겠소?"

"공명 선생, 사람들이 저더러 꾀가 없다고 하던데 선생께서도 그 말을 믿으십니까?"

"그게 아니오. 그만큼 어렵다는 뜻이오."

"그렇다면 저를 가정으로 보내 주십시오. 제가 기필코 지켜 내겠습니다."

마속은 공명이 자신을 알아 주지 않는 것이 야속하기라도 한 듯, 눈물까지 글썽이며 자신이 나설 것을 간청했다.

공명은 한참만에 고개를 끄덕이며 마속에게 3만의 군사를 내주었다. 그러면서도 어딘가 마음이 놓이지 않는 듯 왕평을 부사령관으로 임명하여 그를 보좌하게 하였다.

그리하여 마속이 이끄는 3만의 군사는 밤낮으로 행진하여 후방 지역인 가정에 이르렀다.

마속은 가정에 도착하고 보니, 그 곳이 너무 고요하고 평화롭기만 하여 적이 쉽게 나타나지 않을 것 같은 생각이 들었다.

"공명 선생께서 걱정을 너무 많이 하셨던 거야. 이렇게 평화로운 곳에 적이 무엇 하러 나타나겠어?"

마속은 자신이 그토록 간청했던 것이 오히려 후회스럽기까지 했다.

"마속 장군, 이 곳이 비록 천연의 장애물이 많고 평화롭다고는 하나, 그렇기에 더욱 적이 노리는 요충지가 될지도 모르는 일입니다. 속히 진지를 구축하여 만일의 사태에 대비하셔야 할 것입니다."
부사령관 왕평이 진지하게 마속에게 건의했다.
"거, 모르는 소리 작작 하시오. 이렇게 자연적으로 잘 만들어진 장애물이 많은데, 무슨 진지를 만든다는 말이오? 그럴 바에야 차라리 병사들을 두 다리 쭉 뻗고 쉬게 하는 편이 훨씬 나을 거요."
"그러다 갑자기 적이 기습이라도 해 온다면……."
"무슨 잔소리가 그리 많소? 모르면 잠자코 구경이나 하시오."
마속은 막무가내로 왕평의 말을 무시했다. 자신을 미덥지 않게 여겨 왕평을 딸려 보낸 것으로 생각하니 더욱 부아가 치밀었던 것이다.
왕평으로서도 더 이상 어찌해 볼 수가 없었다.
마속의 3만 군사들은 산꼭대기의 평평한 지점에 막사를 치고, 마치 소풍이라도 온 듯한 착각에 빠질 정도로 한가로운 나날을 보내고 있었다.
한편 조비의 부하 장합은 가정에 정찰병을 보냈다. 공명이 전선 깊숙이 들어와 있으므로 후방 지역을 차단할 궁리를 하고 있었던 것이다. 무턱대고 후방을 기습했다간 공명의 어떤 지략에 걸려들지 알 수 없었으므로 조심스럽게 각처에 정찰병을 보내 동정을 살피기로 한 것이다.
"가정 지역이 아무래도 이상합니다."
"이상하다니?"
"적병이 다른 곳보다 월등하게 많은데, 모두가 산꼭대기에 몰려 마치 무슨 잔치판이라도 벌여 놓은 것 같습니다."
"뭐라고? 산꼭대기에 대군이 몰려 있어?"
장합은 머리를 갸우뚱하며 이상하다는 표정을 지었다.
"그럼 산 아래에 숨어 있는 자들은 보이지 않더냐?"
"네, 산 아래에는 아예 내려와 보지도 않는 듯하였습니다."
"음, 알겠다. 요놈들이 실로 묘한 방법으로 우리를 속이려 드는구나. 지금 적들은 필시 가정에 병약한 환자들이나 잔뜩 모아 놓고 마치 대군이 지키고 있는 것처럼 위장하고 있는 것이 틀림없다. 그놈들의 속셈이 뻔하니 지체 없이 공격하자!"

장합은 마치 공명의 비밀을 파헤치기라도 한 듯 의기 양양하게 명령했다.

그들은 그 즉시 가정으로 은밀하게 숨어들었다. 그런 줄도 모르고 마속은 여전히 움직이려 들지 않았다. 마속의 오기와 장합의 그릇된 판단이 오히려 맞아 떨어진 꼴이 되었다.

달빛마저 고고하고 쥐죽은 듯 조용하던 산기슭에 한 줄기 섬광이 하늘로 솟았다. 장합이 신호탄을 쏜 것이다. 그것을 시작으로 산 여기저기에서 시뻘건 불덩어리가 일었다. 불길은 한겨울의 마른 풀잎을 태우며 맹렬한 속도로 온 산을 뒤덮었다. 태곳적부터 자라 온 빽빽한 삼림들이 마른 풀잎과 함께 거대한 불기둥으로 변해 갔다.

"와!"

불길과 함께 장합의 병사들이 일제히 산꼭대기를 향해 돌진해 들어갔다.

그 날 밤도 태평하게 늘어져 잠들어 있던 마속의 군사들은 삽시간에 오합지졸(烏合之卒 ; 까마귀 떼처럼 아무 규율도 통일도 없이 몰려 있는 무리, 군사)이 되어 이리저리 우왕좌왕했다.

한밤중에 난데없는 불기둥이 온 산을 휘감으니, 잠결에 이를 본 그들의 눈엔 마치 거대한 용이 입을 쩍 벌리고 불을 뿜어 대는 것같이 보였다.

"으악!"

"내 엉덩이에 불이 붙었다!"

"사람 살려!"

3만의 군사들이 갑옷조차 제대로 입지 못하고 불길을 피해 숲 속으로 도망쳤다.

"이놈들! 불길을 피했으면 화살을 받아라!"

장합의 부하들은 마치 토끼 사냥이라도 나온 듯 신이 나서 활을 쏘아 댔다.

마속은 어떻게 빠져 나왔는지도 모를 정도로 정신이 나간 상태였다. 살아 남은 부하를 헤아리니 3만 중에 겨우 5천 남짓밖에 되지 않았다.

"아, 아……."

마속은 제 가슴을 쥐어 뜯으며 탄식했다.

적에게 무참히 패배했다는 사실보다도 공명의 지시를 무시하고, 왕평의 건의마저 묵살한 죄의식이 더욱 그의 가슴을 짓눌렀던 것이다.

그는 서둘러 서성으로 피신해 들어갔다. 서성은 오랫동안 돌보지 않아 음산하고 으스스했다. 마속은 그 곳에 틀어박혀 움직일 줄 몰랐다. 이에 왕평은 단신으로 말을 몰아 공명의 총사령부로 달려갔다. 자신의 힘으로는 더 이상 마속을 움직일 수 없음을 깨닫고 공명에게 새로운 작전 지시를 받기 위해서였다.

"총사령관님!"

왕평이 공명 앞에 무릎을 꿇고 그 동안의 상황을 자세히 보고했다.

공명은 한동안 아무 말이 없었다.

"병사 5백 명만 나를 따르라! 내가 직접 서성으로 가겠다!"

공명이 이윽고 무엇인가를 결심한 듯 군사 5백 명을 이끌고 서성으로 달려갔다.

"가정이 무너졌는데 서성으로 가시면 어떡합니까? 모든 병력을 가정으로 돌려야 하지 않을까요?"

누군가 공명에게 건의했다.

"물은 이미 엎질러졌소. 이제 서성이라도 구해야 할 것이오."

공명이 서성에 당도해 보니 과연 그 꼴이 가관이었다. 살아 남은 병사들이래야 환자가 대부분이었고, 마속은 그나마 괴롭다는 핑계로 술에 절어 있었다.

공명이 아연한 표정으로 주위를 살피는데 전령의 보고가 날아들었다.

"장합의 군사들이 새까맣게 몰려오고 있습니다."
"뭐라고?"
공명은 잠시 생각에 잠겼다.
'이 서성마저 빼앗기면 촉나라의 운명이 위태롭게 될 것이다!'
이윽고 딱딱하게 굳어진 표정으로 입을 열었다.
"모두 들으라! 지금 즉시 마속 장군을 포박하여 그의 목을 쳐라! 군령을 소홀히 한 자의 책임은 장수일수록 더욱 엄중하다!"
준엄한 표정으로 마속의 목을 벨 것을 명령하는 공명의 눈가에 어느새 눈물이 맺혀 있었다.
오랫동안 전선을 누비며 동고 동락(同苦同樂 ; 같이 고생하고 같이 즐김)한 장수의 목을 베는 공명의 심정은 갈기갈기 찢어지는 듯하였다. 하지만 나라의 운명을 좌우하는 군령을 바로 세우기 위해서는 어쩔 수 없는 행동이었다. 눈물로 마속의 목을 벤 공명은 더욱 비장한 목소리로 군사들에게 일렀다.
"누구든지 죽기를 각오하면 살 것이요, 살기를 꾀하면 죽게 되리라! 지금 적이 우리를 공격한다 하나 그 숫자에 지레 겁을 먹지 마라! 우리가 이 곳에서 죽기를 각오하고 싸운다면 결코 패하지 않으리라!"
공명의 말을 들은 병사들은 마치 벌에 쏘이기라도 한 듯 화들짝 털고 일어나 장합의 대군과 맞서 싸웠다.
그런데 공명은 서성의 높은 망루에 올라앉아 한가로이 거문고를 뜯고 있었다.
"아니, 저자는 공명이 아니더냐? 그런데 공명이 지금 무슨 짓을 하고 있느냐?"
장합이 눈을 휘둥그렇게 뜨고 부하에게 물었다.
"네, 거문고를 뜯고 있사옵니다."
"틀림없이 공명이 거문고를 뜯고 있으렷다! 아니, 그렇다면……."
장합은 순간 오금이 저릴 정도로 불길한 생각에 사로잡혔다.

"필시 무슨 계략이 숨어 있는 것이 틀림없다! 그렇지 않고서야 공명이 저렇게 한가로이 거문고를 뜯고 있을 리가 없지 않느냐?"

자라 보고 놀란 가슴 솥뚜껑 보고 놀란다 했던가!

피할 수 없는 위기에 처한 공명의 지략은 가히 상상조차 하기 힘든 기상 천외한 것이었으니, 제아무리 10만 대군을 이끌고 온 장합인들 놀라지 않을 수 있겠는가?

5백여 대의 철갑 수레를 단 한 번도 써 보지 못하고 모조리 땅 속에 파묻어 버렸으며, 들리는 소문마다 신출 귀몰(神出鬼沒 ; 귀신처럼 자유자재로 나타났다 사라졌다 함)하고, 경천 동지(驚天動地 ; 하늘이 놀라고 땅이 흔들린다는 뜻으로, 세상을 크게 놀라게 함)할 술법이었으므로, 지레 겁을 먹지 않을 수가 없었던 것이다.

장합은 고개를 설레설레 흔들면서 부하들에게 소리쳤다.

"전투 중지! 모든 병사들은 싸움을 중지하고 즉시 후퇴하라."

장합의 군사들이 갑자기 꽁무니를 빼기 시작했다. 서성에서 불과 몇 천의 군사들만으로 결사 항전을 하고 있던 공명과 그의 병사들은 참으로 가슴을 쓸어 내리지 않을 수 없었다.

그나마 후퇴하던 장합은 가정을 그대로 버린 채 자기들의 본부로 돌아가 버렸다.

공명의 태연함으로 보아 가정에는 이미 어떠한 함정이 숨겨져 있을지 모른다고 지레 겁을 먹은 탓에 완전히 주눅이 들었던 것이다.

"공명은 겉모습만 사람이지 실은 귀신이다. 저 귀신을 피해 달아나야지 귀신과 맞서다가는 떼죽음을 면치 못할 것이다!"

장합은 자신의 후퇴 명령을 정당화하기 위해 공명을 사람이 아닌 귀신으로 몰아붙였다.

공명은 장합의 군사들이 모두 물러난 것을 확인하고 나서야, 거문고를 한쪽으로 밀어 놓고 자리에서 일어났다. 태연하고 침착한 행동이었지만, 그도 역시 그제서야 비로소 안도의 한숨을 내쉬는 듯했다.

"적병들이 비록 물러가기는 했지만 그들이 우리의 술수에 넘어간 것을 알면 물불을 가리지 않고 다시 쳐들어올 것이오. 속히 본부에 연락하여 1만 명의 군사를 가정으로 보내어 철통같이 방비하라 이르고, 왕평 장군은 이 곳의 군사 3천 명을 이끌고 기산으로 가서 진지를 구축하시오. 내가 곧바로 군사를 동원하여 그 곳으로 갈 것이오."

"기산에요?"

"그렇소. 조비는 이제 가정 쪽으로는 다시 오지 않고 기산 방면을 택할 것이오."

공명의 지시는 하나하나 치밀하기 그지없었다.

왕평은 군말 없이 기산으로 향했다. 공명은 사령부로 돌아가 그 동안의 경위를 유비에게 자세히 보고하였다. 그리고 10만의 병력을 이끌고 기산으로 달려갔다.

기산에 이르니 왕평이 착실하게 진지를 구축해 놓아 크게 염려하지 않아도 될 것 같았다. 더러 허술한 곳이 있었지만, 서둘러 보강하여 군사를 제 위치에 배치해 놓고 적이 나타나기만을 기다리고 있었다.

한편 서성에서 후퇴를 한 장합은 허창에 이르러 모든 정보를 종합한 결과 또다시 공명의 계략에 속은 것을 알게 되었다.

조비는 이를 부득부득 갈며 분해했지만 때는 이미 늦은 뒤였다. 그 길로 장합을 옥에 가두고 자신이 직접 선두에 나서 기산 방면으로 기습할 것을 결심했다.

조비는 20만 대군을 거느리고 기세 당당하게 기산으로 향했다. 기산에 이르러 정찰병을 보내 적진을 살피게 하니, 그의 보고는 놀라운 것이었다.

"공명은 이미 이 곳을 철통같이 방비하고 있으며, 그 군사 또한 수적으로 우세한 엄청난 대군입니다."

"허, 그럼 공명은 내가 이 곳으로 올 것을 벌써 알고 있었단 말이냐?"

조비는 깊은 한숨을 내쉬었다. 그는 곧 정문이라는 장수를 불러 명령했다.
"이번 싸움은 내 위신과 체면이 달린 싸움이니라. 그러니 그대는 지금부터 은밀히 공을 세워 내 위신을 바로 세워야 할 것이다!"
"황공하옵니다."
조비는 정문을 가까이 불러 무엇인가 은밀한 지령을 내렸다.
그로부터 얼마 후, 공명의 촉나라 진지에 위나라의 장수 한 사람이 백기를 들고 항복을 해 왔다.
"항복을 해 온 장수가 있다고?"
공명이 의아한 표정으로 그를 데려오라 일렀다.
"그대는 누구이며 어찌하여 항복해 온 것이오?"
"네, 저는 정문이라는 위나라의 장수로 평소부터 조비의 행동에 반감을 가지고 있던 중, 이번에 이쪽 방면으로 출진한 틈을 타 이렇게 찾아온 것입니다."
정문의 말은 한 치의 거짓도 없는 듯이 들렸다.
공명이 잠시 생각에 잠긴 사이 참모 한 사람이 들어와 큰 소리로 보고했다.
"지금 막 조비 군에서 사신이랍시고 찾아와, 정문이라는 장수를 되돌려 달라고 합니다."
"음, 적에게 항복한 장수를 되돌려 달라고 해?"
공명이 순간 무엇인가 석연치 않은 계략이 있음을 간파하고 참모에게 물었다.
"그자의 이름이 무엇이라 하더냐?"
"네, 진낭이라 했습니다."
공명은 다시 지그시 눈을 감고 있다가 정문을 똑바로 응시하며 물었다.
"정문 장군, 그대와 진낭 중 누가 더 무예가 뛰어나다고 생각하오?"
"네, 그까짓 진낭쯤은 제가 눈 깜짝할 사이에 없앨 수 있습니다."

"그렇다면 지금 당장 그대가 진낭을 없애시오. 그대가 그를 없애면 내 그대를 의심치 않으리다!"

정문은 그 길로 뛰쳐 나가 단칼에 진낭을 없애 버렸다.

그것을 본 공명은 순간적으로 이맛살을 찌푸렸다.

"저 정문이란 자를 당장에 포박토록 하라!"

"어찌하여 저를 포박하시는 겁니까?"

정문이 놀라며 묻자 공명이 큰 소리로 나무랐다.

"너는 거짓 항복을 한 자다! 너를 데리러 온 자가 진정 진낭이었다면 네가 과연 그를 단칼에 베어 버렸겠느냐? 네가 정녕 나를 속일 수 있다고 생각했느냐?"

공명의 호통에 정문은 그만 고개를 푹 떨구며 몸을 떨었다.

"목숨만 살려 주십시오."

"비겁한 놈! 죽기를 각오하고 적진에 뛰어들었으면 비록 성체가 탄로 났을지언정 당당해야지, 목숨을 구걸해? 여봐라, 당장 저놈을 처단하라!"

공명의 목소리는 서릿발 같았다.

정문을 보내 놓고 이제나저제나 그로부터 연락이 있기를 기다리던 조비는, 자신들의 계략이 모두 수포로 돌아가 정문이 처형되었음을 알게 되었다.

조비는 한동안 넋이 나간 표정이더니, 더 이상 싸울 생각을 않고 조용히 말머리를 허창으로 돌렸다.

"돌아가자! 하늘이 아직 때가 아님을 일러 주는 것이로다."

조비는 비록 제 아비의 뒤를 이어 황제의 자리마저 빼앗았다고는 하나 위나라의 여느 장수들과는 달랐다. 그는 물러설 때와 다가설 때를 나름대로 터득하고 있었던 것이다.

황제가 된 유비

어느덧 만물이 소생하는 봄이 되었다. 온 산과 들에 수천 가지 꽃들이 아름답게 피어나고 있었다. 유비와 공명을 태운 마차 행렬이 산양성을 향해 장엄한 행군을 하고 있었다.

산양성!

그 곳은 사람의 발길마저 끊어져 태곳적부터 자라 온 아름드리 수목들만이 무성하게 자라고 있는 고즈넉한 성이었다.

그들은 지금 그 곳 어디엔가 있을 헌제의 무덤을 찾아 나선 길이었다.

산모퉁이에 자리잡은 외딴 오두막에 이르러 공명이 정중하게 주인을 불렀다.

"계십니까?"

"뉘신지요?"

쓰러져 가는 오두막에서 주인인 듯한 초췌한 늙은이가 나왔다.

"노인장께선 이 곳의 지리를 잘 알고 계신지요?"

"그렇긴 하오만 어디를 가시고자 합니까?"

노인은 비록 그 차림새가 남루하기는 하였으나 눈빛이 맑고 고요하기 그지없었다.

"혹시 억울하게 돌아가신 헌제 임금의 무덤을 알고 계신지요?"

"네?"

"놀라지 마십시오. 저기 계신 분은 유비 대왕 전하시며, 저는 공명이라는 사람입니다."

공명이 자신들의 신분을 밝히며 정중하게 인사를 하자 노인은 이내 넓죽 엎드려 절을 하며 주먹 같은 눈물을 뚝뚝 흘렸다.

"제가 이 날까지 이 오두막을 지키며 죽지 않고 살아 온 보람을 이제야 찾게 되었군요. 저는 조비가 황제의 자리를 빼앗았을 때 용감하게 저항하다 죽은 궁녀 연랑의 아비되는 사람입니다. 제가 오늘을 기다리며 억울하게 돌아가신 황제 폐하 내외분을 묻어 드리고 이 곳에서 기거하고 있었습니다."

노인은 무릎을 꿇고 엎드려 일어설 줄을 모르고 하염없이 눈물을 흘렸다.

이윽고 그들은 노인의 뒤를 따라 헌제의 무덤이 있는 곳으로 갔다. 헌제의 무덤은 차라리 흙더미에 가까웠으나, 주변만은 깨끗하고 정결하게 다듬어져 있었다.

유비와 공명은 헌제의 산소 앞에 무릎을 꿇었다. 온 천하에서 가장 높은 자리에 있었으면서도, 단 한 번도 황제로서의 권위를 펴 보지 못한 채 억울하게 세상을 떠나 버린 황제! 4백여 년 한나라 황실의 대를 끝내 이어가지 못하고 한낱 허수아비와 같이 갇혀 지내다 자객의 칼에 죽어 간 가엾은 황제!

유비는 마침내 어깨를 들썩이며 통곡하였다. 공명이 유비를 부축하여 향을 피우고 정성스럽게 제물을 바쳤다.

제사가 거의 끝나 갈 무렵, 노인이 무엇인가 생각난 듯 빠른 걸음으로 자신의 집을 향해 내려갔다.

알마 후, 노인이 다시 나타났을 때 노인의 품엔 금빛 비단으로 곱게 싸인 무엇인가가 안겨져 있었다.

"대왕 전하, 이것은 황제 폐하께서 마지막 숨을 거두실 때까지 품에 안고 계시던 보검입니다. 이제 이 보검의 임자를 찾았으니 저는 여한이 없습니다."

한나라 황실 대대로 물려온 보검은 비록 크지는 않았으나, 황제의 권위를 나타내기에 충분할만큼 화려한 색채와 광채를 띠고 있었다. 손잡이엔 용이 섬세하게 조각되어 있었고, 오색 영롱한 보석이 박혀 있었다.

"아, 황실의 보검!"

보검을 그윽히 바라보던 유비의 눈에 또다시 이슬이 맺혔다.

그 때 공명이 정중하게 말을 이었다.

"이제 전하께서 한나라 황실의 대를 이으셔야 할 것이옵니다. 이 보검이 전하께 전해진 것은 실로 하늘의 뜻이오며 결코 우연이 아니옵니다. 부디 한나라의 대를 이어 주소서!"

공명의 표정은 새 황제를 대하는 신하의 엄숙함이 서려 있었다.

'이것이 정녕 하늘의 뜻이라면 내 어찌 이를 거역할 수 있으랴!'

유비가 조용히 고개를 끄덕였다.

공명은 헌제의 산소를 지켜 온 노인과 더불어 황제의 즉위식을 준비하기 위해 바삐 움직였다.

그 소식은 온 천하에 널리 알려졌다. 백성들이 밤낮으로 산양성 깊은 골까지 구름같이 몰려들었다. 고즈넉하던 산양성 일대가 갑자기 많은 사람들로 북적거렸다.

그들은 헌제의 산소를 정성껏 다듬고 그 옆에 사당을 지어 억울하게 죽은 영혼을 위로했다. 사당의 제사를 마치자 곧바로 유비의 황제 즉위식을 하기 위한 식장이 꾸며졌다.

하늘은 높고, 새들도 기쁘게 노래하는 날, 유비는 높다란 제단 위에 올라서서 공명이 바치는 면류관과 보검을 받아 들었다.

유비는 진지한 표정으로 엄숙하게 선언했다.

"억울하게 돌아가신 헌제 임금을 효민 황제라 받들고 새 연호를 장무라 칭하노라! 공명을 승상으로 임명하노니, 능력과 덕이 부족한 나를 더욱 가까이 보필하여 주시오. 이제 천하에 어지러움도 거의 사라지고 새 아침의 햇살이 떠오르고 있으니, 목숨을 다해 마지막 천하 통일의 대업을 위해 정진해 나갑시다. 여러분들의 충성과 희생이 오늘을 있게 하였으니, 자손 만대에 번영과 행복을 전하도록 할 것이오!"

"황제 폐하 만세!"

누가 먼저랄 것도 없이 새 황제의 등극을 환호하는 함성이 여기저기에서 터져 나왔다.

온 백성의 환호와 함께 산천의 초목들까지 이에 답하는 듯 햇빛은 더욱 맑고 따스했다.

《삼국지》 바로 읽기

우리가 흔히 읽거나 알고 있는 《삼국지》의 원본은 중국의 나관중(羅貫中)이 쓴 《삼국지연의(三國志演義)》이다. 또 이 《삼국지연의》는 진(晉)나라의 학자 진수(陳壽)가 쓴 중국의 역사서 《삼국지》를 기본으로 한 것이다.

진수의 《삼국지》는 위 · 촉 · 오의 삼국 역사를 국가별로 기록한 기전체의 정사(正史)이다. 이 정사를 바탕으로 쓴 소설이 《삼국지연의》인데, '연의(演義)'란 사실을 부연하였다는 뜻이다. 소설 《삼국지》는 《수호지》, 《서유기》, 《금병매》와 함께 중국의 4대 기서(寄書)의 하나로 꼽히고 있다.

원래 제목은 《삼국지통속연의(三國志通俗演義)》였으며, 또한 삼국의 정사(正史)를 쉽게 이야기 형식으로 풀어 쓴 책이라는 뜻에서 《삼국지평화(三國志平話)》라고도 불렀다.

나관중의 《삼국지연의》는 중국의 후한(後漢) 말부터 위(魏) · 촉(蜀) · 오(吳) 삼국의 정립을 거쳐 진(晉)나라에 의해 천하가 통일되기까지의 역사를 소설화한 것이다.

그러나 원본은 전해지지 않고 있으며, 현존하는 최고본은 1494년 서

문(序文)이 있는 홍치본(弘治本)으로 그 책도 1522년에 간행된 것이었다. 24권, 240절(節)을 1회(回)로 하여 모두 120회로 만들어 졌다.

줄거리는 다음과 같다.

후한 말, 환관과 외척간의 대립은 격화된다. 영제가 등극한 후 이러한 대립은 절정에 이르고, 이에 환멸을 느낀 영제는 정치에 관심을 잃고 부의 축재에만 빠져 있었다. 정치의 부패로 민중들은 극심한 가난과 불안에 떨고 있었다. 엎친데 덮친 격으로 곳곳에서 황건적(黃巾賊)이 약탈을 일삼아 나라가 어지러웠다.

이를 염려한 한나라 황실의 후예 유비(劉備)가 관우(關羽)·장비(張飛)와 도원(桃園)에서 결의 형제를 맺는 데서부터 시작한다. 그리고 그들의 무용담과 제갈공명(諸葛孔明)의 뛰어난 지략을 중심으로 이야기가 전개된다.

한편 조조(曹操)는 어지러운 세상의 간교한 영웅으로 묘사된다. 하지만 그 역시 한 시대를 풍미한 영웅임은 부정할 수 없으며, 인간적인 면도 언뜻언뜻 보여진다. 한때 황하 유역을 제압하여 가장 강대한 세력을 자랑하기는 했지만, 중국의 천하 통일을 이루지는 못했다.

유비는 제갈공명을 삼고(三顧 ; 윗사람이나 임금으로부터 특별한 신의나 우대를 받는 일)의 예로써 어렵게 맞이하고, 오나라의 손권(孫權)과 손을 잡고 적벽(赤壁)에서 조조 군을 크게 물리쳤다.

그 후 위(조조)·촉(유비)·오(손권) 삼국의 정립이 성립되었다. 형주(荊州)의 귀속을 둘러싸고 오와 촉 사이에 싸움이 일어나 그로 인해 관우와 장비가 죽게 된다. 공명은 슬픔으로 실의에 빠져 있는 유비를 다독여 황제의 자리에 오르게 한다.

그 후 유비는 공명의 반대를 무릅쓰고 오나라를 치기 위해 군사를 일으켰으나, 결국 크게 참패하여 죽고 말았다.

유비가 죽자 공명은 유비의 아들 선(禪)을 황제의 자리에 오르게 하여, 오나라와 화해하여 중원(中原)을 빼앗으려는 목적으로 싸움을 벌였으나 뜻을 이루지 못하고 오장원(五丈原)에서 병으로 세상을 떠났다.

촉나라는 그로부터 30년 후인 263년에 위나라에 의해 멸망당했고, 280년에는 오나라도 진나라에 의해 멸망하여 진나라가 천하를 통일하게 되었다.

'혜원 월드 베스트 76《삼국지》'에서는 유비가 황제의 자리에 오르는 과정까지를 수록했다.

나관중은 원말, 명초(14세기)에 활약한 사람이라는 것 외에는 알려진 것이 없다.《삼국지》의 이야기 전개는 독자의 흥미를 이끌어 가는 수법이 뛰어나다. 그래서 중국의 많은 역사 소설 중에서 가장 훌륭한 작품으로 손꼽히고 있다.

우리 나라에서도 옛날부터 널리 읽혀 왔으며, 무엇보다도 청소년들에게 꿈과 미래를 심어 주는 책으로 인기를 차지하고 있다.

Hye Won World Best
Hye Won World Best

Hye Won World Best

Hye Won World Best